新潮文庫

鬼麿斬人剣

隆慶一郎著

新潮社版

4450

目次

鬼《おに》麿《まろ》斬《ざん》人《じん》剣《けん》

啓と二郎に

一番勝負　氷柱《つらら》折り

一

家を出る時から、いやな感じがあった。

炭屋『だるま』の親爺《おやじ》忠兵衛《ちゅうべえ》の一言が、それを確かな予感に変えた。

「あたしゃね、道楽で炭屋やってんじゃないン。そりゃァね、四谷《よつや》正宗《まさむね》と当節評判の清麿《きよまろ》師匠へ、鍛冶炭《かじすみ》をおさめさせて戴《いただ》いてるのは有難《ありがた》いことだと思ってますよ。思ってはいるけどね、代金はどうでもいいってことじゃァねえ。どれだけたまってるか、お前さんだって知ってる筈《はず》だよ。多少でもいれて貰《もら》わなくちゃ、新規の炭は蔵《おさ》められないのが道理じゃないか。昨日師匠にきっぱりそういったのに、またぞろお前さんをよこしたって、違う音《ね》の出るわけのもんじゃァ……」

「昨日？」

不意に胸が騒ぎだした。自分で頼みに来て断わられた店へ、次の日また弟子をよこす師匠ではない。信州人は誇り高い。その誇りを破ってまで自分をよこしたのは何故か。

今日はお内儀《かみ》さんが出掛けている。弟弟子《おとうとでし》の清人《きよんど》も外出中で、家に残っていたのは師匠と自分だけだ。例によって、師匠は朝から酒だった。日に三升は飲む。酒毒で指先が木の葉のように震えているくせに、一向に酒量は衰えない。

鬼麿《おにまろ》は庭で太刀《たち》を振っていた。十二年前の天保《てんぽう》十三年冬、鬼麿が初めて向《むこ》う槌《づち》をとって師匠と共に鍛え上げた太刀だ。刃長三尺二寸五分、南北朝風の大太刀である。一般の大刀の長さ（定寸《じょうすん》）は二尺三寸だから異常ともいえる刃長である。身幅も厚さも尋常でない。まるで野太刀《のだち》で、いまどきこんな刀を使える男は滅多にいない。抜くだけでひと苦労である。戦国の昔には好んでこの手の大太刀が使われたが、それは鎧武《よろいむ》者《しゃ》を斬《き》るためと、馬上から斬りさげる必要があったためだ。もっとも、嘗《かつ》てこの同じ四谷北伊賀《きたいが》町に住み、『常在戦場』を坐右《ざゆう》の銘とした武芸者平山行蔵（別名平子龍）は、常に三尺八寸の『左文字《さもじ》』作の長刀を帯びていたという。だが、その行蔵も氷川《ひかわ》神社脇《わき》で侍二人に斬りかけられた時、咄嗟《とっさ》に抜き合せようとしたが、あまりの長さにその暇がなく、半分抜いたままで受け止めざるをえなかったという。そのためあたら『左文字』の名刀が刃こぼれし、斬りつけた二人も逃がしている。

いま鬼麿の振っている三尺二寸五分の大太刀も買い手がある筈はなく、

「お前にやるよ」

あっさり師匠がくれたものだ。以来十二年、鬼麿はこの大太刀を振り続け、充分に手の内のものにしている。今や鬼麿の剣法は、この大太刀なくしては考えられない独自のものになっている。もっとも、鬼麿が剣をつかうことは師匠以外には誰《だれ》一人知る者はない。鬼麿は武芸者ではない。一介の刀鍛冶なのである。鬼麿の師匠とは、山浦《やまうら》環《たまき》源《みなもと》清麿《きよまろ》。兄の山浦真雄《まさお》と共に新々刀期最高の刀工であり、四谷北伊賀町に住むところから四谷正宗と謳《うた》われた不世出の名人である。

山浦家は代々信州小諸《こもろ》藩赤岩村の名主《なぬし》である。長男の昇《のぼる》（後の真雄）は幼にして剣を志し、十二歳の時から一刀流中西派の小諸藩剣術師範諏訪《すわ》武右衛門に師事、後に江戸に出て下谷《したや》練塀小路《ねりべいこうじ》の中西忠兵衛に、次いで番町の心形刀流《しんぎょうとう》小笠原十左衛門《おがさわらじゅうざえもん》にまなんでいる。剣士の得物《えもの》である刀剣に異常なまでに執着し、十三の年から切れ味を知るために二百余度の試刀を試みたと、後に自著『老《おい》の寝《ね》覚《ざめ》』に書いている。それでも充分満足のゆく刀が見つからず、遂《つい》に自ら鍛刀するしかないと決心し、庄屋《しょうや》を辞して刀鍛冶になったという異常人だ。

九歳年下の環（後の清麿）は、この兄に剣も鍛刀術も勉《まな》んでいる。後に江戸に出て、幕臣の武芸者窪田清音《くぼたすがね》の庇護《ひご》を受け、刀術をもって窪田道場の代稽古《だいげいこ》までつとめたというから、並大抵の腕ではない。つまりこの兄弟は揃《そろ》って剣法の修行から刀鍛冶に転身している。そこが他の刀鍛冶とは画然と異る所以《ゆえん》である。

　この窪田清音は一面『武家目利《めき》き』の大家だった。『武家目利き』とは、あくまで実用の見地から刀剣の鑑定をすることをいう。勝海舟の父小吉もこの『武家目利き』をよくし、それをなりわいとしていたことさえある。環清麿は剣術と同時に鍛刀術においても、大きく清音の影響を受けているわけだ。

「おい」

　縁側から清麿が声をかけた。この師匠は、やることは無茶だが、妙に行儀のいいところがある。今も端然と坐《すわ》って、まるで水を飲むように冷や酒を咽喉《のど》に流しこんでいる。

「その刀、ちょっと見せな」

　鬼麿は素直に刀を鞘《さや》におさめ、師匠の前に置いた。清麿は作法通り抜き放つと、暫《しばら》くじっと見つめていた。

「悪くない」

「そりゃそうです」

　鬼麿がぶすっと答える。

「萩《はぎ》か。若かったなあ、お前も俺《おれ》も」

天保十三年（一八四二）春、清麿は突然江戸を出奔している。窪田清音の世話で一人前の刀工としてようやく世に出たばかりの頃《ころ》だ。これも清音の尽力で、一人三両掛け百振りの刀剣講がきまり、その一振り目を作り上げた矢先だった。この刀剣講は窪田道場の門弟百人による金三百両の無尽で、その金で清麿に鍛刀させ、くじ引きで順次一振りずつ渡すというやり方である。その仕事を放《ほう》り出し、しかも無断の出奔である。当然、清音は激怒し、

「みつけ次第、叩《たた》っ斬《き》る」

と宣言したという。

その年の暮、どこをどう流れたのか清麿は長州萩の城下町に現れた。その時、既に鬼麿を連れていた。清麿三十歳、鬼麿十四歳。以後二年、清麿は萩に定住している。

何故、突然江戸を出奔しなければならなかったか。何故、本州の西の果て萩まで行かねばならなかったのか。それは清麿と鬼麿だけの秘密だ。お内儀《かみ》さんも知らなければ、他の弟子も知らない。窪田清音、兄の真雄さえ知らないのである。

清麿が刀に拭《ぬぐ》いをかけて鞘におさめようとした。指が震えてうまくゆかない。鬼麿が無言で刀をとっておさめた。清麿は自分の指を見ている。それが小きざみに震えているのを、どうやっても震えのとまらないのを、長いことじっと見ていた。やがて顔

をあげた。鬼麿の悲しげな眼《め》と眼が合うと、照れたように微笑《わら》った。

「からっきし役立たずだ」

ひとごとのようにいって、左手で湯呑《ゆの》みに酒をついだ。左手でもちあげ、大きく飲んだ。清麿は美男である。明治二十八年まで生きた甥《おい》（真雄の長子）の山浦兼虎《かねとら》が、繰り返し家人に語ったように、まさに『水もしたたる美男子』だった。その秀麗な顔が、妙にしーんと冴《さ》え返った表情になっている。師匠のこんないい顔を鬼麿は近頃見たことがない。

「これじゃ生きてる値打ちもないなあ」

鬼麿はどきりとした。次の瞬間、清麿が大きな声で笑いだした。からっとした、明るい笑い声だった。こんな笑い声も、久しく聞いたことがない。なんとなく鬼麿はほっとした。

〈昔の師匠の笑いだ〉

それが理屈抜きで嬉《うれ》しかった。

「炭はどれだけ残ってる？」

「六俵」

清麿が黙った。一振りの刀を鍛えるには、二十俵の炭が要る。刀の注文はたまりにたまっているが、ここのところ仕事場に降りたことがない。手付として受取った半金は、残らず飲んでしまって、炭を買う金もないのである。あとは一振りずつ仕事を仕上げ、残りの半金を貰うしか金が入る道はない。

「だるま屋へいって来い。おがみ倒して十五俵、なんとか届けさせろ」

鬼麿はうなずいた。

〈やっと仕事をする気になってくれた〉

単純にそれが嬉しくて、だるま屋へとんで来た鬼麿だったが……。

〈お師匠は吹っ切った〉

吹っ切れたのではない。吹っ切ったのだ。それがあの笑いの意味だった。

〈お師匠は死ぬ〉

鬼麿はものも云《い》わずに走りだした。

鬼麿は身長六尺五寸（一九七センチ弱）、体重三十二貫（一二〇キロ）、巨人である。その大きな身体《からだ》が土埃《つちぼこり》をあげてつっ走ると凄《すさ》まじいまでの迫力があった。人々は暴れ馬でも避けるようにすっとんで逃げた。

清麿の住いは正確には四谷北伊賀町稲荷《いなり》横町（現在の新宿区三栄町）にある組屋敷の

一つだ。組屋敷とは二百石《こく》未満の直参《じきさん》旗本、いわゆる御家人《ごけにん》の中でも、何石ではなく何十俵何人扶持《ぶち》という僅《わず》かな扶持を貰う軽輩が、組頭《くみがしら》統率のもとに一ヶ所に住む棟割《むねわり》長屋である。実態は内職でやっと喰《く》いつなぐ貧乏長屋だ。道路の両側に家が並び、一軒あたり二十坪から三十坪。必ず空地がつき、そこで野菜など作って生活の足しにしていた。清麿はこの空地に鍛冶場を設けている。窪田清音のつてで借りた住居兼仕事場だった。

鬼麿はその空地に駆けこんだ。家の中はひっそりかんと鎮《しず》まって、物音一つしない。

「お師匠！」

鬼麿が喚《わめ》いた。

どこかで低い呻《うめ》き声がする。

〈どこだ？〉

狭い座敷に清麿の影はない。

また呻き声がする。

〈厠《かわや》だ！〉

鬼麿は縁の隅《すみ》にある後架《こうか》の戸をひきあけた。

「……！」

咽喉《のど》がつまった。

後架の中は血の海である。血しぶきは壁にまで飛んでいる。

清麿は相変らず行儀よく端坐していた。着物をくつろげて、胸から腹まで露出している。肌《はだ》が抜けるように白い。だが腹はまっ赤だ。横一文字に掻《か》っ切られ、腸《ちょう》がとび出している。深く突き立てられた短刀が右脇腹のあたりで止っている。

「お師匠！」

鬼麿が喚いた。大きな図体《ずうたい》に似合わず、小さく丸い童顔がくしゃくしゃに歪《ゆが》み、涙がぽろぽろと流れた。

「お師匠！　なんで……」

「待っていた」

清麿がひどく優しくいった。

「頼みがある」

「医者を……」

「やめとけ。なんのために……剣を習った」

助かるわけがないといっているのだ。鬼麿にもそれは分った。清麿の顔色が白蠟《はくろう》のようになっている。初めて喘《あえ》いだ。

「あ、あの旅……俺とお前しか……知らない……」

声が途切れた。眉間《みけん》に一本たて皺《じわ》がよる。苦痛をこらえているのだ。鬼麿は先を促すように、大きくうなずいてみせた。

「ああいうわけで……銭が……無一文……」

もう一度、大きくうなずいてみせる。

「行く先々……甲伏《こうぶ》せの数打《かずう》ちを……」

甲伏せとは、皮鋼《かわがね》（表の鋼《はがね》）を柏餅《かしわもち》状に曲げその中に心金《しんがね》（一番柔らかい鋼。折れないために心《しん》に入れる）を入れて包み、火中で熱して鍛着させる法である。最も簡単な鍛刀の法といっていい。清麿のいつもの鍛刀法は『四方詰め』といって、二枚の皮鋼の間に、刃金、心金、棟金《むねがね》の三種の鉄（それぞれ硬度が異る）を挟《はさ》んで鍛着させる手間のかかる法だった。それを旅先で銭に困ったので、簡単に出来る甲伏せで数打ち（量産）したというのである。

「あんなもの残してゆくかと思うと……俺は……俺は……」

上体が大きく揺れた。背筋をぴんと立てておく気力がなくなって来たのだろう。少し前かがみになった。まだ揺れている。

「折、折ってくれ、一振り残らず。さがし出して……」

「何振り？　どこで打ったんです？」

「な、なかせんど……の、の、のむぎ……かいど……たんばじ……さんいん……」

ろれつが怪しくなる。

不意に大きくしゃっくりをするように、胸を上下させた。口からどっとなまぐさい血が溢《あふ》れ出た。

「た、の、む」

まっ赤な口がいった。上体がゆらりと前へ倒れた。ごんと額が後架の床板を打った。

〈お師匠！〉

声にならなかった。そっと起してみると、かっと目をあいている。ずしんと胸にこたえた。

「た、の、む」

といった時のまんまの目である。

胸一杯の吐息を洩《も》らすと、のろのろとその目を閉じさせた。

〈なにも厠で腹を切ることはないじゃないか〉

だが理由は明白だった。清麿の妻お綱は、櫓下《やぐらした》の羽織芸者の出のくせに、恐ろしいしまり屋で、その上、口やかましい清潔好きだった。うっかり座敷で腹を切ろうものなら、血のしみた畳を替えるべきか、拭《ふ》くだけにしておくべきかで、十日も一ト月も悩み愚痴るに相違ない。それがこわくて、片付きのいいように、板敷きの後架を選んだにきまっている。いわば清麿の優しさである。男の優しさは、屢々滑稽《しばしばこっけい》さに通じることを、鬼麿は放心の中でぼんやり感じていた。

嘉永《かえい》七年旧暦十一月十四日は、清麿の横死とも、鬼麿の思いともかかわりなく、ようやく暮れようとしていた。

二

嘉永七年は十一月二十七日で年号が改められ安政元年になった。清麿の死の十三日後である。このため、安政元年はたったひと月と三日しかなく、正月が来ると安政二年になった。

その安政二年正月四日の午下《ひるさが》り。

鬼麿は中山道中嶋《なかせんどうなかじま》、柳瀬川の岸に腰をおろしていた。昨日、南寺町の宗福寺で師匠の四十九日の法要をすますと、その足で板橋へ向い、中山道を夜っぴて歩き続けて、ついさっきここへ辿《たど》り着いたのである。江戸から二十四里（九六キロ）。驚くべき健脚といっていい。これでも鬼麿は加減しながら歩いたつもりだった。この旅では出来るだけ師匠と同じ状態に自分を置くことが重要である。それによって師匠の心身の状況を察し、それを手掛りに、道中で鍛造された刀を見つけだすしか、方《ほう》がなかった。なにしろ、師匠は、例の数打ちの刀を、どこで、何振り、誰《だれ》のために作ったか、遂《つい》に一言もいわずに息絶えてしまった。僅《わず》かに歩いた街道の名をあげただけである。中山道、野麦街道、丹波路、山陰道。そこから先はいわなかったが、鬼麿は知っている。ほかでもない、その山陰道の先、出雲《いずも》往来で、鬼麿は初めて清麿とめぐり会ったのだから。出雲往来から津和野往来、最後に北浦街道を進んで萩《はぎ》に到着したのだ。だが道が分っただけではなんにもなりはしない。どこで無一文の旅に耐えられなくなり、どこの鍛《か》冶場《じば》を借りて刀を鍛《う》ち、いくらで誰に売ったかまで、つきとめなければならぬ。いや、ひょっとしたら、その買い主が誰に転売し、それが又誰に売られたかも。それでなくては刀を見つけ出し、折ることは出来ない。

〈ある日、突然女から使いが来て、あなたに刺客《しかく》が向けられた、すぐ逃げなさい、出来ればこの世の果てまで、といった。俺《おれ》はその言葉を信じてその場から着のみ着のままで逃げたんだよ……〉

それは、萩にいた頃、なにかの話の間に、ふと清麿が洩《も》らした言葉である。

これが清麿の江戸失踪《しっそう》の真因だった。美男の清麿を女が放《ほう》っておくわけがなく、これまでも清麿は常に女でしくじって来たが、この時が最悪だった。相手が悪すぎた。同じ北伊賀町に住む伊賀同心の娘だったが、その美貌《びぼう》を買われて西の丸にあがり、忽《たちま》ち大御所家斉《いえなり》のお手がついた。女は小娘に似合わず大胆で、その後もなんとか口実をつけては、清麿と会うのをやめなかった。天保十二年、家斉が死ぬと半強制的に尼にされたが、それでも尚《なお》、密会をやめない。折りから天保の改革である。水野越前とその配下鳥居耀蔵《とりいようぞう》の眼を恐れた伊賀同心の頭領は、手練《てだ》れの伊賀者《いがもの》七人を選び、刺客として清麿にさし向けた。

鬼麿は清麿に聞いた通りの状態にわが身を置いてみた。宗福寺を出るとそのまま旅に出たのである。師匠と違っているところは、菰《こも》にくるんだ例の大太刀《おおだち》を背中に背負っていることと、腰に鍛刀用の小槌《こづち》を下げていることだけだ。銭も四十文しかもっていない。師匠が常時もっていたのもその程度だ。夜っぴて歩いたのも、刺客に追われる身ならそうしただろうと思ったからだ。今、柳瀬川の岸でとまったのは、一つには空腹に耐えられなくなったため、一つにはこの川の渡しをどうするかを考えるためである。渡し賃はたかが十文だが、四十文のうちの十文は大きい。餅《もち》の二つや三つは買える。こんな川ぐらい、夜まで待てば、泳いで渡れないことはない。だが師匠は泳いだだろうか。

男である。

はっきり断定出来た。たとえそのために一文なしになっても、師匠は渡し賃を払う
〈泳がない〉

〈そうとすれば、高崎《たかさき》に着いた時は、一文なしになっていた筈《はず》だ〉

中嶋から高崎まで二里余り。だが高崎をすぎると三里先の安中《あんなか》まで城下町はない。

城下町がなくては、刀を作っても買い手は少い。しかも高崎は松平右京亮《まつだいらうきょうのすけ》八万二千石の城下町だが、安中の方は板倉伊予守《いよのかみ》三万石の町だ。侍の人数もふところ具合も大いに違う。同じ刀を作るなら、高崎の方が売りやすかろう。

それに師匠は何故《なぜ》、逃げる段になって、東海道でも甲州街道でもなく、中山道を選んだか。無意識に故郷へ向ったに違いなかった。小諸《こもろ》に、である。だがひと晩、歩きづめに歩いて辿りついたこの川岸で、故郷にだけは帰るわけには行かぬと考え及んだに違いない。江戸から姿を消せば、刺客が次に狙《ねら》うのは故郷である。故郷で殺傷沙汰《ざた》が起きれば、兄や一族に迷惑がかかるのは必至だ。行ってはならぬ土地があるとすれば、小諸こそそれだった筈だ。

だとしたら、益々《ますます》この辺で金を手に入れる必要がある。高崎は諸国の物品の集積地であり、商人の数も多く繁盛した町だ。江戸同様、暫《しばら》く姿を隠すには最も適した町で

ある。刺客も、まさか清麿がここに腰を据《す》えたとは思うまい。

〈きまった〉

鬼麿は腰をあげた。あとは高崎で一軒々々鍛冶屋を訪ねて廻《まわ》るだけだ。

〈十三年前、江戸の刀鍛冶に仕事場を貸したことはありませんか〉

どう考えても、馬鹿々々《ばかばか》しい質問である。

〈昔、山浦清麿がお宅で刀を鍛《う》ったことがありませんか。そう、あの四谷正宗の……。まだ源正行《みなもとのまさゆき》と銘を切っていた頃で……天保十三年頃だと聞いています……〉

まだこの方がいい。

鬼麿はその台詞《せりふ》を口の中で繰り返し稽古《けいこ》しながら、渡舟の方へ降りていった。

三

高崎は活気に満ちた町だ。

侍より商人の数の方が多い。それも旅の商人だ。城下町というより宿駅の色彩の方が濃いのである。当然のように旅籠《はたご》とやくざ者が多かった。旅籠は女を置いていたし、やくざ者は旅人を賭場《とば》に誘う。

鍛冶屋の数は意外に少く、鬼麿はあっけないほどの短時間で、当時師匠が使わせて貰《もら》った鍛冶屋を見つけ出すことが出来た。鬼麿の推理通り、清麿はこの町で、刀を鍛《う》って金を作っていた。だが話をきくと、鍛冶屋はある刀屋の依頼で清麿に貸したという。清麿はまず刀屋に話をもちこんだのだ。考えて見れば当然だった。無一文の清麿に、材料の玉鋼《たまはがね》や炭を買う力はなく、向う槌も日当を払って雇わなければならない。先《ま》ず金主を探す必要があったわけで、それが刀屋だった。

教えられた刀屋を訪ねると、見るからに強欲そうな主《あるじ》で、一振り一両でつくらせたという。当時、『山浦環《やまうらたまき》源正行』と名乗っていた清麿の力量を買ったわけではなく、高名な『武家目利《めき》き』窪田《くぼた》清音《すがね》の名と、兄真雄《まさお》（当時は『寿昌』と名乗っていた）の評判が、この主を踏み切らせたのだという。

肝心の刀のおさめ先も分った。

当時の高崎藩勘定奉行野末頼母《たのも》、六百石。現在は勘定家老に出世し、千石を貰っている。計数には明るいが、頑固《がんこ》一徹、自分のいい分は断じて譲らぬ攻撃的な老人だそうだ。交渉相手として、楽な人物ではないようだった。

元々、鬼麿は、この段階でのいい智恵《ちえ》をもっていない。正直、どうしていいか分らないでいる。とにかく師匠の死を告げ、師匠の作刀を一振りでも多く見たいために旅をしている、というつもりだった。まず、よほどのひねくれ者でない限り、刀を見せてくれる筈である。清麿の死によってその刀は更に値打ちが上ったわけだから、相手は上機嫌《じょうきげん》だろう。刀を自慢するいい機会でもある。そこで拝見となる。ここまではいい。

問題はその先である。

かなりの剣の達者でも、刀の目利《めき》きにすぐれているとは限らない。『甲伏せ』と『四方詰め』の区別などつくわけがない。実戦で使って見ればすぐ分るのだが、今日び実際に刀を使って闘う武士などいるわけがない。下手に闘ったりしたら、斬《き》り殺されないまでも、家は断絶、身は切腹である。家を守るのに汲々《きゅうきゅう》たる武士に、そんな真似《まね》が出来るわけがない。このての武士にとって、刀とは表道具であり、財宝の一種といえる。従って見た目の華麗さと、銘の値打ちが何より大切になる。

〈師匠のことだ。見た目には華やかで、姿もいいにきまっている〉

清麿の刀の特色は、地鉄《じがね》が冴《さ》えて、刃《やいば》が明るく、刃彩に見る金筋・砂流しの躍動が、比類のないほど華々しいところにある。いかに甲伏せの数打ち物とはいえ、その特色はなんとか保っている筈である。それくらいの器用さはもっている男だ。まして当今『四谷正宗』の名は全国に識《し》られ、名刀の評判はいやが上にも高い。そんな刀を、名もしれぬ鬼麿ごとき男が、どんなに批判し、くさしてみたところで、相手は歯牙《しが》にもかけまい。

　また鬼麿の方にも弱味がある。相手の佩刀《はいとう》にけちをつけ、打ち折る以上、かわりを差出すのが当然なのだ。出来れば清麿の刀で償わなければならない。それが鬼麿には出来ない。鬼麿自身の鍛刀をかわりに差出していいのなら、いつでも引受けるつもりだが、それも全く無料では出来ない。金を出してまで力量不明の無名の刀工に刀を鍛《う》たせる酔狂はいまい。

　そうなると残る手はただ一つ。強引に叩《たた》き折っておいて逃げ出すしかないわけだが、これでは生命《いのち》がいくつあっても足りない。仮りにうまく逃げ出せたとしても、忽《たちま》ち通達が諸藩に廻《まわ》り、表街道は歩けなくなってしまう。

　鬼麿は溜息《ためいき》をついた。

〈いっそ忍びこんでかっ払っちまうか〉

　盗みはかつて鬼麿の商売だった。大きな身体《からだ》のくせに恐ろしく敏捷《びんしょう》で身が軽い。どんな家にでも簡単に忍びこめた。十三年前、出雲往来で清麿にめぐり会うまで、この商売で食っていたのである。

　だが清麿は鬼麿と一緒に旅をするようになるとすぐ、この商売をやめさせた。

「刀には持主の生命が賭《か》かってるんだ。盗んだりちょろまかしたりするような根性じや、こすっからい刀しか出来ないよ。こすっからい刀に、ひと一人の生命が託せるかい」

それがいやなら別れよう、と云《い》う。当時十四歳の少年だった鬼麿は、別れが辛《つら》くて、折角金になる商売をしぶしぶ捨てたのである。今更、盗人《ぬすっと》の真似が出来るわけのものではなかった。

鬼麿が天神一家の賭場《とば》に姿を現したのは、次の日の夕刻である。ひと晩の思案の末、金で問題の刀を買うしか方法がないと見きわめたためだ。

前の晩は、城の南にある頼政《よりまさ》神社の縁の下で寝た。野宿など鬼麿にとっては日常茶飯事に属する。十四歳で清麿に拾われるまで、漂泊が鬼麿の人生だったのだ。

鬼麿は親を知らない。棄《す》て子である。それも厳冬の山中に棄てられている。誰が棄てたか知らないが、明かにこの赤子を死なせようとしたに違いなかった。鬼麿は赤裸だったのである。凍死していて当然だった。それが生きていた。熱ひとつ出してはいなかった。鬼麿を拾って育てたのは山窩《さんか》の一族だったが、それもこの赤ン坊のこの世のものとは思われぬ強靱《きょうじん》な生命力に驚嘆したためだと、後に鬼麿は養い親から聞かされた。十歳まで鬼麿はこの一家に育てられた。『忍者も及ばぬ』といわれた山窩一族の生き抜く術を、悉《ことごと》く叩きこまれた。走り、跳び、隠れ、闘い、殺す。どの術でも鬼麿にかなう子はいなかった。しかもぐんぐん身体が大きくなる。十歳の時、既に並の大人と同じ身長と体重があった。養い親の一家は、いつの頃《ころ》からともなく、この化け物のような子供を『鬼』と呼ぶようになった。

鬼麿が十歳の秋、この一家は、山窩内の争いで皆殺しにされた。一晩中、深い落葉の吹き溜《だま》りの中にもぐって生きのびた鬼麿は、次の日の晩、勝利の盃《さかずき》をあげている相手の一家に忍びこみ、隙《すき》を見ては一人ずつ刺し殺していった。遂《つい》に最後の一人になったヤゾオ（親方）が、恐怖のため、山窩さえ避けて通る未開の深山に遁走《とんそう》を試みたが、鬼麿は二日二晩の追跡の末に、その咽喉笛《のどぶえ》を掻《か》き切っている。

山を降りた鬼麿は、以後四年、ひとりぼっちの漂泊生活を続けた。生きのびるためには何でもやった。盗み、火つけ、人殺し。さながら修羅《しゅら》だった。その中でいつか女も知った。酒もおぼえた。だが、この四年の間、旅籠《はたご》はおろか、人家に泊ったことは一度もない。すべて野宿。鬼麿にすれば、空気の流れが悪く、臭いにおいの立ち籠《こ》めた人家の中より、大道で寝る方がよっぽど気持がいい。清麿に拾われて、生れて初めて旅籠にとまった晩、鬼麿はさっさと抜け出して、折りから降って来た雪の中を、宿の軒先で朝までぐっすり眠っている。宿の小女が、早朝、軒先に巨大な雪だるまを発見して仰天したが、更にその雪だるまがのそりと立ち、無造作に身体につもった雪を払い落すのを見て腰を抜かした。鬼麿はその場でこの小女を抱いている。立ったまんまだ。鬼麿にすれば、動けなくなった小女を治してやったまでなのだが、小女の方では鬼に犯されている気分だったようだ。小女は未通女《きむすめ》だった。

　天神一家の賭場を選んだのは、高崎城下のやくざ一家の評価を何人かに問い質《ただ》した末のことだ。天神一家は、高崎を二分する大きな組織の一つであり、その賭場は、多少荒っぽいが最高の金額が動くいきのいい場所だと聞いた。いかさまも少くないから注意が肝要だという。鬼麿には別して最後の条件が気にいった。自分がいかさまをやる気はさらさらないが、いかさまを見抜くことには自信があった。

　入口で金の有無を確かめられた。賭場の掟《おきて》である。鬼麿はふくらんだ胴巻を振ってみせた。ちゃりんといい音がする。実は拾い集めた雑多な金物が入っているだけなのだが、天神一家のかけだしは音だけで納得してしまった。鬼麿の粗末な服装は、てんから気にしていない。この賭場の客はほとんどが旅の者で、ひどい格好だが大金をもっている例が多い。

　案内された部屋で、鬼麿は半刻《はんとき》（一時間）一文も賭けず、ただただ場の動きを見守って過した。永年遠ざかっていた勝負の勘をとり戻《もど》すためだ。今風にいえば、勝率の計算をしていたわけだ。鬼麿は場の流れに異常に敏感である。これも天性のものだった。やがて勝機を摑《つか》んだ。壺《つぼ》が伏せられると、黙って大太刀を菰《こも》から出し、そっと半《はん》方《かた》に置いた。

「そいつアまずいよ、客人」

中盆が異議を申したてた。

「銭がないんだ。堪忍《かんにん》しとくれよ」

鬼麿は屈託なく微笑《わら》っている。図体《ずうたい》は大きいがまるっきり子供の顔だ。

「でも金高が分らねえんじゃ……」

中盆が馬鹿《ばか》にするように刀を見た。拵《こしら》えは無きに等しい。白鞘《しろざや》で柄《つか》も白木だ。見る者が見れば分るが、これは普通の白木の柄ではない。所謂《いわゆる》『切り柄』である。試し斬り専用のものだ。表面を丸く削った二枚の樫板《かしいた》を、柄頭のところで鋲《びょう》で止めてある。だから扇子《せんす》のように横に開くことが出来る。そこへ刀身を差しこみ、三個の目釘《めくぎ》穴に生鉄の目釘を差し、更に二個の鉄環《てつわ》でとめてある。柄の長さ尺五寸（約四五センチ）。ツバ元から柄頭にゆくに従って細くなっている。山田浅右衛門《やまだあさえもん》（通称首斬り浅右衛門）が試刀の際に用いる柄と同一のものだ。堅い物を斬る場合、刀身は無事でも柄がもたないことが多い。衝撃が手元に集中するためである。信じ難《がた》いことだが、見た目は立派に柄糸を巻き、金の柄頭などつけた柄が、木っ端《こっぱ》微塵《みじん》に砕け散るという。『切り柄』なら、その心配はない。

「誰か目利きをしてくれる人はいないかなあ。ここは上州だろう」

鬼麿がのんびりといった。「ここは上州だろう」といったのには意味がある。上州は格別剣術の発達した地方だった。主流は馬庭念流《まにわねんりゅう》だが、ほかにも様々な流派が覇《は》を競っている。武士は勿論《もちろん》、町人まで剣術をやる。博徒《ばくと》などはそれぞれがかなりの剣士だった。鬼麿はそこを狙《ねら》ったのである。

「若さま。お願い出来ますか」

胴元に坐《すわ》った天神の長兵衛《ちょうべえ》がいった。相手は若い侍だ。着流しだがきちんと月代《さかやき》を剃《そ》っていて、端然と坐っている。れっきとした高崎藩士のようだ。

〈師匠みたいだ〉

鬼麿はそう思った。色が白く、気品のある美男子であり、行儀のいい点もよく似ている。

「私でいいか」

若い侍が鬼麿を見ていった。

「お願いします」

叮嚀《ていねい》に頭を下げた。

侍は作法通り抜刀すると、刀身を立てて見つめた。驚きが目に現れた。

「これは清麿だ」

「天保十三年の正行《まさゆき》銘があります。中子《なかご》をお調べ下さい」

腰からはずした槌《つち》で鉄環をゆるめ『切り柄』を開いてみせた。

「確かに」

懐紙で刀身を拭《ぬぐ》うと、柄をはめるようにと鬼麿に戻しながらいった。

「眼福《がんぷく》をした。だが恐ろしく長いな。こんな刀が使えるのか」

鬼麿は微笑しただけである。せっせと『切り柄』をはめている。

「で……？」

長兵衛が催促するように若い侍にいった。

「四谷正宗と噂《うわさ》の高い山浦清麿だ。しかもこれだけの大太刀は珍しい。十五両は軽かろう」

若い侍がちょっと上気した顔でいった。

「それでいいかい、若いの」

長兵衛が鬼麿を見た。鬼麿がうなずくと、銭箱から一両小判を十五枚数えて、半方に置いた。

「そいつは引き下げて貰《もら》おう。殺風景でいけねえ」

鬼麿は素直に刀を引いた。膝《ひざ》の横に置く。

「丁方《ちようかた》足りません」

中盆が賭《か》けを煽《あお》った。賭場が活気づいた。鬼麿は、長兵衛がちらっと壺振りに目をやったのに気づいた。

〈この刀が欲しくなったな〉

壺振りの手が、ほつれを直すように、鬢《びん》にいった。壺をあけた瞬間に、すりかえるべき仕掛賽《さい》が、そこに隠してある。

鬼麿の抜討ちは目にもとまらなかった。

壺振りの指が鬢に届くより一瞬早く、大太刀の切尖《きつさき》が隠した仕掛賽を両断していた。壺振りの指が一瞬ぴたりととまり、次いでのろのろと膝に戻った。蒼白《そうはく》。その目は鬼麿を見ていない。まっすぐ前を見つめたままだ。

「どういう了簡《りようけん》だ」

鬼麿の大太刀が鞘に戻ると同時に、長兵衛が喚《わめ》いた。子分たちの腰が一斉《いつせい》に浮いた。

「蠟燭《ろうそく》が暗かったもんで」

確かに蠟燭の黒い芯《しん》が、座の白布の上に一点のしみのように落ちている。一瞬、灯《ひ》が明るくなった。

若い侍が無造作に落ちた芯を拾って煙草盆《たばこぼん》に棄てた。

「さあゆこう」

長兵衛を見て、にこっと笑った。鬼麿の刀が仕掛賽を切ったことに気づいた客は、この侍ひとりだったようだ。長兵衛は即座に、正月のご祝儀場《しゅうぎば》をめちゃめちゃにする愚を悟った。穏やかにいった。

「これからは若い者にいいつけておくんなさい。下手に長ものを振り廻《まわ》さねえで」

「すいません」

鬼麿も穏やかに詫《わ》びた。中盆の声が座に陽気さを取り戻させた。

「駒揃《こまぞろ》いました。勝負」

五二《ぐに》の半。鬼麿は勝った。更に三度同額を賭けて、二度勝ち、一度負けた。結局三勝一敗、三十両の儲《もう》けである。

鬼麿は長兵衛に礼をいい、若い者に祝儀をはずんで外に出た。

黙々と鳥川畔まで歩いた。足をとめ、川を背にして立った。賭場を出た時から、尾行に気づいている。黒い影が八つ、鬼麿を威圧するように囲んでいる。中央に壺振《つぼふ》りがいた。

「やめとかないか。正月だぜ」

鬼麿の声が、本当に悲しそうに響いた。

「正月もへったくれもあるか。手前《てめえ》をやらなきゃア、俺《おれ》は指を落されるんだ」

壺振りが低くいうと、長脇差《どす》の鞘を払った。

いかさまをしくじった壺振りへの仕置きは残忍を極める。利手《ききて》の指を拇指《おやゆび》を除いて四本、切って落す。二度と渡世を張ってゆくことが出来なくなる。それくらいなら、死んだ方がましだろう。

他の七人も長脇差を抜いた。構えを見るといずれも修練のあとの見えるひとかどの剣術である。とても『やくざ剣法』ではなかった。

鬼麿は溜息《ためいき》をつきながら、大太刀を抜いた。まっすぐ振り上げる。普通の上段の構えではない。腹をつきだすようにして、身体をくの字に反《そ》らせ、腕は思いきり後ろに振りかぶっている。

柄の握り方も特殊だ。両拳《こぶし》をくっつけて握っている。更に足は前後にではなく、真横八文字に開いている。幅はほぼ肩幅と同じ。膝もまっすぐにぴーんと伸びている。

これは様《ためし》剣術の型である。つまり据物《すえもの》斬りの型だ。相手が動かない物だからこそ、斬撃《ざんげき》の速さと強さだけを狙って、こんな姿勢がとれるのである。また、この型によるしか、二ッ胴、三ッ胴、極端な場合は七ッ胴といったものが斬れるわけがない。七ッ胴というのは死体を七ッ重ねて、これを切断することをいう。七ッ胴ともなると、普通に立っていては斬れず、台から跳び降りながら斬ったという。

だが、これはあくまで、動かない物相手の剣法だ。到底、生きて動いている人間相手に使える術ではない。鬼麿はこれを、完全に間合を見切ることによって、生きた人間の斬法に変えている。そこに鬼麿独自の恐ろしい工夫があった。剣法というより、殺法といった方がいいかもしれない。鬼麿の剣は、相手を動かない死人だと確信することで、はじめて振りおろされるからである。剣をふりかぶる時に、相手は既に死んでいるといっていい。

鬼麿はこの殺法を、この大太刀を貰《もら》った時から工夫し、鍛錬して来た。

鍛錬は先《ま》ず刀の長さと柄《つか》の長さ、それに己の腕の長さを加えた距離感を徹底して識《し》ることから始められた。これが『間の見切り』である。通常はこの『見切り』は相手の剣に対して行われる。斬り込んで来た相手の剣が、自分の身体《からだ》に届くかどうか、それを見切るのである。鬼麿はそれを攻撃の面で使った。目をつぶって、剣尖《けんさき》の届く範囲に入ってくるものを悉《ことごと》く斬る。稽古《けいこ》はそこから始められた。やがてどんなに小さな羽虫も、この範囲に入った時は既に斬られているようになった。それは前方だけではない。側面も後方も同じである。鬼麿の身体を中心にして、剣と柄と腕長を加えた半径の円を描く。何物かがこの円を破ると、自然に身体が反応し、気がついた時は斬っている。鬼麿の感覚は、そこまで磨《と》ぎ澄まされていた。

今、鬼麿の両眼は静かに閉じられている。

五官が円の内部にのみ集中していた。

やがて円の一角が破れた。ほとんど無意識に大太刀は天頂を越え、振りおろされている。凄《すさ》まじい速さだった。絶叫があがり、ハタと絶えた。壺振りは脳天から臍《へそ》まで真っ二つに斬りおろされていた。脳天唐竹《からたけ》割りである。

壺振りが倒れた時は、もう、鬼麿の大太刀は元の位置にふりかぶられている。

血の腥《なまぐさ》い臭《にお》いが、闇《やみ》の中に満ちている。

残りの七人は動かなかった。否《いな》、動けなかった。あまりにも無造作な、あまりにも素早く凄まじい斬撃に肝《きも》をとばして、ただただ冷汗を流して立ちすくんでいる。

「正月なんだぜ」

鬼麿がもう一度いった。目をあけている。にこっと笑った。七人は鬼麿が自分たちを許してくれたことを知った。脱兎《だっと》のように逃げだした。

四

野末頼母《のずえたのも》の屋敷は妙にざわざわしていた。鬼麿は門をくぐった瞬間に、それを感じた。

〈厄介《やっかい》ごとだ〉

だが知ったことではなかった。もっとも、そのせいで会ってくれないということにでもなると面倒だが……。

鬼麿は例の刀屋の紹介状をもっていた。今朝一番でこれを書かせにいったのだ。手紙の書き賃は、一両だった。

野末家の家士は、ひどく緊張した表情だった。紹介の手紙を面倒臭そうに受け取ると、無言で奥へ消えた。やがて戻《もど》って来ると、手真似《てまね》でついて来るようにと告げた。

野末頼母は書院にいた。平服にちゃんちゃんこを着ている。勘定家老というので、もっと脂《あぶら》ぎった狡猾《こうかつ》そうな老人だろうと予想していたのだが、この老人は端正な顔のすっきりした小男だった。

「清麿が死んだと？」

鬼麿がぶっきらぼうに挨拶《あいさつ》を述べ終ると、すぐ訊《き》いた。

「さきおととい が四十九日になります」

「惜しい刀工をなくしたな」

頼母はひとつうなずくと、膝元の刀をすべらせてよこした。

「存分に見るがいい」

「ありがとう御座います」

鞘《さや》を払った。手入れは行届いている。確かに師匠のものだ。だが地鉄《じがね》に冴《さ》えがない。古鋼の量が足りないのだ。ひょっとすると、玉鋼だけかもしれない。清麿独特の金筋も砂流しも見当らないのは、鍛刀が不足のためであろうか。

〈師匠がこんな刀を作らなくちゃいけなかったなんて……〉

悲しかった。だが考えてみれば、どんな刀工だって数打ちはやっている。それをやらなければ食ってゆけないのだ。

〈それでも贋作《がんさく》でないだけましだ〉

当時の刀工で贋作をしない者はないといっていい。勿論《もちろん》、古刀乃至《ないし》は虎徹《こてつ》のような名のある新刀を真似るのである。刀屋と結託しての仕事だった。近世の刀工で清麿ほど贋作をしなかった者は珍しい。窪田《くぼた》清音《すがね》がその『鍛記余論』の中で、

『今ほどかのあしかる似せものを作り出ざるは正行一人にかぎりたるべし』（正行

とは清麿のこと）

と書いているほどだ。だが……

〈この刀は残せない〉

初めて鬼麿にも、師匠の気持が分った。これを死ぬ間際《まぎわ》まで汚点として感じることをやめなかった潔癖さが理解出来た。鬼麿自身がこの刀に我慢出来ないのである。

〈折らねばならぬ〉

ちょっと蒼《あお》い顔色になった。鞘におさめると前に置き、大きく息を吸っていった。

「贋物《にせもの》です」

「贋物？」

頼母が刺すような目で見た。

「無礼は承知です。でもこれはまっ赤な贋物です。お武家さまのお腰になさるものじゃァない。身を守る役には立ちません」

依然、刺すような目で見ている。

「こんなものはすぐに打ち折るべきです。本物を汚《けが》すものだ。弟子として、耐えられない。私が折ってもいい」

頼母が首を振った。

「じゃァ売って下さい。私が買って、この場で折る。値をつけて下さい」

このために昨夜博奕場《ばくちば》までいったのだ。

頼母がまた首を横に振った。

「これは私の刀だ」

「売る気はない」

「でも……本当に贋物なんですよ。使ってみればすぐ分ります。何合とうち合わない前に、折れるか曲るか、刃こぼれを起すか……」

頼母が微笑した。

「刀は人を斬《き》るためのものじゃない。武士だということを示す飾りにすぎない」

「そんな……」

鬼麿は絶句した。

「少くとも、わしにとってはそうだ。だから軽くて腰になじんだものがいい。丁度この清麿のようにな」

「でも……身を守る必要が起ったら……」

「誰《だれ》かがわしを守る筈《はず》だ。わしの算盤《そろばん》を必要とする誰かがな」

非常に頑固《がんこ》だと刀屋がいっていた。確かに頑固だ。理屈にあわなくても、折れようとしない。

「わしがこの刀を抜くことはない。抜けば確実に死ぬ。わしは剣が嫌《きら》いなのだ。人殺しの術に時を費すことは無駄《むだ》だと思っている。人間には他になすべきことが、沢山ある」

鬼麿は言葉を失った。老人の言葉は、それなりに正しいような気がして来る。確かに、ほとんどの武士が、一度も刀を抜いて争うことなく、平穏裡《り》に一生を終えるに違いない。その場合、刀は身を守るものではなく、まして人を殺すためのものではない。今の世で人を殺せば、ほとんどの場合、家禄《かろく》を失うことになる。家禄を失った武士のみじめさは、武士が一番よく知っている。だから飾りだと思っている方が無難であろう。

でも違う。野末頼母のいっていることは、正しいかもしれないが、どこかで間違っている。生涯《しょうがい》ひとを斬らないことと、いつでも人を斬れる状態に自分を置くということとは、断じて矛盾するものではない。刀を抜くことは、確かに一生に一度あるかないかのことだ。だがその一生一度のために、常に身構えているのが武士ではないか。一生に一度の闘いに不覚をとれば、たとえ生命は助かったとしても、その男の武士は死ぬ。『士道不覚悟』という目に見えぬしるしが、その額にぺったりと貼《は》りつけられるのである。だからこそ武士は剣をまなび、佩刀《はいとう》の吟味を心掛けるのではないか。鬼麿はそういいたかった。だが言葉が出て来なかった。頼母の自信に満ちた態度がそうさせたのである。

廊下を走る足音がきこえた。

「失礼します」

声と共に若い武士が入って来た。これは、昨夜、天神一家の賭場《とば》で、鬼麿の大太刀の目利《めき》きをしてくれた武士である。鬼麿も武士も一瞬、おや、という顔になった。だが若い武士は急いでいた。

「父上。すぐ逃げて下さい。連中が来ます。とりあえずじいやの家へ……。あそこなら誰も……」

「何を慌《あわ》てているのだ、市之進《いちのしん》」

頼母は落着き払っている。

「連中とは誰のことだ」

「勿論攘夷組《もちろんじょうい》です。父上は昨日お城で、あの者たちを無能よばわりなさったそうですね」

「真実をいったまでだ。黒船の一隻《せき》や二隻来たところで、今ただちに合戦《かっせん》が始るわけではない。単なる交渉ごとだ。じっくり腰を据《す》えて話し合いをすればすむ」

「父上が品川に砲台を作れとの御上意に強く反対していられるので、連中はひどく怒っているんです」

「当り前だ。そんな物を作る金がわが藩のどこにある。金の計算も出来ないくせに、むやみやたらに騒ぎ廻《まわ》る者は愚者だ。無能だ」

これはペリーの来航以来、全国で起っている藩政改革の一齣《ひとこま》だった。上野《こうずけ》の諸藩はいずれも徳川譜代である。それでも攘夷派が擡頭《たいとう》した。それは大方が下級武士たちの老職たちへの反感・反抗の形をとった。この高崎藩も例外ではない。

「議論をしている暇はありません。とにかく逃げて下さい。父上さえいらっしゃらなければ、私がなんとかします。悌二郎《ていじろう》と一緒に一刻も早く……」

「ここはわしの家だ。わしはここを動かぬ」

頼母は頑固にいった。

「それにあの者たちに何が出来る。今、わが藩でわしに替る者がいるか。わしが居《お》らねば、商人《あきゅうど》たちとの交渉一つ出来ぬくせに……」

自信に溢《あふ》れている。市之進は足踏みせんばかりにしていった。

「その通りです。でも連中は殺すことが出来ます」

「益体《やくたい》もない。なまじ剣術などやるから、そういう危《あやう》いことを考えるようになる。悌二郎ならそうはいうまい」

不意に門の外で、わあっという喚声があがった。

「来た！」

市之進の顔に絶望の色が浮んだ。

「私が出来るだけ喰《く》いとめます。その間に逃げて下さい。きっとですよ」

いい捨てると、玄関に走った。

鬼麿は頼母に一礼すると、市之進についていった。昨夜のことでこの若い武士に好意と幾分の義理を感じていたのである。

市之進は玄関の式台に立つと、羽織をぬぎ刀の下緒《さげお》で手早く襷《たすき》をかけた。刀の目釘《めくぎ》を湿した。

門の外の喚声は、益々《ますます》ひどくなる。

「それほどわけの分らない連中なんですか」

鬼麿が訊《き》いた。

「一人々々なら、そんなことはない。だが群をなして、特に今のように頭に血がのぼっていると……」

「お宅に家来みたいな人がいたけど……」

「逃がした」

「弟さんは？」

「逃げた」

そのいい方に鬼麿は思わず笑った。市之進も苦笑した。少し落着いたらしい。

「算盤《そろばん》をはじけば、逃げるが勝ちと出る、といったよ。親父殿《おやじ》はどうせわけもなく片意地を張るにきまっているから棄《す》ててゆく、ともな」

ちょっと悲しそうに微笑《わら》った。

「それも算盤に出てるんですね」

「誤解しないでくれ。悌二郎は悪い男じゃないんだ。無駄《むだ》なことはしないだけでね。確かに少々血は冷たいが、将来はわが藩を背負って立つ男になるだろう。父がそういっている」

「あなたは？」

「わしは駄目だ。役立たずさ。死んだ母に似て算盤はさっぱりでね。とても惣領《そうりよう》の資格はない。だから博奕場などに出掛けてゆく」

「家を弟さんに譲りたいんですね」

鬼麿は断定した。

「わしは……父が好きなのだ」

市之進が照れ臭そうに呟《つぶや》いた。

「お父上のそばについていた方がいい。ここは私ひとりで何とかやってみましょう」

「何をいう。あんたにはそんなことをする理由がない。大体、誰なんだ、あんた」

「まあ、いいじゃないですか。それに、ここへ残る理由はあるんですよ。私は用がまだすんでいないんです」

「どんな用だ？」

「まあまあ。とにかくお父上のそばへ。あの方はね、危い時は誰かが必ず守ってくれると信じていらっしゃるんですよ。今のところ、それはあなたしかいないんですから」

鬼麿の言葉が市之進を余計不安にしたらしい。

「分った。わしは父のそばにいよう。だがあんたは逃げてくれ。こんなことで死ぬなんて愚の骨頂だ」

門がきしんだ。外から多勢で押しているらしい。市之進は奥へとんでいった。

「死にゃァしませんよ」

鬼麿は小さく呟《つぶや》いて、大太刀《おおだち》を背に負い、玄関の長押《なげし》にかかっていた非常用の槍《やり》をとり、鞘を払いながら外に出た。距離を計って、門と玄関の中心に立つ。門を睨《にら》んで、

「馬鹿《ばか》に手間どってるなァ。こんな門のひとつや二つ……」

小首をかしげた時、門扉《もんぴ》が内側に倒れ攘夷派の武士たちが雪崩《なだれ》こんで来た。総勢三、四十人。とりあえず鬼麿の前面に立ったのは八人だった。

鬼麿が無造作に槍を振った。鼻先を槍の穂に掠《かす》められて、八人が、おっ、とのけぞる。槍が二度三度と空を切って鋭い音をたてた。八人が後方へ下ろうとして流れを押し戻し、全員の足がとまったところで、鬼麿は槍を地べたに突き立て、にこっと笑ってみせた。図体《ずうたい》がでかいので、笑顔が派手に見える。

「すいませんね。誰もいませんよ。空っぽでさァ、このお屋敷は」

「誰だ、貴様」

八人の中央にいた小柄《こがら》な、だが気の強そうな男が喚《わめ》いた。

「借金とりで。今日はどうしても払って貰《もら》わなきゃ困るんで伺ったんですが、生憎《あいにく》……」

「嘘《うそ》を申せ。算盤家老が借金をするか。馬鹿々々しい。どうせ押入れか雪隠《せっちん》に隠れて、ふるえてるんだろう」

「そんな真似《まね》をなさるお人じゃありませんよ、御家老は」

「何を愚図々々押し問答をしているんだ」

八人を押しのけるようにして後列から男が出て来た。片手に血のついた大刀をさげ、片腕で何かかかえている。身体《からだ》の大きな、見るからに粗暴そのものといった感じの男である。吊《つ》り上った目が、狂ったようにぎらぎらしている。小脇《こわき》にかかえていた物を、どさっと放《ほう》り出した。人間である。着衣も顔もずたずたに引き裂かれ、数え切れないほどの傷口から出血している。鬼麿はかがみこんで息を調べた。完全に死んでいる。どうやら次男の悌二郎らしい。

「よってたかってなぶり殺しですか」

鬼麿はいやぁな顔になって立ち上った。

「逃げようとしたからだ」

小男が弁解するようにいった。大男が喚いた。

「みせしめだっ。一国の危急存亡の時に算盤ばかりはじいているとこうなるんだ。分ったかっ」

〈皮肉だな〉

鬼麿はぼんやり思った。計算高く逃れようとした弟が死に、最期《さいご》まで闘うつもりの兄はまだ邸内で生きている。

大男が屋敷に向って怒鳴った。

「出て来ンか、野末頼母！　出て来て息子の屍《しかばね》を見ろ！　貴様の末路そのままの、なさけない屍を見ろ！　算盤侍め！」

鬼麿は足で悌二郎の身体をひっくり返した。背後から大きく袈裟《けさ》に斬《き》られている。かなり見事な斬り口だった。じろっ。大男の血刀を見た。

「この傷はあんただね」

「それがどうした！」

「たかが算盤侍を、うしろから斬るかねえ」

「貴様！」

侮辱されたと思ったらしい。大刀をふりかぶった。

鬼麿は一間をうしろへ跳んだ。同時に背中の大太刀を抜いている。

「私なら前から斬るね」

すっと大太刀が上る。身体が反りかえり、腹がつき出る。あんまりみっともいい形ではない。だが、鬼麿の体軀《たいく》と相俟《あいま》って、異様な迫力がある。大男が唇《くちびる》をなめた。鬼麿の腕の長さ、大太刀の長さに度胆《どぎも》を抜かれている。間合が遠すぎる。このまま相討ちの形で斬りおろせば、自分の刀は相手に届かない。間合をつめれば、相手の刀が先にふりおろされるだろう。とにかく長大な剣であり、長い腕だ。その上あの長い柄《つか》。併《あわ》せて八尺（二四〇センチ強）を優に超えている。自分の方は二尺三寸の定寸の刀身に、八寸の柄。腕の長さを足してせいぜい五尺（一五〇センチ強）しかない。だがあの大太刀は重いに違いない。最初の一撃さえはずせば、次にふりかぶるのに並の刀よりは時間がかかる筈《はず》だ。その隙《すき》をついて、間合の中に入る。後《ご》の先《せん》である。大男は刀を青眼《せいがん》に戻《もど》そうとしてやめた。このままの方が、万一はずしそこねた時の受けにきく。上段のまま、じわじわと間合をつめた。

攘夷派の面々は黙って二人を見つめている。この大男の剣技を信頼しているためだろう。身体だけは大きいが、武士とは見えぬ妙な男に、間違っても負ける気づかいはない、と思っているに違いない。

間合が縮まった。鬼麿はゆっくり目をつぶった。半径八尺の円の中は、鬼麿の気に満ちている。

突然、その一点に亀裂《きれつ》が入った。男が侵入したのである。鬼麿の大太刀は、一瞬わずかなはずみをつけると、最大の弧を描き、前面にふりおろされた。鬼麿はほとんど身体を二つに折っている。

大男は上段にふりかぶった刀を、自分の頭に密着させたような格好で、そのまま突っ立っている。

〈どうしたというのだ〉

攘夷派の面々は、不思議なものでも見るようにこの剣士を見つめた。

鬼麿がかがんでいた腰を、すっと伸ばした。

その時、武士たちは驚くべきものを見た。

大男の剣士の、頭に密着していた大刀が二つに折れ、切尖《きつさき》の方が地べたに落下した。同時に青々とした月代《さかやき》から額、鼻柱、部厚い唇、顎《あご》、咽喉《のど》と、次々に線が走り、ふっふつと血を吹きだして来た。着衣が胸もとから袴《はかま》の紐《ひも》まで綺麗《きれい》に切り裂かれ、肌《はだ》が出る。襦袢《じゆばん》まで切られている。そしてその肌にまっすぐに線が伸び、血を吹き出していた。

ずん。大男が仰向けに倒れた。上体が縦にほとんど両断されている。文字通り唐竹《からたけ》割りである。人々は信じ難《がた》い思いでこの屍を見た。

鬼麿が主謀者と直観した例の小男が、異様な叫び声をあげて抜刀した。最前列の七人が、それにつられて抜刀すると鬼麿に殺到する。

鬼麿の大太刀は既に元通りにふりかぶられている。小男が同じ唐竹割りに斬られた。

鬼麿は緩慢とも見える動きで足を送ると、左右の二人を袈裟《けさ》がけに、次いで後方に廻った男を逆袈裟に斬り上げた。『四方斬り』である。半回転すると、そのまま再び正面を斬り、左右を払い、また後方を逆袈裟に斬り上げる。まるで舞いを見ているようだった。一点の無駄《むだ》もない、厳しく美しい形。そして、確実に九人の武士が地に這《は》っていた。

鬼麿は依然目を閉じたままだ。また、正面に向ってゆっくり刀をふりかぶる。悲鳴が上った。正面に当った武士が、恐怖の表情もあらわに、後方へ、人をかきわけかきわけ遮二無二《しやにむに》逃げ出したのである。恥も外聞もない。ただ一刻も早くこの化け物から離れたいという一念が、ありありと見えた。忽ち《たちま》恐慌《きようこう》が拡《ひろ》まった。攘夷派の武士たちは四分五裂して、ひたすら逃げた。目を吊り上げ、悲鳴を発しながら逃げた。

鬼麿は目を開けた。門の向うには、もう人影がない。地べたには、悌二郎と暴漢たち、都合十個の死体が転っていた。大太刀を振って血を払い、手拭《てぬぐ》いで叮嚀《ていねい》に刀身を拭《ふ》く。厚がさねの刀身に刃こぼれひとつない。

『凡《およ》そ泰平の御代に於《お》いて、俗眼に知れざるものは勇士の本意、銘刀の刃味也《なり》。……まして刀は勇士の命を委《ゆだね》仕《つかまつり》候《そうろう》もの故《ゆえ》、下手ながら其心して鍛え候えば、末代に及ぶと雖《いえど》も此《この》御刀には決して御災（怪我《けが》の意）はこれ有る間敷く候』

これは現存する清麿の保証書ともいうべき書簡の一節だが、この大太刀の頼もしさはこの保証を実物で示したものである。鬼麿は満足げにうなずくと、大太刀を鞘《さや》におさめ、振り返った。頼母が市之進に支えられて立っている。信じられぬという目で、十個の屍《しかばね》と鬼麿を見較《みくら》べて云《い》った。

「なんということを。何故斬った。斬らずに話合うことも出来たろうに」

鬼麿は穏やかに応《こた》えた。

「話合い、算盤《そろばん》では受けとめられないものもあるようです」

ゆっくりと屍の一つを指さした。

「悌二郎！」

頼母が、膝《ひざ》をがくがくいわせながら悌二郎の屍に近づいた。倒れるように坐《すわ》りこみ、無残な死顔を見た。そっと撫《な》でた。

「悌二郎！　なんという……無駄な死にざまだ」

手がいつまでも死顔を撫でていた。

刀は刃《やいば》を上にして、碁盤の上に置かれてある。甲伏せ造りの、清麿にあるまじき刀、鬼麿のいう贋作《がんさく》である。

柄を市之進が握っている。

「本当に贋物《にせもの》なのか。私にはまさしく清麿に見えるが……」

市之進はまだ半信半疑のようだ。かなりの目利《めき》きである証拠である。

「確かに、いわれてみれば、地鉄《じがね》に冴《さ》えが足りないようだが……それにしても……」

「贋物です」

鬼麿はきっぱりといった。

「そのあかしを見せます。刃と刃が合って、同じ清麿の刀が折れるわけがない。そうでしょう。私の刀に刃こぼれがおきるようなら、その刀は贋作ではない。刃こぼれ一つなく、切ることが出来たなら、贋物」

「いいだろう」

市之進がうなずいた。

書院には、鬼麿と市之進しかいない。頼母は、この刀を投げ出すように鬼麿に与えると、城中へいった。攘夷《じょうい》派への徹底した弾圧を進言するためだ。この老人の頭の中では、もう算盤がはじかれはじめている。悌二郎の屍も、最早はじかれるべき算盤玉の一つにすぎない。この老人の眼《め》から見れば、頼まれもしないのに暴徒の前に立ちはだかり、たった一人で追い払った鬼麿のような男は、最高の愚者にすぎない。しかも、報酬として求めたのが、たかが一振りの刀とは。それも贋物だから折らねばならぬという。あんまり馬鹿々々しすぎて、不気味なほどである。そのせいか、頼母は鬼麿の顔を決してまともに見なかった。意識して避けているとしか思えない。

〈俺《おれ》の顔を夢で見なきゃいいが〉

鬼麿が思わずにたりとしたほどなのである。倉皇《そうこう》として裃《かみしも》をつけ、登城していったのも、或《あるい》は鬼麿を見たくない一念からだったのかもしれない。

「見分つかまつる」

市之進が改まった顔で云った。

鬼麿は無言で大太刀を抜いた。大きくふりかぶる。鬼麿はこの大太刀を信じている。鬼麿の剣法はすべて、その信頼の上に立っている。自分の刀はどんなものでも両断する、という確信なくして、剣法は成立たない。

機が満ちた。

「いやあーっ」

珍しく、鬼麿の口から凄絶《せいぜつ》な気合が洩《も》れた。

背中で小さなはずみをくれると、両腕をまっすぐ伸ばしたまま、大太刀を振りおろした。頭上の一点をすぎてから、大太刀は加速度を増し、碁盤の上の刀身めがけて落下してゆく。鬼麿の身体は、前に二つ折りになった。

異様な音と共に、『甲伏せ造り』の清麿は二つに折れてけしとんだ。大太刀は勢あまって碁盤を斬り、更に畳にまで喰《く》いこんでいる。

鬼麿は身体を起した。大太刀を市之進に向ける。切尖《きつさき》は下げられてある。

「御見分を」

鬼麿の声に、不安の気ぶりもなかった。

市之進は刀身に沿って目を走らせた。正《まさ》しく、刃こぼれ一つない。大きくうなずいた。

「正《まさ》しく贋物であった」

鬼麿は大きく息をすると、大太刀をおさめた。床の間近くに飛んだ、刀身の半分を拾いにゆく。手にした刀身は、斜めに斬り折られ、その切断面が光っていた。

〈まるで氷柱《つらら》だ〉

鬼麿はそう思った。なんとなく、流石《さすが》は師匠だと思った。

二番勝負　古《ふる》釣《つる》瓶《べ》

いる途中だった。
鬼麿《おにまろ》がその少年に気付いたのは、中山道《なかせんどう》芦田《あしだ》の宿《しゅく》から長久保に向う笠取峠《かさとりとうげ》を登って
芦田の宿は江戸から四十五里二十八丁、牧野遠江守《とおとうみのかみ》の領分で高千八百十六石、小ぢんまりとした宿場町である。もともと芦田は、正明寺という寺と数軒の農家しかなかった土地である。それが中山道の開発によって、赤沢・野方・古町の三村から、二・三男ばかりを嫁つきで移住させて宿場町を造った。いわば人工の町ということになる。文化二年刊行の『木曾路名所図会《きそじずえ》』には、『この駅に眼薬《めぐすり》売る』と但し書《ただしがき》がついている。どこからか流れついた眼医者でも住んでいたのだろうか。総戸数八十軒、住人三百二十六人、どの道中記を見ても『わびしき所也《なり》』と書かれたこの宿に、いつの頃《ころ》か居ついてしまった眼医者の生活はどんなものだったのだろうかと思う。
芦田の町はずれから笠取峠まで松並木が続く。その松並木を辿《たど》って、『三十丁上り』といわれた長い登り坂を上ると、『此処《ここ》にて浅間山見はらしよし』と『名所図会』に書かれた峠に出る。鬼麿はこの松並木のあたりから、後になり先になりしながら、執拗《しつよう》についてくるこの少年に気づいた。齢頃《としごろ》は九歳か十歳。一見その辺の百姓の子供のようだが、裏に毛のついた皮の胴着を着ているところから、鬼麿はすぐ山の子だと見

抜いた。恐らく山窩《さんか》の子だろう。懐《ふところ》には『ウメガイ』と呼ばれる重く鋭利な山窩独特の短刀を呑《の》んでいる筈《はず》である。山窩の子が一人で道中する筈はないから、近くの山中に、親や一族の者が『セブリ』を張っているのかもしれない。

顔つきも身体《からだ》つきも猿《さる》に酷似《こくじ》していて、あまり可愛《かわい》げのないこの少年は、恐ろしい駿足《しゅんそく》だった。常人の倍近い速さで歩く鬼麿に、ちゃんとついてくるばかりか、時にわざとらしく追い抜いて見せさえするのである。鬼麿はわずらわしくなって、歩度を伸ばした。一日五十里（二〇〇キロ）を楽々と歩き通す鬼麿の足には、いかに山窩の子とはいえ、かなう筈がない。あっという間に姿が見えなくなった。

石割坂の難所に入った時、不意に飛礫《つぶて》がひとつ飛んで来た。仲々の速さで、狙《ねら》いも確かである。もっとも鬼麿はなんの苦もなくはずしている。続いて、第二、第三の飛礫が来る。第三打で鬼麿は相手の居場所を読んだ。斜め前方の赤松の上である。跳ぶような大股《おおまた》で走り寄ると、慌《あわ》てて投じられた第四の飛礫をひっつかむなり、逆に樹間に向って投げた。悲鳴があがり、人が降って来た。それでも地べたにつく寸前で身体をひねり、手足を地につけた這《は》うような形で着地しているのは、身軽で体術にすぐれている証拠である。驚いたことに、それがまいて来た筈の少年だった。

「なんで飛礫を打った」

鬼麿の問いに、少年は痛そうに左肩をなでながら応《こた》えた。

「早く歩きすぎるもん」

鬼麿の速さについてゆけず、山肌《やまはだ》を斜行する直線路を選んで先行し、脚を狙《ねら》って飛礫を打ったという。

「なんで俺《おれ》をゆっくり歩かせたいんだ」

と訊《き》くと、なんとなく一緒に歩きたかったからだという。鬼麿は鼻で笑った。頭から信じていない。鬼麿は、山窩の一族に十歳の齢《とし》まで育てられた。山窩の子の心理は知悉《ちしつ》している。なんとなく人恋しくて大人についてゆく、といった可愛らしさは山窩の子にはない。吹雪の嶮《けわ》しい山中を独り歩いていても、小憎らしいほど平然としているのである。生れた時から道もない山中で育っているため、奇妙な方向感覚が身についていて、絶対に道に迷うということがない。まるで体内に羅針盤《らしんばん》を埋めこんで産れたように見える。足の速さも無類で、子供でさえ常の大人の倍の速さで歩ける。それも平地より山中の方が速い。その上、幼時から『ウメガイ』の使い方を教えられ、どんなに獰猛《どうもう》な動物に出会おうとひるむことはない。大人の方が頼りにしたいような、野性の生きものなのである。

鬼麿はいきなり少年の懐ろに手をさしこんだ。抵抗する暇も与えず『ウメガイ』をとりだした。

「返せよッ。泥棒《どろぼう》」

鬼麿は無造作にその頬《ほお》を張った。鬼麿にしては軽い打撃なのだが、少年は一間の余もすっとんでいる。鬼麿は『ウメガイ』を投げてやった。

「ヤゾオ（親方）は誰《だれ》だ」

少年は目を丸くした。山窩独特の言葉に仰天したのである。

「俺も山人《やまびと》だ」

それで通じた。少年は族長の名を口にした。

「おとう（父）は」

「殺された」

少年は陸奥《むつ》山系の一つの場所をいった。そこで伊達《だて》藩の山廻《やままわ》り同心と争い、鉄砲で射《う》たれたという。

「みんなだ」

家族全員という意味だ。鬼麿はうなずいた。よくあることだった。諸藩の山廻り同心は、なぜか山窩を目の敵《かたき》にしている。不幸にしてぶつかれば、十のうち十まで闘争になり、どちらかが死ぬことになる。山窩側は、何故《なぜ》自分たちが目の敵にされるか分らない。何一つ悪いことはしていないのである。自分たちの生きざまそのものが、幕府の法に叛《そむ》いているなどと考えてもいなかった。山窩には国境がない。山はどこまでもひとつながりの山であり、自由に歩きまわれる自分たちの栖《すみか》であり、庭である。己の庭を歩いていて、何故咎《とが》められねばならないか。年数も数えきれぬほどの太古から、自分たちはこうやって生きて来たのである。領地といい、国境といい、侍たちが勝手気ままに決めたものを、自分たちに押しつけるのは迷惑だった。そんなものは、決めた侍同士が守ればいい。自分たちは放《ほう》っておいて貰《もら》いたい。第一、国境いなどといっても、侍は本当の奥山まで来たためしがないではないか。まして栖《す》んだことなどあるわけがない。それが山窩のいい分だった。

　鬼麿は平地に降り、常民の一人となった今でも、この山窩のいい分を正しいと信じている。だが正しいことが、常に通るとは限らないのが、常民の世界だということも、分るようになっている。

「俺から何を盗むつもりだった」

　鬼麿は訊いた。少年は完全にうちのめされたように見えた。まさかそこまで見抜かれていようとは、思ってもいなかったのだろう。弱々しく否定しようとした。

「そんなこと……」

「何だか云《い》え」

鬼麿の声に、僅《わず》かに威圧する響きがまじると、少年はぱっととび下った。鬼麿は石ころを拾った。

「俺の飛礫をよけてみるか」

少年はうなだれた。左肩をなでた。鬼麿の飛礫の確かさは、その一撃で身に沁《し》みて分っている。

「刀」

ききとれぬほどの小声で、そっと云った。そのしぐさに初めて齢が出た。奇妙に可愛らしかった。

「これか」

鬼麿は背に斜めにかけた、菰《こも》にくるんだ三尺二寸五分の大太刀《おおだち》にさわっていった。試し斬り専用の『切り柄《づか》』をつけたこの白鞘《しろざや》の大太刀は、鬼麿の師匠、山浦環《やまうらたまき》源清麿《みなもとのきよまろ》の鍛えた四方詰めの名刀である。

「こりゃァやれねえなァ」

笑った瞬間に、すっぱ抜いていた。一尺五寸の『切り柄』をつけた大太刀は、四尺七寸五分の長さになる。まさか届くまいと思っていた少年の首筋に、ぴたりと切尖《きっさき》がついた。

「今度盗もうとしたら、この首がとぶ」

おどしでもなんでもない。事実を告げているだけだといったような、淡々たる鬼麿の口調が、却《かえ》って少年を震え上らせた。無意識に何度もうなずいた。その間に鬼麿の姿はぐんぐん石割坂を登って見えなくなった。

「おい」

少年の背後から声がかかった。ふりむいた少年が色を失った。誰もいないのである。

「おい、小僧」

また声がする。少年は必死に見廻したが、やはり人影はない。山中でこわいもののない少年が、恐慌《きょうこう》に襲われた。鬼麿に翻弄《ほんろう》された後だったためもある。咄嗟《とっさ》に逃げだしかけて、どさっと前に倒れた。右の足首にまるで蛇《へび》のように朱色の綱が絡《から》みついている。綱の先端に鉛の分銅がついていた。

「逃げられると思うな」

またどこからともなく声がした。しかも今度は二、三人の忍び笑いまできこえる。

少年は肩で喘《あえ》ぎながら、あぐらをかいて、観念のまなこを閉じた。恐ろしい山神につかまったのだと信じた。

同じ頃。鬼麿は笠取峠を越えようとしていた。秀麗な浅間山も鬼麿の関心を惹《ひ》かないらしい。一瞥《いちべつ》をくれただけで、さっさと下り坂にかかった。

鬼麿の目ざす先は松本である。六万石戸田（松平）光則《みつさだ》の城下町だった。

本来、鬼麿の旅は師匠清麿の刀さがしのためである。だが、数打《かずう》ちの刀を、どこで何振り鍛《う》ったか、師匠はいってくれなかった。いったのは、萩《はぎ》につくまで自分が歩いた経路だけである。中山道に始り、野麦街道、丹波路、山陰道。鬼麿はその同じ道を歩いて刀を見つけだし、折らなければならない。気の遠くなるような仕事である。どこで金がなくなり、どこで、どの鍛冶屋《かじや》を借りて、誰のために鍛ったか。それを見極めるには、自分が当時の師匠と同じ心の状態になってみるしかない。倖《さいわ》い、刀鍛冶は野鍛冶と違って、どこでも仕事が出来るわけではない。侍の、それも裕福な侍の住む町でなくては、刀鍛冶はいない。比較的大藩の城下町。狙いはそれだった。そのやり方で、鬼麿は既に一振り見つけ、打ちくだいている。場所は高崎だった。その時、師匠の受けとった手間賃は一両である。一両の金でどこまでゆけるか。それが問題だった。

当時の旅の費用は、宿泊と食事などで、一日に一朱というのが相場である。その計算でゆくと、一両は四分、一分が四朱だから、十六朱、つまり十六日分の旅費を師匠は稼《かせ》いだことになる。一日八里（三二キロ）の行程として、百二十八里（五一二キロ）をゆけるわけだが、そうはゆかない。酒というものがある。師匠は死ぬ直前まで、日に三升の酒を欠かしたことのない男である。一両の金を手にすれば、忽《たちま》ち気が大きくなって、四升五升と飲んだ筈だ。酔えばぐずぐずと宿に居続けをしたかもしれない。いや、並の宿ではなく傾城屋《けいせいや》だったかもしれぬ。なにしろ凄《すご》いような美男で、女にはめちゃにもてた。刺客《しかく》に追われての旅だから、まさかそんなことはあるまいと思うのは、普通人の考えで、師匠は断じて普通人ではない。腹を据《す》えたら、こわいものなどなかった。またそれだけの剣術の腕も持っている。

清麿が窪田《くぼた》清音《すがね》の世話で、初めて江戸四谷《よつや》北伊賀《きたいが》町に鍛冶場を開いた時、すぐ近くの左門町に桑名侯の刀工固山宗次《かたやまむねつぐ》の鍛冶場があった。刀工としても先輩であり、当然挨拶《あいさつ》に出向くべきなのに清麿はゆかなかった。宗次は立腹し、清麿に果し状を送りつけた。清麿はその当夜、家の戸という戸を明け放し、庭に篝火《かがりび》を焚《た》き、外から見える座敷で大酒をのみ、果てはひっくり返って大いびきで眠りこんでしまったという。宗次は数人の門人もろとも乗込んで来たが、この清麿の態度に逆に恐れをなして引き上げてしまった、という逸話が残されている。

そうした点を考えると、一両の金がどこまでもったか怪しいものである。だから鬼麿は高崎に次ぐ大きな城下町松本に狙いをつけたのだった。

〈苦労させてくれるなあ、お師匠〉

鬼麿は雲間に浮ぶ清麿の秀麗な顔に話しかける。師匠の顔がほろ苦く笑った。

〈すまないな、鬼麿。どうも俺って男はしだらがなくて……〉

いつもの師匠の口癖だった。

〈まあよござんすよ。こっちは師匠みてえに追われる身じゃァなし。のんびりゆきますよ〉

これはとんでもない間違いだった。実のところ鬼麿は師匠と同様、追われていたのである。しかも追われていることに、全く気づいていない。なんとも危い立場に立っていた。

これより先、正月四日、北伊賀町にある伊賀同心の頭領の屋敷に、七人の伊賀者が呼び出された。

「山浦清麿が死んだ」

頭領がぽつんと云った。伊賀者たちの顔色が変った。彼等《かれら》の親ないし兄が、天保《てんぽう》十三年四月から五月にかけて、あの清麿追跡行の途上で、生命《いのち》を落している。一人だけ帰って来た者がいたが、それも任務失敗の報告をすますと、即座に腹を切っている。だがその彼等よりも、頭領の心の痛みの方が遥《はる》かに強烈であることを、全員が知っている。当時、大御所家斉《いえなり》公の側妾《そばめ》でありながら、清麿と情を通じ、危険な逢瀬《おうせ》を楽しんでいた大胆不敵な女は、実はこの頭領の娘だったのである。家斉が死に、天保の改革で大奥を粛正しようとした、時の老中《ろうじゅう》水野越前守は、この醜聞を探知した。配下の鳥居《とりい》耀蔵《ようぞう》に命じて徹底的に洗わせ、それを足がかりとして、大奥を圧迫しようとした。頭領が七人の部下に、清麿抹殺《まっさつ》を命じたのはそのためだった。一方が死ねば情事の立証の困難なことは、今も昔も変りはない。だが、清麿暗殺は無残な失敗に終った。頭領に残された手だては一つしかなかった。情事のもう一方の相手、つまり己《おの》が娘を殺すことである。頭領はこの仕事を誰の手にも委《まか》せず、自分だけでやりとげた。娘の死はどう見ても自然死としか見えなかった。それだけ見事な暗殺だった。伊賀同心の中で、頭領の声価は上ったが、頭領の顔からは以後笑いが絶えた。それほど愛していた娘だったのである。娘の死によって水野越前守の大奥粛正の企《くわだ》てはけしとび、天保の改革もまた失敗に終った。水野は失意のうちに老中を罷免《ひめん》された。以後、伊賀同心は大奥の庇護《ひご》を大いに受け、組のふところは潤《うるお》ったが、頭領の顔に笑《え》みが戻《もど》ることはなかった。清麿が三年後の弘化二年（一八四五）に、あっけらかんとした顔で北伊賀町に帰って来た時、いきりたつ伊賀同心を逆になだめたのは頭領である。

「毛を吹いて傷を求めてはならぬ」

それが頭領の言葉だった。頭領から見れば清麿などという男は一種の痴人である。懐中痴人を圧迫すれば、何をするか分らない。娘の艶書《えんしょ》を持っているかもしれない。日記にこと細かに情事のいきさつを書き残しているかもしれない。清麿の死はそれを世に出させるきっかけになるかもしれなかった。何よりも事は畢《おわ》ったのである。危険を犯してまで清麿を斬ることはない。冷徹な判断だった。さすがは頭領と誰もが思った。だが誰一人、頭領が心の中で、狂瀾怒濤《きょうらんどとう》のような清麿への憎悪《ぞうお》と戦っていることを知らなかった。それから十二年。頭領は老いた。目の前に迫った死が見えた。

〈死ぬ前にお前の怨《うら》みを晴らしてやるよ〉

娘の位牌《いはい》にそう誓った。その矢先に清麿が死んだ。がっくり来た。

〈どこまでも運のいい奴《やつ》だ〉

本気でそう思った。そして四十九日の昨日一番弟子の突然の失踪《しっそう》を知ったのである。

〈何かある。何か非常のことがある〉

直観である。彼は末娘のおりんを清麿の家にやった。くやみのためである。清麿の

妻お綱は、美人でよく出来た女だが、無類のお喋《しゃべ》りだった。喋りだすととまらなくなる。近所の人々は、

「師匠の家には、お内儀《かみ》さんしかいねえみたいだね」

と噂《うわさ》した。清麿はじめ弟子一同、お綱のお喋りに辟易《へきえき》して、ほとんど口を利《き》かなくなっていたからだ。

おりんは巧みに水を向け、鬼麿出奔の理由をききだすことに成功した。お綱にだけは、鬼麿もこの奇妙な旅の理由を打ち明けないわけにはゆかなかったのである。

『四谷正宗《よつやまさむね》の数打ちもの』

この言葉は、頭領にとって福音に等しかった。その数打ちものを一堂に集め、天下の刀目利《めき》きにみせてやる。

「四谷正宗なんてえらそうにいわれているが、こんな下らないものも作ってるんですよ」

その一言で、清麿の声価は下落する筈《はず》である。死者に対するこれほど有力な復讐《ふくしゅう》があろうか。それが、頭領がこの日、七人の伊賀同心を集めた理由だった。

七人の伊賀同心のかしらは、服部小平太《はっとりこへいた》だった。嘗《かつ》ての伊賀の頭領、服部一族の者

である。まだ三十三歳。だが忍びにも剣にもすぐれ、就中《なかんずく》その綱術は、『神わざ』といわれるほどのものだった。尖端《せんたん》に鉛の分銅をつけた緋色《ひいろ》の綱が、小平太の手にかかると、まるで生きているように動く。打ち、絡《から》み、分銅で突く。どんな攻撃でも、この綱一本でやってのける。小平太はそういう男だった。

それだけに、小平太は今度の仕事に不満だった。十三年前の数打ちの刀を集めるなど児戯に類する。なにも伊賀者が出むく必要などないのである。

「刀屋の仕事だよ。刀屋をやればいいんだ、刀屋を」

鬼麿の存在など、てんから認めてはいなかった。

「ひっくくって崖《がけ》にでも吊《つる》してやるさ。そうすりゃ、知ってることを残らず吐くだろうよ」

彼等はおくれをとり戻すために馬を使った。鬼麿と同じ推理のもとに、城下町しか探索しないのだから、これは早い。高崎で忽《たちま》ち鬼麿の足跡を掴《つか》んだ。だがこの町に鬼麿の残した評判は、服部小平太の安易な考えを一変させるに足るものだった。天神一家の壺振《つぼふ》りは、鬼麿の一撃で、脳天から臍《へそ》まで、文字通り真ッ二つに斬られたという。いずれも剣法を勉《まな》び、しかも喧嘩《けんか》に慣れた渡世人が七人も、恐ろしさに身がすくんで、一歩も動けなかったという。高崎藩勘定家老の屋敷でも、乱入した下級武士を九人斬ったらしい。もっともこの話の方は、当の家老も、また藩士も口をつぐんで語らないので、近所の小者、女中などによる不確かな噂しか手に入らなかった。九人とは大変な数である。話半分としても四人である。鬼麿の剣が尋常のものではないことを、服部小平太といえども認めざるをえなかった。考えてみれば、鬼麿の師匠清麿も、虫も殺さないような優男《やさおとこ》のくせに、選び抜かれた伊賀者六人を斬っている。鬼麿は師匠とは逆に六尺五、六寸もある大男だという。七人の伊賀同心は、改めて心をひきしめ、鬼麿の追跡に移った。そして芦田でようやく、再び鬼麿の足跡を摑み、石割坂で初めて実物の姿を見たのである。

笠取峠をすぎて下り坂を降りると長久保の宿だ。ここも中山道の開通によって新しく出来た町である。総戸数百八十七軒の小さな宿場町だが、意外なほど旅籠屋《はたごや》が多いのは、碓氷《うすい》峠より嶮《けわ》しいといわれた和田峠越えを明日にのばして、麓《ふもと》の和田よりこの宿で一泊する者が多かったからだろうか。長久保から和田までは二里の道中であり、和田は『木曾海道宿付』に『宿あしし……甲府領地なり』と書かれたほど荒寥《こうりよう》たる町だったためだろうか。長久保、和田、双方の宿とも飯盛女《めしもり》を置いて、旅人の閨《ねや》の奉仕にも余念がないが、女は長久保の方がうぶで、和田の方が莫連女《ばくれん》が多いという。

鬼麿はそんな評判を知ってか知らずか、さっさと長久保の宿を通りすぎ、和田に向った。鬼麿にとって、いい宿も悪い宿もないのである。そもそも宿をとるつもりがないのだ。道端の辻堂《つじどう》、地蔵堂をみつけて、もぐりこむつもりでいる。銭がないわけではない。高崎の天神一家でせしめた三十両足らずの金が、まだほとんど手つかずにある。だがこの金は、師匠の刀を買い戻すのに使うつもりだった。それに旅籠は人臭くて鬼麿には寝つけない場所なのである。正月の信濃《しなの》の風は、身を切るような寒さだったし、道端に雪の山がつまれ、川水も凍っていたが、鬼麿にとっては何でもなかった。却《かえ》って身体《からだ》がしゃきっと引き締って、気分がいいのである。忽《たちま》ち和田に着き、尚《なお》も歩度をのばす。既に黄昏《たそがれ》が降りて来て、小雪さえちらつきはじめている。そんな中を鬼麿は燈火《とうか》もなしに和田峠を夜をかけて越える気なのだ。こんな男を追ってゆく者こそ災難である。伊賀忍法の達者とはいえ、この泰平の御代に、鬼麿のような荒行を積んだ者は一人もいない。服部小平太がまず音《ね》をあげた。

「あいつは化け物だ。和田峠を暗闇《くらやみ》越えするつもりだ。とてもついちゃゆけねえよ」

芦田で馬を捨てたのが、とんでもない間違いだった。鬼麿の歩行速度は、忍者の足を遥かに上廻《うわまわ》っている。

「このまま峠にかかられては、作戦は台なしだぞ」

副将格の、金原達之進が、寒さに唇《くちびる》を紫色にしながら、震えるように云《い》う。一同、暗澹《あんたん》としてうなずいた。

異変が起った。もうすぐ和田の宿の町はずれというところで、鬼麿が突然足をとめたのである。鬼麿の前に、ほっそりとした小柄《こがら》な女の影があった。飯盛女である。瘦《や》せこけて生気がなかった。そのくせものいいは伝法で、ものうげで、莫連女のなれの果てという感じだった。

「どうでもいいけどさぁ、夜道はよしなよ。今夜は吹雪《ふぶ》くよ」

鬼麿は空を見上げた。女は嘘《うそ》をいっていない。雲の動きが早かった。

「温《あ》ったかそうな身体だねえ。あたいを暖めておくれよ。独り寝だと、手足が冷えてねえ。朝方まで眠れねえんだよ」

女が勝手なことを云う。かさかさにかすれた声に、荒廃した色気があった。

〈そういや、随分女を抱いてないな〉

卒然として鬼麿はそう思った。次の瞬間、高々と女を抱き上げ、唇を吸っていた。同時に左手が女の裾《すそ》を割り、秘所にぴったり当てられている。

「む、む、む」

女は制止するつもりだが、唇がふさがれて声にならない。冷えきった秘所が幾分温かみを増した。鬼麿の薬指が侵入を開始している。女が必死に腰を振ったが、構わず侵入し終っている。指の先に濃密な湿りけが感じられた。鬼麿が唇をはなした。女の口から出たのは、罵声《ばせい》でも悲鳴でもなく、深い溜息《ためいき》だった。

「あせるんじゃないよ、ド助平」

喘《あえ》ぎながら云った。口調は乱暴だが、ちらりと見た眼《め》が優しく媚《こ》びを含んでいた。

その夜、その旅籠の人々は、客も主人夫妻も、めしたき婆《ばあ》さんに至るまで、夜っぴて眠れなかった。呻《うめ》き、すすり泣き、叫び、遂《つい》には咆哮《ほうこう》する声を、白々あけまできかなければならなかったからである。それはさながら野性のまじわりだった。鬼麿は終始一言も口をきいていない。吼《ほ》えたのは、例の女である。女だけが荒れ狂ったのである。あの痩せこけた身体でどうして……と首をひねらせるような、凄《すさ》まじい変貌《へんぼう》ぶりだった。病気持ちではないかと疑わせるような、あのかすれ声が、これほどぞっとするような色気を発するとは、誰《だれ》一人、思ってもみなかった。被害はその旅籠だけにとどまらなかった。女の声は一町四方に響き渡ったのである。

翌早朝、早立ちをするらしい鬼麿を送って出た女を、岡焼《おかや》き半分のぞいてみた人々は、あっとなった。女は一夜のうちに変貌していた。かさかさした肌《はだ》は、しっとりと濡《ぬ》れ、耀《かがや》いているようだった。痩せた堅そうな身体が、軟体動物のように柔らかく、くねくねしている。なによりも、今朝の女には、強烈な生気があった。生気が身体のすみずみまで滲《し》みわたり、色気となって発散しているかのように見えた。

〈こんなに好《い》い女だったのか〉

誰もが新しい女を見るように見惚《みと》れた。

「倖《しあわ》せだったなぁ。いい気分」

女は誰にいうともなく呟《つぶや》くと、欠伸《あくび》をひとつして、行燈《あんどん》部屋に入りこみ、夕方まですやすや寝息をたてて睡《ねむ》った。誰も女を怒る力がなかった。

鬼麿は軽い足どりで、和田峠を登っていた。久しぶりのまぐわいで、身体が軽くなったような気がする。その上、いいしらせがあった。

白々あけの寝物語の中で、なんのための旅かときかれ、刀探しさ、と鬼麿は答えている。どんな刀、お家重代の波《なみ》の平行安《ひらゆきやす》かい、と笑う女に、そんなに古かないよ、源《みなもとのまさゆき》正行銘の刀さ、といったところ、女の笑いがぴたっととまった。

「みなもとのまさゆきって云ったかい」

確かめるように女がきく。

「そうさ、今じゃみなもとのきよまろって名を変えている。四谷正宗といわれた、えらーい刀鍛冶《かたなかじ》さ。俺《おれ》のお師匠だ」

「あたい、知ってる。みなもとのまさゆき、知ってる」

「本当かい」

どうせいい加減な話だろうとたかをくくって、軽くきき返した。

「あんたさぁ」

女は涙ぐんだ。

「あたいがこんな莫連だから、どうせいい加減な話しかしやしないと思ってるね」

「そんなこたァねえ」

慌《あわ》てて鬼麿が答えた。

「そう思われたって仕様がないけどさぁ。ほんと、何年ぶりだよ、こんなに芯《しん》から暖たまったの。こんないい目にあわせて貰《もら》ってさぁ、嘘なんかついたらばちが当っちゃうよぉ」

「悪かった。謝る。本気できくよ。さあ、話してくんな」

鬼麿は頭を下げるかわりに、女の秘所を柔らかくさすり上げた。

「ああっ。またおかしくなっちゃう」

女が叫んだ。

「おかしくなる前に、きかせてくれよ」

「あたいさぁ、ここの前に下諏訪《しもすわ》にいたんだよ。諏訪じゃ針箱っていうんだ、あたいたちのこと。旅の人に針箱だして、よなべしろっていうんだってさ。ばかばかしい」

「針箱はよかったな」

「それでさぁ、その旅籠は檜物屋《ひものや》っていうんだけどさぁ、綿の湯の西隣りでねぇ、その旦那《だんな》さんの碁敵《ごがたき》で、昔、剣術の先生をしてたんで、先生、先生って呼ばれてる岩倉波右衛門っておん人がねぇ、珍しい刀、手に入れたって自慢してたんだよね。それがみなもとの、ええっと……」

「みなもとのまさゆきか」

「そっ。四谷正宗っていってたなぁ」

「そうか、ありがとよ。早速当ってみるよ」

鬼麿はもう一度秘所をなであげた。女は忽《たちま》ちかじりついて来たが、鬼麿のものを摑みながら、耳もとで囁《ささや》いた。

「ありがとね、信じてくれて」

岩倉波右衛門の手に入れた刀が、師匠の数打ち物かどうかは、見てみなければ分らない。案外、本物の四方詰め鍛えの刀かもしれないのである。正行時代の鍛刀は、清麿銘のものより数が多い筈である。どこをどう流れて、下諏訪にまで現れていないでもない。それにしても和田に泊っていなければ、足もとめずに行きすぎたに違いない土地である。女の言葉が有難《ありがた》かった。

和田から下諏訪までは、五里十八丁の山道である。距離はたかがしれているが、すべてこれ嶮しい積雪の坂である。観音坂・長坂・新道坂と登り続けると東餅屋《もちや》村。和田峠越えの難所はここから始る。胸つき八丁が雪と氷に蔽《おお》われて滑りやすく、その上何もかも凍らすような寒風が吹きつけてくる。さすがの鬼麿が、両手に息を吐きかけて暖めたほどの寒さである。

ようやく和田峠に着く。『木曾路名所図会』に、

『和田峠にいたる。ここを鳩《はと》の峯《みね》ともいふ。空快明なる時は富士山能《よく》見ゆる。……三月の末まで雪ありて寒し。地形甚《じぎようはなは》だ高き所也《なり》』

と書かれた場所である。生憎《あいにく》なことに、空は快明どころか、どんよりと曇って、富士山が見えるどころではない。雲がたちこめて、見晴しがまったくない。そればかりか雪さえちらつきはじめている。鬼麿は一服する気にもならず、すぐ下り坂にかかった。

暫《しばら》くゆくと、北側に夥《おびただ》しい石が集められ、その奥に坐像《ざぞう》のお地蔵さまが鎮座している。いわゆる賽《さい》の河原である。

異変が起きた。

飛礫《つぶて》がとんでくる。一つ、二つ、三つ、四つ。降り始めた雪にまぎれて、かわしにくい鋭さだった。だが鬼麿はすぐ打ち手の癖を読んだ。喚《わめ》いた。

「小僧！　顔を出せ！」

お地蔵さまの向うに、人影が立った。確かにあの山窩《さんか》の少年である。

鬼麿は苦笑した。

「そんなにこの刀が欲しいか」

少年は応《こた》えない。顔が妙に歪《ゆが》んでいるように見える。ひょっとすると、泣いているのかもしれなかった。

また、立て続けに飛礫がとんで来る。鬼麿は少々うんざりしている。こうしつこく、行先々で狙《ねら》われてはやりきれない。きつい仕置をするしかない。

〈拳《こぶし》を打とう〉

拳を打てば、腫《は》れ上って十日は手が使えない筈である。

飛礫は鬼麿の得意わざの一つである。師匠の清麿とめぐりあえたのも、この飛礫のお蔭《かげ》だった。出雲《いずも》往来の山中で、六人の伊賀者に襲われている清麿を偶然に見た。尋常の果し合いではなく、六人が車がかりで清麿を襲っていた。六人の方には余裕があり、なんとなく猫《ねこ》が鼠《ねずみ》をなぶっているような趣きがあった。それが鬼麿のかんにさわった。倖《さいわ》い場所も、この賽の河原のように、砕石の多いガレ場だった。石は無限にある。鬼麿は己が身を隠して、矢継ぎばやに飛礫を打った。面白《おもしろ》いように当った。六人は狼狽《ろうばい》し、清麿は生気をとり戻《もど》して、たて続けに三人まで斬《き》った。そして更に数日後、またも執拗《しつよう》に待伏せしていた伊賀者の残り三人のうち、二人を斃《たお》し一人を傷つけた。この時は、鬼麿が一人を背後から『ウメガイ』で刺し殺している。それっきり、伊賀者の襲撃は絶えた……。

〈身から出た錆《さび》だ〉

鬼麿は、相手が男だと、子供といえども容赦しない。手心を加えるのは、女相手の時だけである。

新たにとんで来た飛礫をよけながら、急に身体をかがめた。石を拾うためである。その急な動作が鬼麿を救った。かがめた頭すれすれに何かが飛んだ。飛礫ではない。風を切る音が違う。速さも、少年の飛礫とは比較にならない。鬼麿が身体をかがめなかったら、胸のあたりに当った筈《はず》である。

飛来した物体を確認する暇がなかった。第二、第三の同じ物体が、鬼麿を襲ったからである。

鬼麿は砕石の上を転って、辛《かろ》うじて避けた。次いで息つく間もなく四つん這《ば》いの姿勢から、大きく横に跳んだ。更にいくつかの物体が、鋭くとんで来たためだ。その一つが、鬼麿が背負った大太刀の柄《つか》に当り、はじけて前に落ちた。鬼麿は更に横に跳びながら、その物体を見た。

六方手裏剣だった。鉄製・星型の手裏剣で、星の尖《とが》った部分が磨《と》ぎすました刃になっている。しかもこの手裏剣の刃は、青く濡れていた。毒が塗られている証拠である。

〈伊賀者だ！〉

鬼麿がこの武器を見たのは一度きり、師匠と共に、生き残った三人の伊賀者に襲われた時である。だから咄嗟《とっさ》に正体を知ることが出来た。だが理由が分らない。師匠には確かに殺されてもいい理由があったが、鬼麿にはない。だが、今は理由を訊《ただ》す場合ではなかった。四方から六方手裏剣が、とんで来る。少年の飛礫とはわけが違う。鍛え上げた芸である。今のところは、鬼麿の意外な動きが、なんとか相手の意表をついて辛うじてかわしているが、いずれそれも読まれるだろう。そうなったら終りである。鬼麿は一瞬の間に気を鎮《しず》めた。気を鎮める独特の法を持っているのだ。実に簡単な法である。

〈俺は真冬の山中に裸で棄《す》てられた〉

そう思うだけでいいのである。思うなり鬼麿の背筋にひどく冷たいものが走る。それは寒さに泣く力もなくなった赤子の鬼麿が、現実に感じた寒さだったのかもしれない。それが鬼麿の原体験だった。背筋に走る異様な冷気の中で、

〈俺はそれでも生きた〉

その確信が湧《わ》くのである。同時に気は鎮まり、冷徹な計算が働くようになる。今もそうだった。一瞬に気を鎮めた鬼麿は、すぐ相手の数を読んだ。六人。前方、少年の少し前、お地蔵さまの背後に二人、左右に一人ずつ、後方に二人。少年はおとりだった。鬼麿に、またか、と思わせ、油断させるための罠《わな》だった。誰が子供の飛礫にまじって、六方手裏剣がとんでくると疑う者がいよう。しかも毒まで塗った手裏剣が、である。巧妙とも卑劣ともいえる作戦である。

しかも少年を使ったということは、この襲撃が気まぐれや、その場の思いつきでないことを証明している。少年が鬼麿に初めて飛礫を打って来たのは、石割坂である。この六人は、少くとも芦田の宿から鬼麿を尾《つ》けていたことになる。さもなければ少年は使えない筈だった。緻密《ちみつ》に計算した襲撃であり、謀殺を狙ったものだ。だが、なんの理由で？

鬼麿の腹の底から、じわりと怒りが湧いた。奇妙なことに、怒りの理由は自分が謀殺されようとしていることではなかった。なんとなく、少年が哀れになったのだ。金を摑《つか》ませたのか、脅《おど》したのか。恐らく後者であろう。少年は鬼麿が同じ山窩の出身であることを知っている。よそ者に金で頼まれて、同じ山窩の謀殺に手を貸すわけがなかった。手を貸すとすれば、自分の生命《いのち》が危い時だけである。

〈だから、あんな歪んだ顔をしていたんだ〉

いまにも泣きだしそうな少年の顔が、鬼麿の脳裏を掠《かす》めた。

〈ひどいことをしやァがる〉

よそ者の手引きをして自分の一族を殺したという痛みは、生涯《しょうがい》少年の心に残る筈である。その痛みとおびえは、少年の一生を引裂くに充分な力をもつ。即座になんらかの手をうたねばならなかった。ほんの冗談ごとにしてしまって、

〈気にすんな。ほら、何でもなかっただろ〉

そういって、頭の一つもなでてやればいい。それには、この鋭い攻撃をしのぎ、この卑劣な伊賀者たちを斬らねばならぬ。

鬼麿は、不意に立ち上った。その時はもう三尺二寸五分の大太刀を抜き放って、大きくふりかぶっている。

いつもの構えである。

のけぞるようにして腹をつき出し、大太刀の先が尻《しり》につくほど大きく振りかぶっている。足は横に開き、一見不動の形だ。様《ため》し剣術、つまり据物斬《すえものぎ》りの構えである。

「さァこい」

初めて声を放った。

いわれるまでもない。大きくなった標的に四方から六方手裏剣がとんだ。伊賀者たちには、この異様な構えが、追いつめられ、やけになった結果としか考えられなかったのである。

驚くべきことが起った。

鬼麿は一見緩慢とも見える動きでゆるやかに回転しながら、飛来する手裏剣を悉《ことごと》く斬ったのである。

二度目の攻撃も、三度目の攻撃も同じだった。手裏剣は悉く斬られ、けしとんだ。伊賀者たちの攻撃がとまった。とまどっているのである。六方手裏剣が、鬼麿の剣が届く円周内に決して入ることが出来ぬことを悟ったのだ。

鬼麿の哄笑《こうしょう》が響きわたった。これは計算ずくの笑いである。少年をほっとさせるのが、その狙いだった。

「どうした、伊賀のお人。手裏剣は品切れかい」

伊賀者たちは動揺した。自分たちの素姓が読まれているとは、考えもしなかったのだ。

「そろそろ顔を見せてくれたらどうだね、伊賀のお人」

鬼麿の声に嘲《あざけ》りの調子がある。伊賀者たちは、二度まで素姓をいわれて、かっとなった。本来、忍びは戦いに生命は賭《か》けないものだ。失敗したと知れば、あっさりと引く。また次の機会を狙えばいいのである。それもしくじったら、またその次の機会。そうした執拗さが忍びの身上であり、恐ろしさだった。この場合も、伊賀者たちのとるべき最上の策は、速やかな現場離脱しかなかった。戦国の世の忍びなら、もうここには一人の姿もなくなっていた筈である。だが不幸なことに、服部小平太たちは、泰平の世の忍びだった。心得としてそうすべきだと知ってはいても、現実には動きにくい。まして相手は一人であり、多少剣法が出来るとしても、たかが刀鍛冶《かたなかじ》の徒弟である。伊賀者と名ざされて、逃げ出すことに抵抗があった。

〈押し包んで斬ろう〉

服部小平太は柳生流《やぎゆう》をまなんで、免許を得ている。伊賀同心の中では、屈指の剣客だった。それがこの場では裏目に出た。

小平太はゆっくり立ち上ると、お地蔵さまの背後から出た。

「みんな出ろ。刀鍛冶の刀法を拝見しようじゃないか」

わざと余裕を見せて、のんびり声をかけた。五人の伊賀者が、わらわらと立った。

剣の道では小平太と龍虎《りゅうこ》といわれた金原達之進の姿だけが欠けている。達之進は己れの目算で後詰《ごづめ》を志願し、下諏訪に先行したのである。

鬼麿の表情が厳しくなった。

「賽の河原は墓場だということを知っているか」

勿論《もちろん》、伊賀者たちが知る筈はない。だが鬼麿のいう通りなのである。古来『石子責め』という刑罰があった。河原でも山のガレ場でもいい。罪ある者を小石の中に埋め、小石を投げ、最後には大石を頭上に落して殺す。賽の河原とは『石子責め』で殺された罪人の墓所だったのである。山窩の中で育ったからこそ鬼麿はそれを知っている。

不意に鬼麿が『地蔵和讃《わさん》』を唱えはじめた。

「きめうちやうらい、をさなごよ、さいのかはらの、そのゆらい……」

唱えながら、ゆっくりと大太刀が振り上げられてゆく。鬼麿の目はしっかりと閉じられていた。

風が唸《うな》り、雪はその量を増してきた。立ちつくす鬼麿の顔に、べっとりと雪が貼《は》りついている。風に向った不利な態勢だった。

「これはこのよの、ことならず、しでのやまぢの、すそのなる……」

その声に吸いこまれるように、小平太が間合を縮めてゆく。残りの五人も同じだった。ひたひたと、雪のつもった小石を踏んで、鬼麿の間合に近づいてゆく。

左の者が、気合と共にとびこんでゆく気勢を示した。勿論、だましである。同時に背後に迫った二人が、一挙にとびこんで斬撃《ざんげき》を送ろうとした。

鬼麿は動いたとも見えず、既に背後を向いていた。和讃の声がやみ、大太刀が恐ろしい速さでふりおろされ、次いで逆にはね上った。

背後から襲った二人が、間をおいてどさりと崩れた。一人は脳天唐竹《からたけ》割り、一人は逆袈裟《げさ》に斬っておとされている。

鬼麿はもう正面、つまり小平太に正対している。大太刀も前と同じように振りかぶられていた。

「かのみどりごの、しよさとして、かはらのいしを、とりあつめ……」

小平太の背を戦慄《せんりつ》が走った。

〈そんなばかな……〉

確かに、こんな馬鹿《ばか》な剣が、ある筈がなかった。足を真横に開いて、どうしてあんな敏速な翻転《ほんてん》が出来るのか。どうして目を閉じたまま、敵が間合に入ったことを、察知出来るのか。

「これにてえかうの、とうをくむ、いちぢゆうくんでは、ちちのため……」

左右の者が同時に攻撃をかけた。

鬼麿の大太刀が水平に車に廻《まわ》る。二人の首が高くとんだ。

「にぢゆうくんでは、ははのため……」

「わあっ」

小平太と並んでいた男が、無謀な突進をした。足もとから、そくそくと這い上ってくる恐怖に耐えられなくなったのである。

鬼麿は前方に身体《からだ》を折りながら、大太刀を振りおろしている。突進した男は、ほとんど縦にまっぷたつになり、臓腑《ぞうふ》と血を撒《ま》きちらしながら死んだ。

「さんぢゅうくんでは……」

もうたまらなかった。意地も張りも、とうにどこかに消しとんでいる。背筋の寒さが、今や全身に拡《ひろが》って、恐怖で凍りつきそうだった。

「……！」

服部小平太は、意味のない悲鳴をあげると、刀を投げた。それが、振りおろした鬼麿の大太刀で、まっぷたつにされてけしとぶのも見届けずに、闇雲《やみくも》に逃げだしていた。まるで転がるような勢いで、下諏訪へのガレ場の多い坂を駆けおりてゆく。

鬼麿が目を開けた。叮嚀《ていねい》に拭《ぬぐ》いをかけて、大太刀を背に戻す。ゆっくりと少年に近づいていった。

少年は呆《ほう》けたように立っていた。身動きひとつ出来ない。今、見たものが、どうしても信じられなかった。だが幻でも夢でもなかった証拠に、五つの死体が、賽の河原に転っている。

鬼麿が少年の頭に手を置いた。

「いたずらもほどほどにするんだな」

少年は、わけが分らないという顔で、鬼麿を見上げた。

「見なよ。お前のいたずらのお蔭《かげ》で、五人もあの世へいっちまった」

死体に顎《あご》をしゃくってみせて、にやっと笑った。

「死んで当り前の、汚い奴等《やつら》だったがね」

その笑いで、少年はやっと我に返った。

「お、おどかされたんだよぉ。おいら、いたずらなんて……」

「いたずらってことにしとこうじゃないか。なぁ」

もう一度、笑ってみせる。少年もようやく合点《がてん》がいったようだ。いたずらでなかったら大変なことになる。こともあろうに、一族の者をよそ者に売ったのだ。少くとも手先をつとめたのは確かだ。申し開きの仕様がなかった。当然、この馬鹿みたいに強い男に殺されても文句はいえなかったし、運よく逃げたとしても全国の『ヤゾオ』という『ヤゾオ』に通達が廻る。『ハタムラ（掟《おきて》）』破りとして、全国の山窩に追われることになる。

「いたずらだよ。ごめん」

唾《つば》をのみこみのみこみ、やっとそう云《い》った。

「それでいいんだ」

鬼麿は少年の頭を軽く殴った。

「さぁて、いくらよそものでも、死人をこのままにしておくわけにゃゆかねえな。手伝いな」

二人は、降りしきる吹雪の中で、小石をどけては五つの死体をいれる穴をつくった。死体を収め、その上を小石で蔽《おお》うと、鬼麿は小さな石の塔をつくる。

「一緒に唱えな。いちぢゅうくんでは、ちちのため……」

「いちぢゅうくんでは、ちちのため……」

「にぢゅうくんでは、はははのため……」

「にぢゅうくんでは、はははのため……」

少年の眼《め》に涙があふれた。この男たちも、ととやかかを殺した奴等の仲間だったのかもしれぬ。とどのため、かかのため、妹のため……積んだはしから崩れる石の塔を積み上げながら、少年は声をあげて泣いた。

吹雪も益々《ますます》強く泣いていた。


下諏訪の宿で檜物屋ときいたら、すぐ教えてくれた。身分のあるお方まで泊る大きな宿屋なのである。こんな宿でも、飯盛女郎を置くのかと、鬼麿は妙なところで感心した。

檜物屋では親切に岩倉波右衛門の浪宅まで案内してくれた。資産があるらしく、浪宅といっても道場つきの大きな屋敷である。とても一介の剣術使いの住居ではない。岩倉波右衛門は、剣の達者らしい、落着いた男である。流儀は甲源一刀流だという。形通り師匠の刀拝見を願うと、気軽に見せてくれたが、そこから先が高崎の時とは様子が違った。鬼麿がこれは贋作《がんさく》です、というと、薄く笑ったのである。鬼麿の魂胆はとっくに見抜いているというような笑いだった。

「高崎でも、そういって、刀を打ち折ったそうだな」

何者か、高崎での話を岩倉に伝えた者がいる。今朝の伊賀者以外には考えられなかった。

鬼麿は覚悟をきめて真実を話した。驚いたことに、清麿の切腹の話は、既にこの宿場まできこえていた。

「左様なわけであったか。いずれのっぴきならぬ非常のことがあったに違いないとは思っていたが……」

酒毒で右手がきかなくなった、従って刀を鍛《う》てなくなったことに絶望して、清麿は腹を切ったのである。

「なまなかの武士も及ばぬ見事な最期《さいご》だ」

波右衛門は瞑目《めいもく》して合掌した。

「わしは剣術使いだ」

合掌をとくとそういった。

「実戦の役に立たぬ刀を腰にたばさんでいるつもりはない」

鬼麿はほっとした。これなら簡単に譲ってくれそうだった。高崎で稼《かせ》いだ三十両足らずの金は、ほとんど手つかずにとってある。二十五両でどうか、と申し入れると、意外にも首を横にふった。

「わしは剣術使いだ」

さっきの繰り返しである。だが後が違った。

「一合の打ち合いもせずに刀を渡すわけにはゆかぬ。それに今朝、お主は清麿の弟子ではないとわざわざ教えに来てくれた御仁《ごじん》が居《お》る」

これが金原達之進の策だった。この男は昨夜、鬼麿の宿の天井裏にひそみ、鬼麿と女との寝物語をきいていたのだ。それで下諏訪に先行し、岩倉波右衛門にあることないこと吹きこんでおいたのである。波右衛門は達之進の方を鬼麿より信じたわけではなかった。ただ剣術使いという自分の立場から、刀を折るのなら、戦いの中で折って貰《もら》いたい、といっているのである。

立合いは諏訪明神の境内で行われることになった。金原達之進がそれを希望したということを、波右衛門は直截《ちょくせつ》に鬼麿に伝えた。

「そこなら自分も見られるからと申したが本当の意味は分り兼ねる」

そう波右衛門はいっている。罠《わな》かもしれないという意味だ。鬼麿は黙って頭を下げた。

鬼麿の大太刀は、大きく背後に振りかぶられている。背をそらし、腹をつきだし、足は真横に開き、目を閉じている。波右衛門は青眼《せいがん》。多少とまどいの色がある。鬼麿の構えを疑っているのだ。どの剣の流派にもこんな構えはない。波右衛門が間合をつめた。手にしているのは源正行銘の定寸《じょうすん》の大刀、まさしく甲伏せの数打ち物の一振りである。撃尺《げきしゃく》の間に入りかけて、躊躇《ためら》った。波右衛門の剣士としての直観が、この上踏みこんでゆく危険を悟らせたのであろうか。その一瞬の躊躇いの時、どこからかすかに煙硝《えんしょう》の臭《にお》いが流れて来た。同時に、

「わあっ」

という悲鳴と銃声。その瞬間、鬼麿が動いた。凄《すさ》まじい速さの斬撃が波右衛門の刀を襲った。刀は二つに折れた、いや、斬《き》られた。同時に、鬼麿の手がのびて波右衛門

の脇差《わきざし》を抜き、振り返りもせず背後に投げた。

ふたたび絶叫があがった。波右衛門は瞠目《どうもく》した。片目を手で抑え鉄砲をもった男の胸に、その脇差が深々とつきささって震えている。今朝、岩倉家を訪ねて警告を発して去った武士、金原達之進だった。

松の木の幹から、少年が顔を出した。最初の悲鳴は、この少年の飛礫《つぶて》が達之進の眼を打ったのである。

「脇差を拝借しました」

鬼麿が詫《わ》びた。波右衛門は首をふりながら鬼麿の大太刀を見つめた。波右衛門の刀を斬って刃こぼれ一つない。

「なんという刀だ。まるで古釣瓶《ふるつるべ》だ」

「古釣瓶？」

「その切れ味、水もたまらぬ」

波右衛門がにやっと笑った。

〈古釣瓶か。いい名だ〉

鬼麿はそう思った。

三番勝負　片《かた》車《ぐるま》

雪に覆《おお》われた松本の町は、強い陽光の下で、眩《まぶ》しいばかりに耀《かがや》いていた。そのくせ、まだ僅《わず》かに午《ひる》を過ぎた時刻なのに、道はもう泥《どろ》の河だ。それだけ人通りが激しいということになる。

〈せわしない、いやな町だ〉

ひっきりなしに通る、荷物を積んだ牛馬の列を避けながら、鬼麿《おにまろ》はそう思った。

朝方、下諏訪《しもすわ》をたち、中山道洗馬宿《なかせんどうせば》を北上する北国西街道、通称善光寺街道を辿《たど》って、ようやくこの町に到着したところだった。

松本は信濃《しなの》の代表的な城下町である。平安の昔から信濃国府の所在地であり、現在は六万石戸田（松平）光則《みつざね》が治めている。享保《きょうほう》十年（一七二五）の調べで、武家家族六〇七二人、町人八二〇六人、合計一万四千人を上廻《うわまわ》る人口を持つ。大城下町といっていい。

同時に松本は、信濃の交通網の要《かなめ》に当る、物資集散の中心地である。北へゆけば善光寺平《だいら》、途中を東へ保福寺《ほふくじ》峠を越えれば上田・小県《ちいさがた》郡、更に糸魚川《いといがわ》街道で越後《えちご》・越中に通ずる。南下すれば、中山道を東行して関東・江戸、西行して木曾谷《きそだに》から美濃《みの》・名古屋、更に甲州街道、伊那《いな》街道もある。嘉永《かえい》二年刊『善光寺道名所図会《ずえ》』にいう。

『城下の町広く、大通り十三街、町数凡《およ》そ四十八丁、商家軒をならべ、当国（信濃）第一の都会にて信府と称す。相伝ふ、牛馬の荷物、一日に千駄附《だづ》入りて、また千駄附送るとぞ。実に繁昌《はんじやう》の地なり』

もっとも鬼麿にはそんな智識《ちしき》はない。知っているのは、せいぜい、この町に鍛冶屋《かじや》が四十六軒、鞘師《さやし》が十一軒、研屋《とぎや》が十五軒あるということくらいである。そして一番肝心なことは、この町の中島屋という刀屋の依頼で、師匠の源清麿《みなもとのきよまろ》が三振りの刀を鍛えたということだ。鬼麿はこの情報を下諏訪の岩倉波右衛門から聞いた。その中島屋から出た一振りを、波右衛門は持っていたのである。みばはいいが鍛えの足りない、師匠らしからぬ駄作だった。鬼麿は真剣勝負でこれを折っている。

そもそも、今度の鬼麿の旅はそれが目的だった。本数も鍛《う》った土地も不明という難儀な旅で、鬼麿は既に二振りを打ち折っているが、松本にはまだそれと同数の数打ち物があるということになる。

〈おや？〉

鬼麿はまわりを見廻した。一緒に歩いていた子供の姿が消えている。和田峠で鬼麿が助け、下諏訪では逆に助けられた、はぐれ山窩《さんか》の子供である。猿《さる》に似た顔で、可愛《かわい》げなど薬にしたくてもないが、同じ山窩の出身だし、ついて来る間は面倒を見てやろうと鬼麿は心にきめている。十三年前、自分がなんとなく清麿についてゆく気になり、遂《つい》には刀鍛冶になってしまったのは十四の齢《とし》だった。その清麿と自分の出逢《であ》いに、この餓鬼との出逢いがよく似ていて、鬼麿は運命めいたものを感じている。一度、名前をきいたら、一丁前に鼻に皺《しわ》なぞよせて、

「ないよ」

とぬかした。それから鬼麿はこの餓鬼を『ない』と呼ぶことにしている。

「ない。草鞋《わらじ》を買って来い」

「おい、ない。水を汲《く》んで来い」

といった調子である。餓鬼は内心辟易《へきえき》しているようだが、生意気なことを云《い》った罰である。本名を云うまで、『ない』で通してやろうと思っていた。その『ない』の姿が消えている。一瞬、逃げ出したのかと思ったが、まわりの様子を見て真相を悟った。この天気で近くで市が開かれているらしい。買いこんだ日用品を背負って帰るおかみさん達《たち》が多い。市が開かれているということは、現金商いの小店が沢山出ているということだ。大方の小店では、現金は無造作に笊《ざる》に放《ほう》りこんで、店先に置いておく。『ない』はその銭をかっぱらいに行ったにきまっていた。山窩の子は誇り高い。人の世話になることを、極端に嫌《きら》う。現に『ない』も、鬼麿のあとにぴったりくっついて

は来るものの、三度のめしはきちんと自分の銭で喰《く》っている。その銭が底をついたらしく、今朝はめし抜きだったのに、鬼麿はとうに気づいていた。

〈うまくやれよ、ない〉

そう思っただけだ。なんの心配もしていない。山窩の子供が町者ごときにつかまる筈《はず》はなかったし、盗みが悪事だなんて、鬼麿自身、微塵《みじん》も思ってはいない。自分も餓鬼の頃《ころ》は、盗みで生きて来た。山窩の盗みはした金ときまっている。盗まれた相手の生き死《しに》に関《かか》わるような額ではない。それで子供一人が飢えずにすむのだ。どこが悪いんだ、と思う。現在の鬼麿が盗みをしなくなったのは、その度に師匠があんまり悲しそうな顔をするからだ。その上、毎度、頭を下げて返しにゆくのである。これではなんのために盗んだのか分りはしない。鬼麿は盗みを断念せざるをえなかった。

『ない』は中島屋の名を知っている。いずれ追いついて来るだろうと、気楽に考えていた。


「そりゃァなにかの間違いだ」

中島屋の主《あるじ》平兵衛がきっぱりと云った。

「二振りだよ、二振り。三振りじゃない」

清麿はこの松本で二振りしか鍛刀していない、というのだ。

「二振りにしたって珍しいですよ。師匠はめったなことじゃ、旅先で鍛《う》たないお人でしたから」

鬼麿はその気になれば、結構ひとをおだてることも出来る。

「あたしの世話が気に入ったんだろう」

平兵衛はでぶでぶ肥《ふと》った、そのくせ油断のならない目の動きをする男である。師匠はこの手の男が大嫌いだった。その鬼麿の気持を読んだように、平兵衛はにたりと笑った。

「あの人はあたしの世話した鍛冶屋に泊りこんだんだが、どうやら親爺《おやじ》よりおかみさんが気に入ったらしくてね……」

これなら分る。師匠は水もしたたる美男子だったために、いつも女でしくじっている。

「その鍛冶屋ってのは……？」

鬼麿が訊《き》くと、平兵衛はせわしなく手を振った。

「それがえらい騒ぎになってねえ。あの人が立ったあとで、おかみさんが家を出てしまったんだ。追いかけていったって噂《うわさ》だった。親爺はやけ起して大酒ぐらいになってね、三年ともたずに血を吐いて死んじまった」

溜息《ためいき》の出るような、気重い話である。それでも押して訊いた。

「おかみさんの方は……？」

「さあねえ。舞い戻《もど》ったって噂もきかないからねえ。どこかの宿場女郎にでも叩《たた》き売られたんじゃないのかい。あんたの師匠は、女にかけちゃァ相当の悪《わる》だったからねえ」

張り倒してやりたかった。師匠の悪いところは、一途《いちず》に惚《ほ》れられると、どんな相手とでもずるずると出来てしまう気弱さである。結局は優しさ故《ゆえ》の悪である。女を喰い物にしたり、まして叩き売るなんて真似《まね》が出来るわけがなかった。

「いやァ、あの刀についちゃ大損こいたよ。たった五両で売ってしまったんだ。今もってりゃ、二十両、三十両になってる。何度か買い戻そうとしたんだが、馬鹿頑固《ばかがんこ》な相手でね。一度なんか、危く叩っ斬《き》られるところだった」

何が大損こいただ。平兵衛は鍛刀代として二振りで三両の金しか師匠に払っていない。玉鋼《たまはがね》代、炭代、向《むこ》う槌《づち》の日当、作業場の使用料その他を支払ったにせよ、十二分の儲《もう》けである。こういう貪欲《どんよく》な刀屋がいるお蔭《かげ》で、刀鍛冶はいつまでたっても貧乏から抜け出せないのだ。

鬼麿はむかむかするのをこらえて、売り先をきき、『ない』が来たら待たせておいてくれと頼んで、店を出た。数歩いったところで、振り返ってみた。平兵衛が店先から、じっと自分をみつめている。いやな目つきだった。

〈なにかある〉

鬼麿の勘がそう教えた。中島屋平兵衛はただの貪欲な刀屋だけではない。それ以上の悪《わる》であり、その悪の部分を巧みに饒舌《じょうぜつ》でごまかしている。鬼麿の直観がそう告げていた。

〈あとだ〉

鬼麿は首を振った。まず刀をみつけて折るのが先だ。平兵衛の悪が師匠に何をしたか、自分に何をしようとしているかを探るのは、そのあとでいい。

鬼麿は泥濘《でいねい》の中を、町の外郭にある下級武士団の屋敷町に向った。

松本藩の下級武士、つまり徒士《かち》や足軽の住居が、町人町の外側に作られている理由は、一朝ことある時、迅速に軍団を組織し、敵を一歩も町に入れないためである。事実、このお蔭で、度重なる百姓一揆《いっき》の時も、一揆の同勢は松本の町に入れず、すべてそのとば口で鎮圧されている。だから松本の町で打ちこわしにあった商家は一軒もない。鬼麿が訪ねた先は、そうした徒士屋敷の一軒だった。屋敷などという言葉からかけ離れた、荒れ果てた茅屋《ぼうおく》である。十三年前に、五両で師匠の刀を買ったのは、清原《きよはら》彦右衛門《ひこえもん》という当家の主である。だが、その彦右衛門は、

「わしは隠居だ。清麿は伜《せがれ》の彦一が差してお城へ上っておる」

と云った。まだ五十三、四で、隠居という齢《とし》ではない。何かわけがあって隠居させられたのではないか、と鬼麿は察した。家の中はさすがに掃除がゆき届いて小ざっぱりしているが、生活の困窮はかくすべくもない。下級武士の困窮は、松本藩に限ったことではないが、少々度を越している感じだった。この部屋に火鉢《ひばち》もなく、鬼麿の前にも、茶一杯出ない。炭や茶の葉を買う金もないのではないか。これなら案外金で片づくかもしれぬと思いかけて、考え直した。金のない人間ほど誇り高いのを、鬼麿は知っている。下手にその誇りを傷つければ、金輪際《こんりんざい》、刀は手に入るまい。それに彦右衛門の刀自慢が凄《すさ》まじかった。当今、四谷正宗と呼ばれるほどもてはやされる清麿も、十三年前にはほとんど無名に近い。その無名の刀を、五両の大金をはたいて買い求めた自分の鑑識眼の確かさを、うんざりするほど繰り返す。更にその鑑識眼を支えたのは、自分の剣術の腕であることを、ぬかりなく吹聴《ふいちょう》した。彦右衛門の立ち居振舞を見ているうちに、左足が僅《わず》かに不自由であることに、鬼麿は気づいている。果し合いの

結果の傷だろうと思った。或《あるい》はそれが若隠居の理由かもしれなかった。伜がやがて帰って来るからと引きとめられ、いい加減な刀工談議をぶちまくられた末の彦右衛門の言葉である。

「いいですよ、虎徹は」

「そうかな」

「粘りがあって、しかも硬い。コテツというだけあって、古いいい鉄をふんだんに使っているからでしょう。羨《うらやま》しいと思います」

長曾禰《ながそね》虎徹の作刀には、『古鉄』と切銘したものもあるくらいで、彼がどれほど貴重な古鉄を用いた鍛えに心血をそそいでいたか察することが出来る。現代の鍛冶・研《と》師《ぎ》たちが口を揃《そろ》えて虎徹を絶賛する所以《ゆえん》は、この結果生ずる粘りと硬さにある。

「虎徹《こてつ》をどう思う？」

「それはそうかもしれぬが、作刀にむらがあるな」

「むら？」

「そうだ。ひどいものはどうしようもない代物《しろもの》だぞ。わしは現にこの眼《め》で見た」

鬼麿は沈黙した。彦右衛門の言葉に、異様な執念がある。ひょっとすると、その足は、虎徹で斬《き》られたのかもしれなかった。それに虎徹には別して贋作《がんさく》の多いことを鬼麿は知っている。自分の眼で見ない以上、これ以上の言葉を吐くわけにはゆかなかった。彦右衛門は口を極めて虎徹をののしった。悪口雑言《あっこうぞうごん》といっていい。明らかに異常だった。虎徹によほどの怨《うら》みがあるとしか思えなかった。

廊下に足音がして、部屋の前でとまった。

「只今《ただいま》帰りました」

一瞬、彦右衛門の顔が、緊張した。理由は不明だった。

「彦一か。入れ」

障子があいて、二十七、八の若者が入った。いかつい彦右衛門からは想像も出来ぬ、ほっそりとした華奢《きやしゃ》な身体《からだ》つきである。顔も細面《ほそおもて》で眉目《びもく》秀麗といっていい。えらのはった彦右衛門の真四角な顔と対照的だった。

「それで、どうなった？」

彦右衛門が性急にきく。ひどく昂《たか》ぶっている。

「はい。やはり……そのようにきまりました」

彦一の声は落着いていたが、妙な暗さがあった。

「よし！」

彦右衛門は激しく自分の膝《ひざ》を叩いた。

「それでいい。これでやっと……」

彦一の眼《め》を見て危くやめた。彦一の視線が鬼麿にゆく。

「ああ、この男なら気にしなくていい。江戸の刀鍛冶だ。ほら、例の清麿の弟子だそうだ」

鬼麿は叮嚀《ていねい》に一礼した。いよいよ正念場である。彦一が無造作に脇《わき》に置いた大刀を、鬼麿は息をつめて見た。

「清麿は去年死んだそうだ。それでこの男は師匠の鍛《う》った刀を一振りでも多く見たい一心で、旅をしているという。職人として仲々見上げた心掛けだ」

彦右衛門は気分よさそうに喋《しゃべ》った。清麿が死ねば刀の値打ちは上る。機嫌《きげん》がいいわけである。

「拝見出来ますか」

彦一は無言で刀を鬼麿の前に置いた。

〈こいつ、出来るな〉

鬼麿は刀をとりながら、ふっとそう感じた。彦一はじっと鬼麿の眼をみつめている。

鬼麿が刺客《しかく》なら、この刀を抜いた時が勝負の筈である。彦一は姿勢も気組も、その時に備えて緊張していた。

鬼麿はその緊張をほぐすために、わざとゆるゆると刀を抜いた。懐紙をくわえて、刀身を障子の方へかざして見る。充分に暇をかけて鑑《み》た。下諏訪の岩倉波右衛門の佩刀《はいとう》と、瓜《うり》二つの作風だった。鞘《さや》におさめ、柄《つか》を先にして彦一の方へ押しやった。彦一は緊張を解いた。その瞬間にさらりと云った。

「ありがとうございました。でもこれは贋作ですよ」

一瞬の空白があった。鬼麿の言葉は、彦一と彦右衛門双方の虚をついたのである。われに返ると彦右衛門が喚《わめ》いた。

「何をぬかすか！」

同時に脇差の抜き討ちが来た。齢《とし》にしては鋭い斬撃《ざんげき》だったが、鬼麿は僅《わず》かに身体をそらすことで、これを見切っている。

「大野木の犬だな、貴様！」

再度の斬撃を、鬼麿は自分の刀の鞘で払った。脇差が障子を破って庭にとんだ。

「落着いて下さい。私は見たままを云っただけなんです」

組みつこうとする彦右衛門を、彦一が抱きとめた。鬼麿に云った。

「家を出てくれ。話はあとだ」

彦一のいう通りだった。彦右衛門の形相《ぎょうそう》は狂気に近い。眼は吊《つ》り上り、唇《くちびる》の端から泡《あわ》を吹いている。いくら自慢の刀を贋作といわれたからといって、この凄まじい憤怒《ふんぬ》は行きすぎである。何かほかの、もっと重大な事情があるとしか思われなかった。

〈そうか〉

ちらりと心に閃《ひら》めくものがあった。さっきからの父子《おやこ》のやりとりも、それだと理解出来る。

鬼麿は無言で頭を下げると、さっさと家を出た。

四半刻《しはんとき》（三十分）も表で立っていると、彦一が出て来た。清麿の刀は差していない。脇差だけである。

「父が抱きしめて放さないんでね」

鬼麿がちらっと腰に眼をやったのに気付いたらしく、のっけにそう云った。

「なんとか持出してくれませんか。本当に駄《だ》ものなんですよ、あれは。欺《だま》してとり上げるつもりじゃない。あんたの目の前で折らせて下さい」

「折る？」

「あんなものを師匠の作だといわれちゃ、弟子としてたまらないんだ。それだけです。銭は払います。私の手持ちは二十八両と少しだが、そっくりさし上げます」

彦一はちょっと首をひねったが、にこっと笑った。

「どうやら本気らしいな」

「当り前です」

「でも贋作というのは嘘《うそ》だな」

「どうしてです？」

「今の清麿なら、或は贋作もあるかもしれない。だが十三年前、まだ正行《まさゆき》を名乗っていた清麿はほとんど無名の刀工だ。誰《だれ》が無名の刀工の贋物《にせもの》を作るかね」

鬼麿はつまった。彦一のいう通りである。こうなったら真実を告げるしかなかった。

「腰を降ろせる場所へゆきませんか」

近くの寺は閑散としていた。本堂の回廊に腰をおろして、鬼麿の話をきくと、彦一は長い沈黙に落ちた。その果てに、さりげなく訊いた。

「その甲伏せの刀で、斬り合いをしたらどうなる？」

今度は鬼麿が考えこんだ。呟《つぶや》くように答えた。

「折れるかもしれない」

彦一が深い溜息《ためいき》をついた。

「とにかく遅すぎたな」

これは刀を渡すわけにはゆかないということだ。鬼麿は当り前のことのように訊《き》いた。

「果し合いの時刻は？」

彦一はさすがに愕然《がくぜん》としたらしい。

「どうして……」

云《い》いかけて口を噤《つぐ》んだ。語るに落ちることになるのを警戒したのだ。

「相手はお父上の脚を斬った人間。或はその一族。つまり遺恨試合だ。違いますか？」

彦一が苦っぽく笑った。

「恐ろしい人だな。あれだけのやりとりから、そこまで察するかね」

「それで時刻は？」

重ねて訊いた。

「それを聞いて、どうする？」

「二十八両で、もっとましな刀を買う」

鬼麿にすれば当然の帰結である。信用出来ない刀で決闘するくらい、みじめなことはない。それに下手をすれば、師匠の刀のせいで人一人死ぬことになる。

彦一は弱々しく首を振った。

「それは駄目だ。この刀で闘うのが条件になっている」

「相手の刀は？」

「長曾禰虎徹」

道理で彦右衛門が口を極めて悪くいったわけだ。だが虎徹相手にあの刀で闘うとは、狂気の沙汰《さた》だ。剣の腕によほどの差がない限り、彦一は死ぬ。

「相手の腕は？」

「まず互角。軀《からだ》の大きい分、あちらが有利かな」

立合いが長びくということだ。消耗戦になれば、軀の強靭《きょうじん》な方が勝つにきまっている。

「やめた方がいいでしょう。こんな刀に生命《いのち》を賭《か》けることはない」

その、こんな刀が、師匠の作であることがなんとも無念だった。死の時にまで気にし続けた師匠の気持が、初めて分った。師匠はよく『恥ある者』という言葉を使った。

『恥ある者』とは、本来、武士をさすものだが、師匠は職人だって同じだ、と云う。職人の巧緻《こうち》を極めた芸は、とても素人《しろうと》の理解出来るものではない。素人どころか同業の職人にだって分りはしない。自分と同じ芸の深さを持つ、限られた少数の者しか、理解してくれる者はいないのである。いや、ひょっとすると、理解出来るのは自分一人かもしれぬ。他人の理解を絶したものに心血を注ぐとは無意味ではないか。確かに無意味だろう、と師匠もいう。だが、職人はそれをやらざるをえない。やらなければ本物の職人ではない。

「何故《なぜ》って、その職人は『恥ある者』だからさ。それを恥と思わなくなったら、豆腐の角に頭をぶつけて死んじまった方がいい」

その言葉通り、自分の腕がいうことをきかなくなった時、師匠は腹を切った。最期《さいご》まで数打ちの刀を気にしたのも『恥ある者』として当然のことと思っていたが、もう一つ、今度のようなことが起りうることを、師匠は案じていたのだろう。刀剣というものの持つ、宿命的な二面性が、そこにはある。刀剣は一個の芸術品であると同時に、常に厳しく実用品、つまり殺戮《さつりく》の道具であることを要求されるものなのだ。今の場合、彦一が刀を打ち折られて死ねば、それは清麿が殺したことになる。刀工にはそれだけの厳しさが要求されるのである。

なんとしてでも、この果し合いをとめたかった。鬼麿の激しい説得に、いつか彦一は、決闘のいきさつのすべてを語る破目になった。まるで弁解のようだった。

清原彦右衛門と大野木源右衛門は、もともと徒士《かち》屋敷の隣り同士で、年齢も禄高《ろくだか》も同じなら、剣も藩の道場で龍虎《りゅうこ》といわれる互角の腕だった。誰よりも気の合う親友でもあった。二人の仲にひびが入ったのは、天保の改革の時である。藩と藩士の窮乏は底をつき、何か抜本的な財政改革が必要とされた。新田開発には限度がある。改革派は藩内の特産品に対する統制を強化し、絞木綿《しぼりもめん》問屋による領内農村の家内工業の奨励、江戸・大坂への国産品販路の開拓、犀川《さいかわ》通船の管理など、一連の積極政策をうち出し、断行した。公家《くげ》出身の年寄《としより》戸田図書《ずしょ》壮誠、同じく年寄太田庄太夫有忠が、この改革派の中心だった。若き彦右衛門は勇躍この一派に加わった。

一方これに対して批判的なのは、三河以来の旧臣出身の年寄林忠左衛門良棟と年寄西郷新兵衛元純を中心とする一派である。大野木源右衛門は、この派に属した。

両派の争いは、天保年間を通じて激烈を極めた。互いに、相手の派の長を暗殺しようとしているという噂《うわさ》さえ流れた。彦右衛門は戸田図書の、源右衛門は林忠左衛門の身辺の護衛につくようになった。こうなると隣り同士というのが甚《はなは》だ始末に悪い。互いに相手の動静が筒抜けに分るのである。二人はいつか不倶戴天《ふぐたいてん》の敵同士になった。それは派閥争いの遥《はる》か後まで続いた。それに拍車をかけたのが、刀争いである。

源右衛門が中島屋から虎徹の刀を求めたのがいけなかった。滅多にない掘出し物で、たった二十両だったという。源右衛門は玩具《おもちゃ》を貰《もら》った子供のような喜びようで、ことあるごとにこの刀を誇示した。

「中島屋ですって？」

鬼麿が口を挟《はさ》んだ。

「そうなんです。中島屋はこの徒士屋敷出入りの刀屋でしてね。うちにもしょっ中きていたのですが……」

いずれにしても彦右衛門に二十両の金の工面は出来なかったに違いない。だがこのまま引っ込んでいることは出来なかった。彦右衛門は中島屋平兵衛を責め、時には脅《おど》し、虎徹に匹敵する切れ味をもつ新しい刀工の刀をさがさせた。そして或日《あるひ》、平兵衛の持って来たのが、清麿（当時は正行）だった……。

「それはいつのことです？」

また鬼麿が話の腰を折った。

「天保十三年の夏でした」

「夏？」

「そうです。夏です。大野木さまが虎徹を買われたのが五月でしたから」

「五月と夏ですか」

鬼麿は考え込んだ眼《め》になっている。何かいやな予感があった。それがどんなことか、鬼麿にもまだ分ってはいない。

この二つの派閥の闘いは、改革派の敗退で終っている。天保十二年十二月二十六日の処分で、家断絶になった者四人、召し放ちの者十九人、その他は短期間の謹慎ですんでいる。予想外に軽い刑ですんだのは、もともと『御家政を憂《うれ》い、御家運の御大切を存じて』のことだと情状を酌量《しやくりよう》されたからである。事実、召し放ちになった者も、年月がたつと許されて元に戻《もど》っている。清原彦右衛門は軽い謹慎の口だったが、逆にそれがいけなかった。えらそうに騒ぎ廻《まわ》ったが結局なんにもしていなかったんじゃないか、だから罪も軽いんだ、とまわりの人々に思われたのである。彦右衛門の誇りはいたく傷つき、前よりも一層戦闘的になっていった。

大野木源右衛門が虎徹を手に入れたのは、この頃《ころ》だった。時期が悪かったといえる。中島屋の口車に乗って、清麿の刀を手に入れた彦右衛門は、即日、源右衛門に果し合いを申しこんだ。そうするしか傷つけられた誇りをとり戻すすべを知らなかったのである。源右衛門の方は、出来れば果し合いなど避けたかった。慎重派の勝利のお蔭《かげ》で、近々郡奉行《こおりぶぎょう》にとりたてられることになって、既に内命が下っていた。だが源右衛門は彦右衛門の性格を知り抜いている。果し合いをことわれば、どういう態度に出るか、手にとるように分った。毎日のように諸家に出かけていっては、源右衛門が自分の腕を恐れて果し合いに応じなかったと、吹聴《ふいちょう》するにきまっている。その時の彦右衛門の表情まで、源右衛門は想像することが出来る。

そしてそんなことになれば源右衛門はおしまいである。武辺不覚悟と家中一同から軽蔑《けいべつ》されるにきまっていた。折角の郡奉行の地位も、辞退せねばならなくなる。果し合いに応じて、彦右衛門を斬《き》らねばならぬ。中途半端な勝ち方では、彦右衛門が何をいいだすか分ったものではない。といって殺すわけにはゆかない。殺せば喧嘩《けんか》両成敗で、双方の家が断絶になる。殺さぬように斬る。これは至難のわざだった。源右衛門は、とりあえず御用繁多を理由に果し合いを十日先にのばした。次いで藩の道場に指南役を訪ね、正直に一切を語って、とるべき処置を訊いた。師範は柳剛《りゅうごう》流の足斬りの法を十日かかって極秘裡《り》に伝授してくれた。師範の流儀は甲源一刀流である。柳剛流はいわば裏術《うらわざ》である。師範にとっても、生き残るための、とって置きの切り札だった。

果し合いは、あっけなく終った。何よりも必死さに於《お》いて、格段の差があった。彦右衛門の方は、ただの意趣返しである。虎徹など自慢しても、腕はこんなものか、と嘲《あざけ》ることが出来れば、それで足りる。源右衛門を斬る気など毛頭なかった。いわば道場での試合の延長だった。出来れば虎徹を打ち折ってやりたい。それがすべてだった。源右衛門の方は先に書いた通り、この勝負に生命を賭けている。立合いは彦右衛門、青眼《せいがん》の構えに対して、源右衛門はいきなり上段。だがふりかぶることなく、目の高さである。彦右衛門は戸まどった。これは通常、刺突《しとつ》の構えである。こいつ、突くつもりか！　彦右衛門のみぞおちのあたりに、不意に恐怖心が湧《わ》き、そのまま凝固した。まさか生き死《しに》の勝負になるとは、思ってもいなかったのである。彦右衛門の軀《からだ》が硬《こわ》ばり、一瞬、ぎこちない感じになった。同時に源右衛門は一足一刀の間境いを越え、虎徹をふりおろした。しかも片膝《かたひざ》を地についている。正《まさ》に必殺の斬撃《ざんげき》だった。虎徹は彦右衛門の左高股《たかもも》を充分に斬り裂いた。切断をまぬかれたのは、彦右衛門の修練のたまものである。反射的に右へ大きくとんだためだ。だがまともに着地出来ず、横転した。

「これまでだな」

源右衛門が、呻《うめ》いている彦右衛門の脇《わき》に立って云った。

「貴様は隠居しろ。伜《せがれ》に跡目を継がせろ。悪いようにはせぬ」

そして、彦右衛門の生涯《しょうがい》忘れることの出来ぬ言葉を吐いた。

「それにしてもさすがは虎徹だ。よく斬れる」

彦右衛門の傷は骨に達し、治癒《ちゆ》の後も元通りにはならなかった。足を曳《ひ》きずらなければ歩けなかった。源右衛門の剣名と虎徹の切れ味が、藩じゅうに評判になり、彦右衛門は家を出なくなった。そして十三年の歳月が流れた。

「この正月にお城で恒例の御前試合がありました」

上士組の代表は、源右衛門の長子源太郎で、徒士組の代表が彦一だった。僅差《きんさ》で彦一が勝ちを拾ったのがいけなかった。源太郎は口惜《くや》しがって、虎徹を使った真剣勝負なら、自分が勝っていたのに、とそこかしこで吹聴して廻った。彦一の耳にも届いたが、放《ほう》っておいた。源太郎は傲慢《ごうまん》で剣術自慢の男である。そうでもいわなければ格好がつかないのだろうと、むしろ同情したくらいである。だが世の中には余計なことをする人間がいる。この噂《うわさ》を父の耳に入れた者がいた。普段外出を嫌《きら》う父がわざわざ大手門の前で待ち伏せ、下城して来た源太郎をつかまえて激しく面罵《めんば》した。負け犬の遠《とお》吼《ぼ》えとまで云った。怒りと恥で蒼白《そうはく》になった源太郎に、彦右衛門はわざわざ、いわでものことを云った。

「虎徹、虎徹と騒いでいるようだが、我が家の清麿を狼《おおかみ》としたら、老いさらばえた虎《とら》といったところだ。狼が虎を嚙《か》み殺すこともあると知るがいい」

ここまで云われて黙っていては、武士が立たない。即日、彦一のもとに果し状が届いた。彦一はこれを阻止するために百方手をつくしたが、無駄《むだ》だった。源太郎はたとえ脱藩してでも彦一を斬ると喚《わめ》いたらしい。これで父の源右衛門も黙ってしまったと云う。脱藩などされては、大野木家はつぶれる。十三年かけて、源右衛門は年寄にまで出世していた。源右衛門は智恵《ちえ》をしぼって、果し合いではなく、刀吟味のための試合という名目に変えた。これなら、なんとかいいわけがつく。彦右衛門にも異存はなく、明朝寅《とら》の下刻（午前五時）、場所は犀川の船会所近くの土堤《どて》ときめられた。船会所は産物会所に所属し、産物会所は源右衛門の勢力下にあった。ここなら何が起っても、何とかなるという心づもりが、源右衛門にあったのだろう。

「くだらない話だ」

鬼麿はむかむかしていた。ことのいきさつがあんまり馬鹿々々《ばかばか》しすぎる。

「そうなんです。くだらない話なんです」

彦一がいかにも済まなそうに云う。だが、そのくだらない話で生命を落すかもしれないのは、この若者なのである。頭が熱くなった。なんとかしなければならない。この若者を殺すわけにはいかない。師匠を殺人者にするわけにはゆかない。だがどうすれば若者を救うことが出来るのか。鬼麿にはなんの才覚も思い浮かばなかった。

鬼麿が中島屋の前に戻ったのは、かわたれ時だった。『ない』が看板の下に、足を投げ出している。髪の毛にまで、点々と泥《どろ》がはねていた。よほど忙しく駆け廻ったと見える。

「何軒やった？」

鬼麿は『ない』の足を蹴《け》っていった。

「八軒」

『ない』がけろりと答える。

「いくらになった？」

「それが……」

情けなさそうな顔になった。

「みんなとられちまった」

「なんだと？」

しめて五、六百文にはなったようだった。懐《ふとこ》ろが重くてかなわないので、両替えした方が利口だと思って、お稲荷《いなり》さんの裏に坐《すわ》りこんで銭勘定を始めたのがいけなかった。

「悪い子だねッ」

女の声に驚いて顔をあげたところを、いきなり脳天をぶん殴られた。高下駄《たかげた》でやられたのである。頭がきーんと鳴り、目の前が暗くなった。気がつくと、四つん這《ば》いになっていた。女が向い合ってしゃがみこんで様子を見ている。手拭《てぬぐ》いに一杯の銭が地べたに置かれてあった。

「俺《おれ》ンだッ」

喚くと、ふんと鼻で笑った。

「嘘《うそ》おいい。あっちこっちでかっ払って来やがったくせに」

年増《としま》だが小股《こまた》の切れ上ったいい女である。粋《いき》な着物に角巻きを羽織っていた。それでいて、言葉は呆《あき》れるほど乱暴だった。

「違うよッ」

「違わないよッ。どこの馬鹿が、こんなに銭ばっかり持って歩くかよッ。それにさァ、ちょっと嗅《か》いでみな。色んな臭《にお》いがするよッ、この銭は」

その通りだった。八百屋、干物屋、豆屋、薬屋、それぞれの店の笊《ざる》にはそれぞれ特有の臭いがあり、放り込まれた銭にまで移っている。笊ごとかかえて逃げ出すので、『ない』の軀《からだ》にまで色んな臭いがうつっていた。

『ない』は内心ぎゃふんとなった。下手をすると役人に引渡されることになる。逃げ出したかったが、銭に未練があったし、腹がへりすぎて足に力がない。盗みに夢中で、めしを喰《く》う暇がなかったのである。蚊のなくような声で繰り返すことしか出来なかった。

「違うよッ」

「子供一人ってのもおかしいよッ。お前、町者じゃないんだろ。親はどうしたんだ、親は」

親について長々と喋《しゃべ》る気力はない。『ない』は手短かに説明出来る方を選んだ。

「つれがいる」

「どこに？」

「中島屋って刀屋で待ってらァ」

ふっと、女の顔色が変った。

「そのつれって、何をしてる人だい？」

「刀鍛冶《かたなかじ》。清麿って人の弟子だって……」

「き・よ・ま・ろ！」

　女の声は悲鳴に近かった。

「それで？」

　鬼麿はきなくさい臭いを嗅ぎつけている。

「つれて来いって」

「俺をか？」

「ほんとにつれだと分ったら、銭返してくれるって」

　鬼麿が黙っていると小さい声でつけたした。

「棄《す》てちまったっていいけどさ、あんなはした金」

『ない』は『ない』なりに、もめごとの臭いを嗅ぎつけている。だから断腸の思いで銭を諦《あきら》めようとしている。仲々いい心掛けだった。鬼麿は鼻を鳴らした。

「どこだ、その女の家は」

「いってくれるの」

『ない』は正直に小踊りして走りだした。

女の家は色町の中にあった。鬼麿は顔をしかめた。白粉《おしろい》の匂《にお》いが嫌いなのである。

案内を乞《こ》うと女が出て来た。穴のあくほど鬼麿を見つめた。

「こいつのつれです」

ぶっきらぼうに云《い》った。

「銭を返してやって下さい」

「似てないねえ」

女はがっかりしたように云った。

「師匠を知ってるんですね」

「知ってるさ、あの悪党」

まあお上りよ、とうむをいわせぬ調子でいうと、茶の間へつれてゆかれた。酒の支度がしてあった。

「姐《ねえ》さんは芸者かい？」

「ああ」

「どうして師匠を知ってる？」

「惚《ほ》れたのさ」

一杯どうだい、と大ぶりの湯呑《ゆの》みに注《つ》いだ。その匂いを嗅いで、鬼麿が訊《き》いた。

「毒をのましたいほど惚れたのかい」

女の目が大きくなった。酒は毒酒だった。

「でもおいら、ただの弟子だぜ。師匠じゃないんだよ。殺すこたァないだろ」

「ただのしびれ薬だよ。しびれさせといて訊きたいことがあったのさ」

「どんなことだい？」

「お前の師匠が今どこにいるかってのがひとつ。もうひとつは、中島屋へ来た用さ」

「師匠は今、三途《さんず》の川のあたりだよ」

「なんだって?!」

「中島屋へ来た用は、師匠の鍛《う》った刀の行方を知るためさ」

突然、女が泣きだした。号泣といってもいい。切なげに身を揉《も》んで泣いていた。

「お前さん、鍛冶屋のおかみさんだね」

泣きながら、うなずいている。

「師匠が生きてたら、押しかけるつもりだったのかい」

「殺してやるつもりだったのさ。亭主《ていしゅ》の仇《かたき》だ。いくら惚れた男だって、生かしちゃおけねえよッ」

女の名はお牧といった。刀屋の中島屋に金で頼まれて清麿と寝たのだが、そのうちに自分の方がのぼせ上ってしまった。亭主の七兵衛を裏切ることなど、なんとも思ってはいなかった。碌《ろく》に口もきけない、そのくせたいした仕事も出来ない、冴《さ》えない男だった。親同士の約束でいやいや一緒になった仲である。お牧は中島屋とも寝たことがある。清麿が出ていった時は、いっそ七兵衛を捨てて追ってゆこうかとさえ思った。それをやめたのは、清麿が美男すぎたからだ、というのが面白《おもしろ》かった。

「あれじゃ苦労するために一緒にいるようなもんだもの。あたしゃ、悋気《りんき》できなきゃ、するなんて大嫌いさ」

鬼麿には疑問があった。師匠は旅費が必要だった。恐らく自分から刀を鍛《う》たせてくれと中島屋に売り込んだに違いない。それを何故《なぜ》、女を使ってまで機嫌《きげん》をとる必要があったか。

「惚れたんじゃないのかい、師匠の腕に。中島屋はこわい男だったけど、目利《めき》きだけは確かだったよ。それにしても男ってなァ、分んないね。師匠みたいないい男が、うちのを殺すなんて」

鬼麿は文句を云った。師匠の剣術はたいしたものだったが、職人を斬《き》る筈《はず》がない。

しかも、お牧の話では、七兵衛は脇腹《わきばら》をえぐられて、犀川に浮んでいたという。師匠がやくざ者のように刀で脇腹をえぐるわけがなかった。一刀のもとに斬り殺した方が、遥《はる》かに楽なのである。それに七兵衛が殺されたのは、師匠が松本を去った十日も後のことだ。

「戻って来たんだよ、あたしに会うために。そこでうちのとぶつかったんだ。中島屋さんがその場にいたんだから、間違いないよッ」

清麿と七兵衛は、中島屋を置いて出ていった。それきり二人共、帰って来なかったと云う。

「中島屋の他《ほか》に、師匠を見たのは？」

「一人で沢山だよ」

これでは話にならない。十三年前の事実を調べてみても埒《らち》はあくまい。それに二人共、今は死人である。

「師匠はどれくらいここにいたんだい？」

「半月さ」

「半月も？」

刀を、それも甲伏せの刀を二振り作るのに、十五日は長すぎる。ひょっとしたら、師匠は本気でお牧に惚れたのかもしれない。

「何いってんだい」

お牧は照れたように笑った。

「それにさァ、作ったのは二振りじゃない。三振りだったよ」

「三振り？」

「そうさ。三振り目はながあいながあい刀だったよ。あんたの持ってるのくらいはあったねえ」

鬼麿の刀は刃長三尺二寸五分。それに尺五寸の『切り柄《づか》』をつけて全長は四尺七寸五分になる。常人の使いこなせる刀ではない。そんな代物《しろもの》を、中島屋はどこへ売ったのか。

その晩、鬼麿は当然のことのように、お牧と寝た。師匠への供養《くよう》のつもりだったし、師匠にかわって贖罪《しょくざい》を果しているつもりだった。お牧は腰が抜けたらしく、夜明け前に鬼麿が家を出たのも気づかずに死んだように眠っていた。

さすがに『ない』はちゃーんとついて来ていた。腹が重そうなのは、例の銭を長い袋にいれて、腰に巻いているからだった。おまけに昨夜のめしの残りまで、ちゃっかり握って、これは背中に巻いている。鬼麿はこの小僧が、昨夜一晩中、自分とお牧の情事を覗《のぞ》いていたのを知っている。面白かったかい、と訊こうとして、やめた。これから先に起る筈のことを思い出したためである。若い彦一を死なせずにすませるための思案は、まだ一向に浮んで来てくれなかった。

犀川の土堤《どて》に立っても、まだ夜は明けなかった。身を切るような寒風が吹きすさんでいる。山国の天気は変りやすい。昨日の昼間はあんなにいい天気だったのに、夜は吹雪になった。鬼麿は果てしもなくお牧を責めながら、その吹雪の音をきいていた。

今、雪はやんでいる。風だけが残って、積もった雪を時々舞い上げていた。

『ない』が鬼麿の尻《しり》をつついた。

この餓鬼は、鬼麿のでかい軀を衝立《ついたて》がわりにして、ちゃっかり風をよけている。鬼麿がしゃがんだまま顔を上げると、堤を上って来る人々が見えた。人数が多すぎた。蓑《みの》を着た彦一と彦右衛門を囲むようにして、十一人の人影を鬼麿は数えた。十一人のうち、大野木源太郎と立合い人が一人。あとの九人は何だ。見届け人という名目があるが、これは危い時はいつでも助人《すけつと》に変る男たちである。鬼麿はむかむかして来た。源右衛門が大事な独り息子につけた護衛に違いなかった。

果して、彦右衛門の大きな声がきこえて来た。

「見届け人をつけるなどという約束はないぞ。しかも九人とは何だ！　卑怯《ひきよう》な真似《まね》をするな！」

源太郎らしい長身の影が、せせら笑うように云った。

「これは刀の吟味試合だ。果し合いではない。刀好きの見届け人が何人来ようと、それは本人の勝手だ。とめだてするのは筋違いだろう」

「わしらはそんな事は聞いておらん」

彦右衛門の声が、喚《わめ》きすぎて割れた。悲鳴に似ていた。見届け人たちから、笑い声が起った。

「そいつは気の毒だったな。今から呼んでもいいぞ。半刻《とき》ぐらいなら待ってやる」

再び笑い声が起る。彦一たちをなめきった笑いだった。今から呼んだところで、清原家のために駆けつける助人など一人もいないことを、充分計算に入れているのだ。

鬼麿は腰を伸ばして立つと、ゆっくり歩みよった。

「見届け人一名。只今《ただいま》、到着」

意想に反したらしく沈黙があった。

「貴様、当藩の藩士ではないな。ならば見届け人の資格はない。即刻立去れ！」

源太郎が喚いた。

「殺戮者《さつりくしゃ》の資格はないが、見届け人の資格は立派にある」

鬼麿は彦一の刀を指さした。

「俺《おれ》は刀鍛冶だ。それもその刀を鍛《う》った、山浦環《たまき》源清麿の弟子だ。師匠にかわって、見届ける義理がある」

源太郎がわの見届け人の中に動揺が起った。他国者にこの現場を見られるのはうまくない。しかもこの他国者はこちらの意図を見抜いている。殺戮者という言葉を使ったのが、その証拠だった。おまけにその時、『ない』が来て鬼麿に並んだ。

「その小僧は何だ！」

源太郎の声が叫ぶ。いらだちがひどくなって来ている。夜の底がかすかに明るくなりだしていた。夜が明ければ、通船場に人が集って来る。旅人たちの目の前で、無法な殺戮をすることは出来ない。

「俺の弟子だ」

鬼麿がきっぱり云った。『ない』が顔を耀《かがや》かせて鬼麿を見上げた。

見届け人たちの動揺がひどくなった。他国者の上に子供まで斬らなければならなくなったからである。源太郎が気短かに云った。

に云った。

「始めよう」

云うなり虎徹《こてつ》を抜いた。彦一も一歩さがって蓑《みの》をかなぐり棄《す》て、抜刀しながら鬼麿

「ありがとう」

眼《め》はしっかり源太郎をみつめている。

相青眼《あいせいがん》。彦一の剣が次第に沈んでゆく。地摺《じず》りの青眼に移ってゆく。逆に源太郎の剣は次第に上り、眼のあたりで構えた上段の型になった。両者共正《まさ》しく彦右衛門と源右衛門の立合いの時と同じ型である。

彦右衛門が無意識に脚を撫《な》でていた。十三年前の立合いを思い出していることは明らかだった。

鬼麿は、神経の半ばを九人の見届け人たちに向けながら、二人の息をはかった。

〈互角だ。だが……〉

彦一の剣に僅《わず》かなためらいがあった。見届け人たちへの懸念《けねん》がそうさせているのだ。自分の死は覚悟している。だが、父や鬼麿、更には子供まで生命《いのち》を落すことになるとは、予想もしていなかったからだ。

〈来る！〉

鬼麿が無意識に軀《からだ》を硬くした瞬間、源太郎の凄《すさ》まじい斬撃《ざんげき》が彦一を襲った。嘗《かつ》て父親の源右衛門は同じ斬撃で彦右衛門の脚を狙《ねら》ったのだが、源太郎は彦一の右拳《こぶし》を狙っている。彦一は摺り上げの剣でこの斬撃を受けた。その時、鬼麿の予言が当った。清磨の刀は二つに折れ、彦一の右手は手首から斬りとばされたのである。鮮血が吹き散る中で、鬼麿は、源太郎が再び虎徹をふりかぶるのを見た。反射的に飛礫《つぶて》を投げた。まさかの時のために、さっきから握りしめていた石だった。飛礫《つぶて》は源太郎の右手首を打った。激痛に源太郎は虎徹を落しかけた。鬼麿は素早く二人の間に割って入り、彦一の血脈を抑えた。

「血どめを！　早く」

彦右衛門が駆けよろうとして前のめりに倒れた。『ない』がとんで来て鬼麿にかわって血脈を抑えた。こっちの方が遥かに役に立つ。鬼麿は刀の下緒《さげお》で強く腕を縛り、完全に止血した。その時、思い切り肩を蹴《け》られた。蹴ったのは源太郎だが、鬼麿はびくともしない。却《かえ》って源太郎の方がよろめいている。

「どけ！　どかねば……」

源太郎の虎徹が上った。

「刀吟味は終った筈だ」

怒鳴り返しながら印籠《いんろう》の薬と晒《さら》しの手拭《てぬぐ》いを『ない』に渡した。

「まだだッ！　とどめを刺す！」

鬼麿はゆっくり立って源太郎と正対した。

「刀吟味でとどめを刺すかね。もっとも吟味が終っていないのは確かだが……」

「吟味はすんだ。虎徹が清麿を打ち折った。頼りにならぬ刀だ。評判ほどのこともない」

「生憎《あいにく》だが……」

鬼麿は折れとんだ彦一の刀尖《とうせん》を蹴った。ちらっと胸が痛んだ。

「こいつは贋物《にせもの》だった。本物の清麿はこれなんだね」

背中から抜いた。三尺二寸五分の大太刀である。それを源太郎の鼻先につき出した。

「よく見て貰《もら》いたいな。本当の清麿をね」

「馬鹿《ばか》なッ。ついでにそれも打ち折ってやる」

「折れるものならね」

鬼麿は刀の峯《みね》を返し、刃《やいば》を上にした。依然として前にさしのべたままである。

源太郎は侮辱されたと思ったらしい。派手な大上段に振りかぶった。呼吸を計る。

鬼麿は動かない。僅かに足を真横に開いただけで、岩のように不動である。その姿に異様な迫力を感じて、源太郎の背に戦慄《せんりつ》が走った。こんな格好で反撃など出来るわけがなかった。何の躊躇《ちゅうちょ》も無用である。思い切りこのばか長い刀を斬ればいい。理屈はその通りなのだが、何かが源太郎をためらわせた。それがこの男と刀への恐怖であると思い当った時、源太郎は心から愕然《がくぜん》とした。この男はなんだ!? そしてこの刀は……?!

また寒風が吹きつけ、雪煙をかきたてた。

上段に構えた源太郎の腕が、かすかに震えた。限界だった。満身の力を籠《こ》めて、振りおろした。鬼麿の刀がはねあがり、虎徹と清麿は、鬼麿の頭のあたりで激突した。

異様な音が起った。そして、二つになってけしとんだのは、虎徹の方だった。

「見たか。これが真の清麿だ」

源太郎が悲鳴のような声をあげ、脇差を抜いた。鬼麿の剣は、いつもの形にふりかぶられている。切尖《きっさき》が尻に当るほど深く、腹をつき出し、足を横一文字に開き、両拳《こぶし》をくっつけるように柄《つか》を握り、眼は閉じていた。三尺二寸五分の刃長と一尺五寸の柄、それに鬼麿の腕の長さを加えた半径八尺の円周を、源太郎の右足が破った。恐ろしい速さで振りおろされた鬼麿の刀が、その右脚を臑《すね》の部分から切断した。

様《ためし》剣術で脚一本斬るのを片車という。鬼麿はその片車を斬ったのと同じ気持だった。

立合い人がかけより血止めにかかる。『ない』が手を貸している。九人の見届け人が抜刀した。鬼麿はそちらに向き直り、ゆっくり振りかぶって云《い》った。

「どうぞ」

見届け人たちは動けない。今の凄絶《せいぜつ》な剣さばきを見て、動けるわけがなかった。彼《かれ》等《ら》を救ったのは彦一である。

「やめた方がいい。死にますよ。源太郎さんは生きているが、あんたたちは死ぬ」

見届け人たちは一斉《いっせい》に散っていった。

鬼麿は刀をおさめた。

「もう一度ありがとうと云おう」

彦一は蒼白《そうはく》な顔でいった。

「わしは本当は学問がしたかったんです。これで父も許してくれるでしょう」

鬼麿は何となくほっとした。心がなごんだ。何だかすべてうまくいったような気分になった。

「ない。あの先っぽを持って来い」

「俺、たけ、って云うんだ」

『ない』が口をとがらせて云った。

「いいからとって来い、ない」

『ない』は虎徹の先の方を持って来た。一目見て、鬼麿は声をあげた。

「これは……！」

素早く目釘《めくぎ》を抜き、中子《なかご》を引抜いて見た。確かに『長曾禰《ながそね》入道虎徹』とある。銘の切り方も虎徹に酷似している。だが問題はこの刀が摺り上げものだという点にあった。長大な刀を使用に便利なように縮めることを摺り上げという。その場合、中子の方を切り、上へ刃を削ってゆく。摺り上げた刀に銘がなくなるのはこのためである。それなのに、この刀には銘がある。

鬼麿は、師匠の鍛《う》った三振り目の大太刀を見た。

その朝のうちに、鬼麿と『ない』の姿は松本から消えた。

午《ひる》すぎに、人々は中島屋平兵衛が、寝床の中で殺されているのを見つけた。奇妙なことに、平兵衛の胸に刺さっていたのは、折れた刀の尖端《せんたん》だった。

野麦街道へと道をとりながら、鬼麿は、お牧に真相をいうべきだったかと考えた。師匠の鍛った大太刀を摺り上げたのは、お牧の亭主《ていしゅ》にきまっている。そのことで亭主は平兵衛と争い、揚句の果てに殺されたのである。だがそんなことを告げて何の甲斐《かい》があろう。今のままなら、お牧は死ぬまで、清麿が自分のために亭主を殺した、と信じている筈《はず》である。お牧にとってはその方がよっぽど倖《しあわ》せではないか。

「俺、たけっていうんだ」

『ない』が何十度目かの哀訴をした。

「そうかよ、ない」

鬼麿にはまだ当分この餓鬼を許してやるつもりはなかった。

四番勝負　面割り

一

信州松本から、野麦峠を越えて、飛騨《ひだ》高山に至る道を野麦街道といった。松本の人々にとって、この街道は『飛騨ぶり』の道である。勿論《もちろん》、高山でぶりがとれるわけがない。越中や能登《のと》の海でとれたのが、富山から高山までの飛騨街道を通って、野麦街道に入る。

ぶりは正月用品だから、送られるのは厳冬のさなかである。積雪量の多いこの道に、牛を使うことは出来ない。道幅が狭いから、馬は夏でも使えない。使えるのは人間だけだった。彼等《かれら》を『歩荷《ぼっか》』という。一人が四〇キロから六〇キロの荷をかつぎ、十人以上の隊列を作って歩く。深い雪の中を一〇キロほどの野麦峠を越えるのに、朝から晩までかかった。

野麦峠は海抜一六七二メートル。冬の峠越えは、道に慣れた『歩荷』たちにとってさえ、生命《いのち》懸けだった。まして一般の旅人にとっては生死に関《かか》わる難所であり、遭難が相ついだ。旅人の行き倒れを防ごうとして、天保十二年に『お助け小屋』が出来たが、それでも犠牲者を防ぐことは出来なかった。明治時代になって諏訪《すわ》の製糸業が盛んになり、飛騨から出稼《でかせ》ぎの娘たちが、三十人、四十人と列をつくって越えた時にさえ、寒さと疲労に倒れて死んだ者がいたことは、峠に立つお地蔵さまで、それと知ることが出来る。

安政二年正月半ばの昼近く。

吹雪だった。

それでなくても危険な峠を、吹雪の日に越えるのは愚かであろう。旅人は勿論、『歩荷』たちの姿もなかった。その中を大小二つの影が『お助け小屋』に向っていた。『歩荷』たちが見たら、さぞ仰天したであろう、驚くべき速さである。二人とも即席のかんじきを草鞋《わらじ》の下に履いていた。手頃《てごろ》な松の枝を火で焙《あぶ》って撓《たわ》め、間に同じ松の小枝をさし渡して縄《なわ》でくくっただけの、簡単なものである。それを腰の捻《ひね》りひとつで滑らせて、歩くよりも早く進んで来る。『お助け小屋』が迫った地点で、大きな影がとまった。小さな影が少し行き過ぎて慌《あわ》ててとまる。怪訝《けげん》そうに振返った。大きな影は鬼麿、小さな影はたけだった。鬼麿に名前をきかれた時、小生意気にも、

「ないよ」

と答えたために、ずっと『ない』と呼ばれていた山窩《さんか》の少年である。本名はたけだと名乗ってからも、暫《しば》くの間『ない』としか呼ばれず、くさっていた。それが鬼麿の

しつけだった。

そのたけの怪訝な視線に対して、鬼麿は『お助け小屋』の屋根に顎《あご》をしゃくって見せた。

何者かが『お助け小屋』にいる。吹雪に紛《まぎ》れて見えにくいが、かすかな煙が屋根の間から洩《も》れている。

たけが見た。

鬼麿はこの早朝、松本で藩の年寄《としより》の息子を斬《き》っている。追手のかかる可能性があった。だが自分たちを追い越して待伏せている筈《はず》はない。雪の中でかんじきを履いた山窩を、追い抜ける常民がいるわけがなかった。それにしても、この吹雪をついて峠を越えようと試みるとは並大抵の人間ではない。

鬼麿はたけをその場に残し、ひと滑りで小屋の表に達した。心気を凝らせて、小屋の中を窺《うかが》う。殺気はなかった。幾分気を弛《ゆる》めて、板戸を一気に引き開けた。同時に片《かた》膝《ひざ》をついたのは、飛道具による奇襲を避けるためだ。何も飛んではこなかった。かわりに餅《もち》の焼けるいい匂《にお》いがした。鬼麿はたけに近よるように合図して、かんじきのまま、一歩踏みこんだ。

「早く戸を閉めなよ。折角暖《あ》ったためたのにまた冷えちまうじゃないか」

驚いたことに女だった。土間に切られた炉で木切れを燃やしながら、木の串《くし》に刺した餅を焼いている。まだ若く、いい女だ。しかも言葉はしゃきしゃきした、生粋《きっすい》の江戸弁である。鬼麿はきなくさい表情になった。江戸の女を冬の野麦峠で見るなどと、ありうべきことではない。ましてこの吹雪をついて、どちら側から来たかは知らず、この『お助け小屋』まで生きて辿《たど》りついたというだけで、もはや奇蹟《きせき》である。女は一人旅のようだし、案内人の姿もない。鬼麿が妖怪《ようかい》を見るように女を見たのは、当然といえた。

〈雪女じゃないか〉

一瞬、真剣にそう考えて、鬼麿は苦笑した。江戸弁の雪女なんて聞いたことがない。もっとも、雪女がどこの言葉を話すのか、山窩のいい伝えにも残ってはいない。

いいたけが小屋に滑り込み、戸を閉めた。

「子供じゃないか」

女が咎《とが》めるように云《い》った。

「こんな日に、子供づれで峠を越えるなんて……」

鬼麿をまともに見た。鬼麿は狭い小屋の中を眼《め》で探り終った。確かに女以外に人はいない。いた形跡もない。土間にたてかけてある、これは鬼麿たちのとは違って入念に作られたかんじきも一人前しかない。このかんじきには、鉄の爪《つめ》がついていた。滑りどめのためだが、逆にこの爪があると速度は落ちる。

「お餅たべるかい」

　女がたけに話しかける。

「お湯もあるよ」

　炉の灰の中に、青竹を切った水筒がさしこんである。なんとも用意のいいことである。鬼麿の感覚から云えば、用意がよすぎた。

　たけが鬼麿の顔を見た。

「餅だけ貰《もら》いな」

　毒を仕込んであるとしたら、湯の方だろうと思ったからだ。

　女がちかっと鬼麿を睨《にら》んだ。

「馬鹿《ばか》に用心深いんだね」

　これも気に入らない。並の女にしては察しがよすぎる。

「追われてるんだ。そうだろ？」

　鬼麿は火に当りながら、逆に訊《き》き返した。濡《ぬ》れた衣服から湯気が上っている。

「姐《ねえ》さんは江戸かい」

「日本橋だよ」

うまい返事だった。日本橋では素姓が分らない。

「日本橋じゃ、かんじきの履き方も教えるのかい」

「おや、お調べかい」

気の強い女である。鬼麿の異様なほど大きな身体《からだ》を、屁《へ》とも思っていないようだ。

「教える筋合はないんだけどね……こっちに身内がいるのさ。かんじきを見りゃ分るだろ。お前さん方のような雑な作りじゃないよ」

見る物はちゃんと見ている。

鬼麿は更に追及しようとしてやめた。億劫《おっくう》になって来たのである。只《ただ》の女でないことは初手から分っている。帯のうしろに、匕首《あいくち》の一本も忍ばせていそうな様子もある。口のわりに素直そうな顔立ちで、ひょっとすると未通女《おぼこ》かもしれない、と鬼麿の勘が告げている。未通女の女賊だっているかもしれない。こんな日に旅をするのは、女こそ追われているからだろう。

〈雪女だって知ったことか〉

要するに、自分たちとかかわり合いのないのは確かであろう。自分がこの道を来ることを知っている人間はいない筈だった。歩く道が分らなくては、待伏せは成り立たない。つまりこの女は自分たちとは無関係である。

鬼麿は背にしょった刀をはずして、板の間に横になった。暖かさに身体が弛緩《しかん》し、睡《ねむ》くなって来ている。鼾《いびき》もかかずに、コトリと眠った。もっとも五官すべてが眠っているわけではない。

〈刀を見てるな〉

女が菰《こも》にくるんだ馬鹿長い大太刀をじっと見つめているのを、はっきりと感じている。

〈だが、別に、どうってことはない〉

鬼麿は間違っていた。女は鬼麿と無縁ではなかった。北伊賀町に住む伊賀同心の頭《かしら》の末娘おりんだったのである。齢《とし》は二十歳《はたち》。当時としては薹《とう》が立った方だが、鬼麿の勘通り、まだ男を知らない。女ながらも、もの心つく頃から父親に忍びの術を仕込まれ、今や伊賀忍びの中で十指に入る術の達者だった。戸田流の小太刀も目録を得ている。吹雪の野麦峠にたった一人で現れても、おりんの場合は少しもおかしくはないし、心配もなかった。

だが、ここで鬼麿にあうことは、おりんの計算には入っていなかった。だから待伏せではないという鬼麿の勘は、それなりに当っていたことになる。

おりんは自分の意思でここに来たわけではない。頭領の指図による。

実は服部小平太《はっとりこへいた》以下七人の伊賀同心に、急遽《きゅうきょ》、鬼麿を追わせた時、頭領が忘れていた一件があった。それは十三年前、鬼麿の師匠山浦清麿《やまうらきよまろ》を、今と同じように七人の伊賀同心に追わせた時、一人だけ生き残って帰って来た男が差出した、詳細を極めた報告書の存在である。そこには七人の伊賀同心が、どの道を辿《たど》り、どこで清麿を見失い、どこで又とらえ、どこで襲撃をかけ、何人が生命を落したかなどが、刻明に録《しる》されてあった。

今度の鬼麿の旅は、その当時清麿が道中で旅費のためにやむなく鍛《う》った、甲伏《こうぶ》せの数打《かずう》ち物を見つけ出し、ことごとく打ち折るのが目的である。それが去年の十一月十四日、清麿が自殺する時に鬼麿にだけ託した遺言だった。清麿が鍛った刀を探すためには、清麿が歩いた通り歩かねばならない。そして清麿の歩いた道筋は、この報告書に刻明に録されてある。清麿は普通の旅の仕方をしてはいない。追手を意識して、奇妙に曲りくねった道の選び方をしている。時にはめくらましのためか、同じ道を逆に辿るようなこともしている。鬼麿がどこまでこの清麿の歩いた道を知っているか不明だが、旅先で鍛った刀を探して歩くからには、結局、その当時と同じ道を歩くしか方《ほう》がない筈である。その時、この報告書は、追手にとって最も強力な味方になる筈だった。これさえあればどこで鬼麿を見失っても平気だし、はるか前から場所を選んで、入念な待伏せをかけることも可能になるからだ。

頭領はその報告書の写しを、おりんに持たせ、服部小平太の一行を追わせたのである。おりんは狂喜した。自分が今まで鍛えに鍛えて来た忍びと剣の術を、実地にためすことの出来る好機である。頭領は、報告書の写しを小平太に渡したら、即座に帰るように厳命したが、おりんにはそんな気は全くない。小平太たちの一行と共に、清麿の数打ちの刀を集め、鬼麿を斬るつもりでいた。

だが、旅を続けるうちに、奇妙な不安が芽生えて来た。どこまで行っても、小平太の一行に追いつかないのである。諏訪《すわ》に到《いた》ってようやく、一行の一人、金原達之進の消息が手に入った。なんと諏訪明神の境内で、岩倉波右衛門という武芸者と立合い中の鬼麿を鉄砲で狙撃《そげき》し、それに失敗した上に鬼麿に刺されたという。金原達之進は伊賀者としての心得から、身分を明かすような物は一つとして身につけていなかった。手形一枚もってはいない。当然その屍骸《むくろ》は素姓不明の浪人者ということで処理されていた。おりんはやっと町の噂《うわさ》で知ったのである。

わけが分らなかった。金原達之進は柳生《やぎゅう》流の達者である。その達之進が何故《なぜ》、鬼麿を狙《ねら》わねばならなかったのか。何故達之進は服部小平太たち六人の伊賀同心と別れて単独で行動したのか。そして小平太たち六人は、今現在、どこでどうしているのか。

おりんは岩倉波右衛門の道場を訪ね、失踪《しっそう》した兄を探していると称して、達之進の死ぬ前後の事情を尋ねた。何一つ、役に立つようなことは分らなかった。人相が兄とは全く違うようだと波右衛門に告げ、諏訪を立ったが、気もそぞろだった。鬼麿が松本に向ったことは波右衛門から聞いていたが、今から追っても後手を踏むだけである。なんとか鬼麿より先に出なければならぬ。報告書の記録には、『松本より野麦峠を経て高山』とある。だから吹雪をついて、野麦街道に向った。この街道のどこか、恐らくは峠のあたりで待伏せている服部小平太たち六人と会えるのではないか。そんな期待があったのだが、ものの見事に裏切られた。伊賀衆の誰《だれ》一人、接触して来ようとはしない。『お助け小屋』に入り、火を焚《た》いたのも、小平太たち一行への誘いのつもりだった。おりんはまさか残り六人のうち五人までが、既に鬼麿に斬られ、賽《さい》の河原の石の下に埋められているとは、想像もしていない。たった一人生き残った服部小平太が、この道の先のどこかで、江戸へ帰って腹を切るか、このまま逐電《ちくてん》してしまうかの岐路に立って、思いまどっていることなど、考えもしなかった。

そして小平太たちへのつなぎのつもりの煙が、なんと鬼麿を招き寄せてしまった。

〈皮肉すぎるじゃないか。こんなのってあるかい〉

おりんは、入って来た男が鬼麿であることを、背中にしょった大太刀から確認すると、思わず腹の中で毒づいた。不思議に恐怖心は起きない。眠りこけている鬼麿は、図体《ずうたい》は馬鹿でかいが、まったくの餓鬼のように見えた。なんとも可愛《かわい》い寝顔なのである。間違っても好い男とはいえないが、奇妙に心を疼《うず》かせるような無邪気さが全身に溢《あふ》れている。思わず吸い込まれるような感覚に気づいて、おりんはふっと赧《あか》くなった。

〈どうかしてるよ、あたし〉

男嫌《おとこぎら》いで有名な娘なのである。惚《ほ》れた、はれたより、道場できなくさくなるような一撃をきめる方が、遥《はる》かに快感があった。戸田流の門人で付け文する図々しい男が何人もいたが、いずれも翌日の稽古《けいこ》で気絶するまで打ちこまれ、己れの愚行へのつぐないをしていた。まして伊賀同心の中には、おりんに色目ひとつ使う者はいなかった。頭領の眼が恐ろしかったからである。長女の奔放な色ごとのお蔭《かげ》で、伊賀同心の存在さえ危《あやう》くされたことに懲《こ》りた頭領は、おりんを厳しく見張っていた。色恋沙汰《ざた》は一切ご法度《はっと》だった。おりんには、それがいっそ気楽だったのだが……。

「兄《あ》んちゃんに、惚れねえ方がいいぜ」

い《い》たけがにたにた笑いながら、そう云《い》った。せいぜい十かそこらの餓鬼のいうことではない。

「なにいってやがんだ、おたんこなす」

おりんの口は猛烈を極めた。立て板に水と罵声《ばせい》をくり拡《ひろ》げる。けつっぺたの青いくせに生意気な口ききやがって。手前《てめえ》を産んだ親の面《つら》が見てやりてえよ。このすっとこどっこいのおかちめんこ。

たけがぽかんと口をあけて、怒ると益々《ますます》可愛くなるおりんの顔を見ていた。

ぐすっ、と笑い声が洩《も》れた。

眠りこけていた筈の鬼麿である。

「姐さん、知ってるかい。お前さんの云ってることたァ、一言だってその坊主《ぼうず》にゃ分っちゃいねえんだよ。ちんぷんかんぷんなんだよ」

符節を合せたように、たけが訊《き》いた。

「この姐ちゃん、海人《あま》か何かかい。変な符牒《ふちよう》ばっかり使ってるぜ」

山人《やまびと》である山窩の対極にいるのが海人である。山窩は海人を、海や魚と会話の出来る異能の人々だと思っている。だから、たけの声には畏怖《いふ》の響きがかすかにあった。

鬼麿が大きな声で笑った。その笑い声のせいか、温められた空気のせいか、『お助け小屋』の屋根の雪が落ちて、大きな音をたてた。

二

鬼麿とたけ、それにおりんを加えた三人が飛騨高山の町に入ったのは、夜になってからのことである。

吹雪の合い間を狙って『お助け小屋』を出たのだが、おりんのかんじきでは速度が出ない。鬼麿は置いて行きたかったが、たけが妙になついてしまって、おりんにつきまとって離れないのである。

峠を渡り切ったところに飛騨がわの番所があり、そこでも大分時間をとられた。この番所は本来『歩荷《ぼっか》』たちから通行税をとりたてるためのものである。鬼麿たちは何の荷も背負ってはいない。そのために余計疑われたのである。ただの旅人が、『歩荷』たちさえ歩かない吹雪の日に、何の目的もなく野麦峠を越えるわけがない。

この厄介《やっかい》な場面を切り抜けられたのは、おりんの才覚だった。

「欺《だま》されて、女郎に売られるところだったんですよ。亭主《ていしゅ》と弟が身体張って救《たす》けてくれたんですが、あの連中しつこいから。それで、死んでもともとと思って、峠越えをしたんです。高山に入れば、あいつらも追って来ませんから」

天領であることへの誇りが強い、高山代官所手代たちの自尊心を巧みにくすぐったのである。それにおりんが出鱈目《でたらめ》にあげた松本の曲輪《くるわ》の店の名が、偶然、実在した店だったらしい。あの店の亡八《ぼうはち》じゃやりかねない、といいだした手付《てつけ》がいて、なんとかこのでっちあげが通った。鬼麿が江戸に修行にいっていた刀鍛冶《かたなかじ》だと云ったのもよかった。それでなければ、鬼麿の大太刀は問題になった筈である。四谷正宗・山浦清麿の名は、この飛驒の辺境にまできこえていた。飛驒高山から中山道の加納に至る郡上《ぐじよう》街道の途中には、関の町がある。関は刀剣の町であり、関ノ孫六で知られた刀工関一派の中心地である。刀鍛冶に対する関心の強さは、高山にまで及んでいた。それが鬼麿を救った。

番士たちは、鬼麿が抜いてみせた清麿の大太刀の見事さに息をのんだ。惚れ惚れと眺《なが》め、異口同音に云った。

「惜しいな。これがあと一尺短かかったら、女房《にようぼう》を質に置いても買うところだが……」

刃長三尺二寸五分の刀では、尋常の人間の使いこなせる代物《しろもの》ではない。どんなに見事でも鑑賞用にしかならない。二尺三分の常寸《じようすん》にすりあげれば、源清麿の銘が消えてしまう。そんな勿体《もつたい》ないことが出来るわけがなかった。

番士たちは、高山の安い宿と一軒だけある刀鍛冶を紹介してくれた。山国の人間らしい人の好《よ》さである。それに夜ふけに町へ入って、紹介もなしに宿がとれるわけもなかった。狭いだけに、秩序のある端正ともいうべき町なのである。安宿といっても、親切さはとびきりだった。囲炉裏《いろり》のそばで熱いめしと熱い汁《しる》がふるまわれ、炬燵《こたつ》に足を入れるようにして床が敷かれた。

鬼麿はおりんが、常寸よりやや長めの匕首《あいくち》を素早く長襦袢《ながじゅばん》の懐《ふところ》ろにしまうのを、見ないふりをして見ていた。

〈やっぱり盗人《ぬすっと》か〉

番所で咄嗟《とっさ》に見事な嘘話《うそばなし》をでっち上げた才覚といい、一日で雪の野麦街道を走破した脚力といい、どうみても只《ただ》の女ではない。それに折々の所作に、隙《すき》がなく、きっぱりしているところも気になった。これは武芸を極めた人間に特有の所作なのである。だがどう見ても二十歳を越えたとは思われない小娘が、武芸に達しているわけがない。

〈踊りをよほどやったのか〉

踊りの名手は武芸者と同じように所作に無駄《むだ》がない、と師匠から聞いた覚えがあった。現実にそんな人間を見たことはなかったが、ありそうな話だと思う。

〈弱ったな〉

鬼麿の気がそそられている。鬼麿という男は一旦《いったん》気をそそられると抑えがきかなくなる。道端でもなんでも、襲って犯しかねない獰猛《どうもう》さがあった。この点、師匠の清麿とは正反対だった。清麿は端正な男で、そんな獰猛さは毛ほどもない。惚れているのかいないのか、読みとれないような顔で、ただただ水のように酒を飲んでいる。そのくせ、ふとしたしぐさが正しく誘《まき》っている。結局、女の方が負けて、形の上では自分から清麿を誘うことになってしまう。

〈うまいなァ〉

何度、鬼麿はそういう師匠のやり口に感嘆したか分らない。だが真似《まね》て出来ることではなかった。

〈俺《おれ》は俺のやり口しかない〉

諦《あきら》めている。だが自分のやり口が極めて無法であることは百も承知だった。

〈いつか俺は女に殺されるな〉

そう信じている。そして、それならそれでよかった。女の匕首が、自分の腹にのめりこんで来る感触を、時々、想像することがある。

〈ひどくいい気分なんじゃないかな〉

どうもそんな気がするのである。

今、鬼麿は、おりんが長襦袢の懐ろに呑《の》んだ、長めの匕首のことを考えていた。

〈あれは鎧通《よろいどお》しじゃないか〉

ちらりと見ただけだが、幅も普通より広かったような気がする。厚みもある筈《はず》だった。鎧通しは戦国の昔、鎧武者同士が組打ちになった時に使う短刀である。並みの刃では鎧を通すことも出来ず、刃幅がなくては、首を押切りに切ることも出来ない。頑《がん》丈《じょう》で、しかも繊細な切れ味を必要とする得物《えもの》だった。

〈あれで刺されたら、こたえるだろうな〉

鬼麿にとって、それは快感が倍増するという意味しかない。現に忽《たちま》ち屹立《きつりつ》して来た。

〈こりゃァ駄目だ〉

むくっと起き上った。灯《ひ》は消してあるが、鬼麿は夜目が効く。

たけは昼間の疲れが出たのか、昏倒《こんとう》したように眠っていた。

おりんは、起きているようだった。

事実、起きていた。眠れるものではなかった。鬼麿は意識していないが、そのそそられた気は息のつまるような迫力で狭い室内に充満していたのである。狙われた当の女が気づかない筈はなく、眠ることなど不可能だった。わけもなく息がはずんで来る。恐ろしくもあり、遣《や》る瀬なくもある。おりんにとって初めての感覚だった。頭に血がのぼって、ぽうっとしている。手足が痺《しび》れるようにだるい。その感覚に逆らうように、懐中の匕首《あいくち》の柄《つか》を握ってみるのだが、奇妙に力が入らないのである。鬼麿が起き上ったのが、気配で分る。すっとより添った。大きな身体《からだ》のくせに、こそとも音をたてない。次の瞬間に、もう蒲団《ふとん》の中にいた。左腕が首に廻《まわ》され、横抱きに口を吸われた。匕首を抜こうにも、肝心の右腕は鬼麿の重い軀《からだ》の下になって、動かすことが出来ない。左拳《こぶし》で水月《みぞおち》を突いたが、ぴくりともしない。その間に口をこじあけられ、舌を吸われていた。頭の中のもやもやが拡《ひろ》がってゆく。ひどく甘美な感触があった。気がつくと乳房をゆっくりと揉《も》まれていた。左手でやっとの思いでその手を払う。払われた手は、そのまま下方に向い、毛際《けぎわ》をそろりと掻《か》いた。ぞくっという快感に、口を塞《ふさ》がれたまま呻《うめ》いた。鬼麿が少し身体を起して、のしかかるような形になる。右手が抜けた。素早く匕首を握った。抜きかけた時、下腹部に激痛が走った。指が侵入を開始している。円を描くように深く進んでくる。おりんはやっとの思いで匕首を抜いた。その間に軀が大きく開かれている。仰向けのまま匕首を大きく振り上げた時、口が自由になり、同時にさっきとは較《くら》べものにならぬ激痛が、下腹部を貫いた。自由になった口が、絶叫した。それでも必死に右手をふりおろした。鬼麿が動き始めたために心の臓を狙った刃筋は逸《そ》れ、匕首は左肩につき刺さった。鬼麿はその右手を握ると、自分の首のまわりに掛けさせた。おりんの軀をかかえあげ、座位になった。おりんは突き上げられ、突き落され、ほとんど絶え間なく、呻き声を発していた。眼の前に、鬼麿の左肩に突き立った匕首がある。刺さり方が浅いので、刀身が震えた。

「もう一度刺したかったら、匕首を抜けよ」

鬼麿は耳もとで囁《ささや》くように云《い》った。

「殺されてもいいんだよ、俺」

囁きが耳をくすぐって、快感に変った。おりんは更に大きな呻き声で、鬼麿の囁きに応《こた》えていた。

三

飛驒高山でたった一人の刀工である村上尚次は、まるで商人のように腰の低い男だった。齢《とし》の頃《ころ》は四十二、三。背が低く、小肥《こぶと》りで、丸い顔がいつもにこにこ笑っている。

「左様ですか。山浦清麿師匠のお弟子ですか。そりゃア羨《うらやま》しい。あんな名人に使われたら、それだけであなた、折紙を貰《もら》ったようなものでございますよ」

鬼麿がこの刀工を訪ねたのは、あくまでも念のためである。十三年前、師匠は松本で三振りの刀を鍛《う》って、五両の金を握っている。高山に足を留めたかもしれないが、刀を鍛った筈がなかった。当座の金があるのに、その上数打ちの不本意な刀を鍛つほど、師匠は破廉恥《はれんち》な男ではない。

ただ問題が一つあった。

師匠は死にぎわに、いくつかの街道の名をあげた。その街道を辿《たど》って、現在までに四振りの出来の悪い刀を鬼麿は打ち折って来ている。だが、師匠の告げた街道の名は、この野麦峠から、急に丹波路にとんでいる。ここ高山からどの道を通って丹波路に出たのか、それが不明だった。

丹波路の起点は京都七口の一つ、丹波口である。だから一応京へ入ったと考えていい。だが高山から京に入る道はいくつかある。一番普通の道は、郡上《ぐじよう》街道を南下して、郡上八幡《はちまん》、関町を経て加納に出、そこから中山道を辿る道である。もう一つは油坂峠を越え、美濃街道を福井まで出て、以後北陸道を南下して京に向う道。そして最も考えにくい道が、飛騨街道を逆に北上して富山に出、日本海沿いに北陸道を辿って京に出る道だった。これが一番の廻り道で、長丁場にもなるからである。

おおよそこの三つの道の内、師匠がどれをとったか。また何故この間の街道の名だけを告げなかったのか。それが疑問だった。或《あるい》は松本で五両の金を得たために、この間ではまったく刀を鍛つ必要がなく、それで省いたのかもしれなかった。だが本当にそうなのか。

師匠は京から丹波路を抜けて山陰道を辿り、その先の出雲往来で鬼麿にめぐり会っている。出雲往来から山口までの間に、師匠は一振りの刀も鍛っていないし、懐中にはかなりの金を持っていた。それは到底五両などという端《はし》た金《がね》ではなかったという記憶が、鬼麿にはある。野麦街道から先、出雲往来に到《いた》る間のどこかで、師匠はその莫大《ばくだい》とも云える金を手に入れたことになる。それがどこで、何をして得た金であるか。とても数打ちの刀を急造して手に入るような金ではなかった。何かある。死の際《きわ》になっても師匠が云えなかった何らかの事実が、この高山と出雲往来の間にある。それをさぐり出されるのは師匠の意志ではないかもしれないが、鬼麿としては何としても知りたかった。女が欲しくなった時と同じである。遮二無二《しゃにむに》欲しい。遮二無二知りたい。そしてそのためには、ここから先の師匠の足跡を、出来る限り細かく辿る必要があった。だから、無駄を承知で、高山の刀工村上尚次の仕事場を訪れたのである。

この訪問は無駄ではなかった。尚次は十三年前、ここで清麿と会っていた。当時三十歳だった尚次は、同い年の清麿の訪問をうけ、ひどく気が合って、夜を徹して酒を酌《く》んだと云う。

「二、三日休んだら、片掛《かたかけ》に行ってみるつもりだと云っていましたよ」

これで師匠の選んだ道が分った。片掛は飛驒街道の宿駅の一つで、銀山があり、全国から集った山師たちの住む、三百戸を越える大集落が今もある。片掛へ行った以上、富山に出たに違いない。富山から北陸道を、金沢、福井、長浜と辿って鳥居本《とりいもと》で中山道に出たか、或《あるい》は長浜から舟を使って坂本に出たか。要するに一番の廻り道を選んだことになる。伊賀衆の刺客《しかく》の手から逃れるための作戦だったことは明白だった。

鬼麿が礼を云って引きあげようとすると、尚次がひきとめた。清麿の弟子なら、清麿の兄、山浦真雄《やまうらまさお》の松代《まつしろ》・真田《さなだ》藩の荒試《あらだめ》しの話を詳しく御存《ごぞん》知に相違ない。後学のために是非ともお聞かせ願いたい。この刀工は妙に眼《め》を据《す》えた感じで、執拗《しつよう》にいいたてるのである。

勿論《もちろん》、鬼麿は、後に江戸期刀剣史上有名な事件になった真田藩試刀会の話はよく知っている。刀鍛冶を志す者にとって、これほど凄《すさ》まじくも晴れがましい試刀会は、後にも先にもなかった。この会の模様について、真雄自身が弟の清麿に綿々と書きしらせた長文の手紙を、鬼麿も読んでいる。ことは嘉永《かえい》六年三月二十四日に行われた。清麿の自殺に先だつこと一年八ヶ月であった。

山浦真雄は清麿の兄であると同時に師であった。しかも鍛冶と剣、双方の師である。地主の嫡男《ちゃくなん》で初め剣に志し、江戸下谷《したや》練塀小路《ねりべいこうじ》の中西道場で勉《まな》んだ。中西道場は当時一刀流三羽烏《さんばがらす》といわれた、高柳又四郎、寺田五右衛門、白井亨《しらいとおる》を擁した大道場であり、千葉周作も一時ここにいたことがあり、その師浅利又七郎は中西家の養子だった。真雄は更に心形刀流《しんぎょうとうりゅう》と真心流《しんしん》の剣術も勉んでいる。やがて剣士にとって生命ともいうべき刀の目利《めき》きに異常に執着し、試刀をくり返すようになる。だが本当に気に入った刀がどうしても見つからない。そこで遂《つい》に、

『おのれ古伝の鍛法をさぐり、自づから造りて佩刀《はいとう》をなさんとおもひ立《たち》て……』

(山浦真雄著『老《おい》の寝覚《ねざめ》』)

つまり刀鍛冶になってしまったのである。小諸藩一万五千石牧野家の扶持《ふち》を受けて鍛刀に励み、『信州正宗』の評判を得たが、小諸藩ではお目見《めみえ》得以下という低い身分であることにあきたらず、上田藩五万三千石松平家に移った。その真雄に隣藩の十万石松代《まつしろ》藩真田《さなだ》家から招聘《しょうへい》の話が起ったのは嘉永六年二月のことだと云う。松代に出かけていった真雄に、真田家家老真田志摩から、試し切り、打切り試しが命じられた。しかも錵《にえ》出来が得意か、匂《におい》出来が得手かとわざわざ尋ね、真雄が、錵出来は姿は華美だが自分は得意ではない、実戦用には匂物がよいと思うし、これなら得手であると答

えたのに対して、それならその不得手な銑出来で試したい、と申し入れたものである。刀工の採用試験としては類のない苛酷《かこく》な条件だったが、これにはわけがあった。

それより二十年も前の天保四年、時の松代藩主真田幸貫《ゆきつら》は、つとに外国侵略の危機を予見し、藩内の武器拡充策を計った。非常時における藩士貸出用の長巻《ながまき》と刀を大量に注文したのである。この時、その仕事を一手に引きうけた刀工が、水心子《すいしんし》正秀《まさひで》の弟子で出藍《しゅつらん》のほまれ高い江戸の刀工大慶直胤《たいけいなおたね》である。大慶直胤は当時の真田家江戸家老千四百石矢沢監物《やざわけんもつ》が贔屓《ひいき》にした、江戸随一といわれた刀工だった。その関係で真田藩の上士たちは、江戸に出れば直胤の刀を手に入れたものだと云う。とにかくこの注文によって長巻五十振り、刀百振り以上が直胤によって真田藩におさめられた。信州鍛冶より四、五倍の高値だった。

その直胤の刀が、松代で脆《もろ》くも折れた事件が起った。何人かの武士がこの噂《うわさ》をききつけ、自分の佩刀（直胤作）で試した。やはり簡単に折れる。大騒動になった。相馬大作と並んで平山行蔵の高弟だった山寺常山は、真田藩の寺社奉行をつとめていたが、噂をきいて早速試した。古刀正宗との比較も試み、このためあたら正宗を一振り廃物にしている。この結果、激怒して大慶直胤を『大偽物《おおにせもの》』と罵倒《ばとう》し、

『私十年も年若ならば天下の耳目を一洗いたし、直胤を真半にいたし可遣《やるべき》を同人も運よき男に御座候《ござそうろう》……』

と手紙に書いているほどである。庇護者《ひごしゃ》の矢沢監物が死ぬと、松代藩と大慶直胤との縁はぷっつりと切れた。

こうした苦い歴史を背負った松代藩である。真雄の採用に苛酷な条件を強《し》いた理由はそこにあった。

真雄はこの注文を押し返した。銑出来の刀が、焼入れが高温のために深くなり、匂出来より折れやすくて実用に向かぬのは古来の定説である。たっての注文とあらば、作らぬでもないが、自分が得手とする匂物と両方作らせて欲しい。これは刀鍛冶《かたなかじ》としてむしろ当然の要求であるが、真雄の烈々たる自負心と気概は更に凄《すさ》まじい言葉を吐かせるに至った。

『匂物におゐては武用一偏事ならば古今予が上いづるものあるまじく存ずるなり』

この大言壮語が後に真雄をして死を決しさせることになった。

松代藩は真雄の要求を容《い》れた。真雄はこの二振りの刀を、慣れぬ松代の細工場で二十八日間で仕上げている。

四

嘉永《かえい》六年三月二十四日。試刀会の当日は、杏《あんず》の花と桜の花が同時に咲き乱れる、美しい日だったという。

この試刀会については、当時の松代藩武具奉行金児忠兵衛《かねこちゅうべえ》の筆録による『刀剣切味並《ならびに》折口試之次第』という精密な記録が残されている。以下それによって大筋だけ語りたいと思う。

試刀会の会場は表柴町の金児忠兵衛邸。集った松代藩士は百二十人を下らなかったと云《い》う。十人が選ばれて目付役となった。試し役は七人。いずれも真田家中で手練《てだ》れの名の高い武士ばかりである。研師《とぎし》が二人、外科の医師が一人臨席した。刀が折れた際、怪我人《けがにん》が出ることも考えられたからだ。

山浦真雄本人は、麻裃《かみしも》姿で縁側に坐《すわ》っていた。裃の下に秘《ひそ》かに白無垢《しろむく》を着こんでいたと云う。先に書いたような大言壮語をした以上、己れの刀がみっともない結果を見せた時は、即座に腹を切る覚悟だった。

試刀が開始された。

第一は問題の大慶直胤作二尺三寸八分荒沸《あらにえ》出来の刀。先ず俵菰《こも》二枚束ねの干藁《ほしわら》を切ると八分切れ。切れ味は『中位』。次いで厚さ八厘《りん》、幅三寸の鍛鉄を切ると、刀は鐔《つば》元七、八寸のところから二つに折れた。

第二は、同じ直胤作、長さ二尺三寸匂出来の刀。干藁を一太刀《たち》斬ったら刀身が反《そ》り伸びた。そのまま五太刀、八分は切れた。鉄砂入陣笠《じんがさ》に二太刀。一太刀ごとに刀身が反り、伸びた。鉄胴に二太刀。刃切れ入り（刃が裂けた状態）刃こぼれる。鹿角《しかつの》に三太刀。鍛鉄に三太刀。鍛鉄を少し切割りひびを入れたが刀も刃切れが多く出た。次いで兜《かぶと》に一太刀。大いに伸びる。鉄敷棟《かなじきむね》打ち七太刀、平打返打ち四太刀で折れた。匂出来だけあって、よく耐えたというべきであろう。

第三が同じ直胤作の長巻。干藁を二太刀切っただけで、刀身は曲ってしまった。しかも五分しか切れていない。

第四が直胤作の別の長巻。これは干藁への一太刀で曲り強しとある。切れ味も四、五分。

第五も直胤作長巻。これは干藁に二太刀。五、六分切れ。鹿角に二太刀、一太刀で刃こぼれの上、大いに伸びる。二太刀目にて伸びて刃切れ入り曲り、強く切る事不能。鉄敷棟打ち三つ、平打ち二つ。刃切れ口大いに相成り、曲りぐだぐだにて其儘《そのまま》に差置く。

この五振りの大慶直胤は、いずれも城方常備としておさめられた品である。そのうち、辛《かろ》うじて合格といえるものは、たった一振り、第二の匂出来の刀だけで、あとはすべて腰が弱すぎて実用にはならない。積年の大慶直胤への不信感が、一気に実証されたようなものだった。

次いで真田家御用鍛冶の二人の作品が試され、いずれも鍛鉄、又は兜の段階で折れている。更に古刀が二振り。一振りは千藁だけですませ、一振りは同じ竹入千藁に一太刀あびせただけで大曲りとなった。

十振り目は無銘中代の刀で、四分《しぶ》一鐔《いちつば》(銅と金の混合)厚さ一分三厘大透《おおすか》し刀鐔を切った時、物打から折れて飛んだ。十一振り目は長さ二尺の胤長作山刀。革包鉄胴三太刀で刃切れが入った。

そして十二振り目に登場したのが、山浦真雄の長さ二尺一寸五分荒沸出来の刀である。荒沸出来は折れやすいと評判のものであり、真雄が得意でないとことわったものである。真田藩抱工採用試験だからこそ、敢《あえ》て注文通り鍛《う》ってみせた刀だ。

試しは俵菰二枚重ねの千藁から始った。

一　千藁　一太刀　但《ただし》九分切

『切味宜《よろし》』と記帳された。

一　同　十太刀　何《いず》れも八、九分切

十回切っても切れ味は変らなかった。

一　竹入藁　六太刀　但七、八分切

十七太刀に及んで尚《なお》、僅《わず》かに切れ味が鈍っただけである。ここで研師が刃を付け直した。これからは堅物の試しに入るためだ。

一　古鉄厚一分幅七分　一太刀

但左右へ切れて飛ぶ。刃切れ入る

鉄は古いほど鉄性が精良で新鉄にまさる。それを完全に両断したのである。さすがに初めて刃切れが入ったが、驚くべき切れ味であり、強靭《きょうじん》さだった。

一　鹿角　六太刀

一　竹入藁　二太刀　但刃コボレの儘にて六分切

一　鉄砂入張笠　二太刀

一　古鉄胴　二太刀

一　四分一鐔　一太刀

これは既に切れ味試しではなく打折り試しの限界への挑戦《ちょうせん》に入っている。

一 再び四分一鐔 一太刀

一 鍛鉄 一太刀

一 兜 一太刀 但鉄鎚《てっつい》にて曲りを打直し切る

鍛鉄斬りつけでようやく曲りを生じたのを鉄鎚で打ち直して使用したのである。それでもまだ折れない。驚くべき粘着性だった。以上の三十四太刀で、切りつけ試しを終る。

これ以後は完全な打折り試しである。長さ五尺五寸、重さ八百三十匁《もんめ》の鉄杖《てつじょう》で、刀の弱点とされる刃部の反対側、つまり棟《むね》(背部)や平面《ひら》(鎬部《しのぎ》)を強打して折るのである。

一 鉄杖 棟より充分に七つ棟打を切入る

一 同 平より六つ充分に打つ

これは人が手にもった刀を打ったものだ。

一 鉄敷 棟打六つ

一 鉄敷 棟打七つ

ここで刃切れ、つまり裂けた口が、ようやく広くなったと云《い》う。

一 平打三回して裏返し打つ事二回にして折る。棟切三ツ刃切れ十二入有之《これあり》最後の試しの模様は、この短い記述から充分に察することが出来ると思う。試し手はほとんど躍起になっている。息を切らせ、これでもか、これでもかと、殴り続けた。それでも頑固《がんこ》に折れてくれない真雄の刀に、試し手は恐怖さえ感じた筈《はず》である。その伝承が『古老証話』にある。

『その折の模様は洵《まこと》に峻烈《しゅんれつ》を極め、見物の諸士も進行につれて真剣そのもの。手に汗を握るが如《ごと》く、肌《はだ》に粟《あわ》を生ぜしが如し』

これが刀剣史上に後々まで語り継がれた『松代藩荒試し』の模様である。

尚、真雄の鍛えたもう一振りの匂出来の刀については、試すに及ばず、ということになったと云う。不得手だという銑出来の刀でさえこの結果を生み、真田藩士の心胆を寒からしめたのである。得意だと云い切った匂出来について試す必要を認めなかったのは、当然といえよう。

試刀会直後の評判が、試刀会記録写本の一つにある。清麿の研究者、花岡忠男氏の引用された通り書き写しておく。

『真雄儀二月中旬より於松代鍛最も荒沸一刀匂出来一刀鍛造之内荒沸出来の方にて試す依《よ》って当地の評判洛陽《らくよう》国広以来の一人と称誉す』

洛陽国広とは、東の虎徹《こてつ》、西の国広と並び称された新刀期の名工である。もと日向《ひゅうが》伊東家の武士だったが、主家が島津家に滅ぼされた後、諸国を山伏《やまぶし》となって流浪《るろう》し、やがて刀工となって京堀川《ほりかわ》に住み、堀川国広と呼ばれた。この試刀会の年は、国広の死後二百三十九年目である。真雄の声価の高さ、思うべしである。

真雄は試刀会の翌日、家老真田志摩から長巻百振り鍛造の申し渡しを受けている。しかも真雄が上田に帰る時には、真田藩の武具奉行高野車之助と小野喜平太の二人が同道した。真雄が再び松代に戻《もど》らぬことを恐れた真田志摩の処置だと云う。事実、真雄をめぐって、上田藩と松代藩の争奪戦があったようだが、真雄は息子の兼虎《かねとら》を上田にとどめ、自らは松代に移った。

五

鬼麿が村上尚次に異常を感じたのは、この『松代藩荒試し』を物語っている途中でだった。目の光り方が普通でない。特に大慶直胤《たいけいなおたね》の刀が腰弱で容易に折れるくだりを話している時には、その拳《こぶし》が血の気を失ってまっ白になるほど握りしめられているのである。

〈そうか〉

鬼麿は合点《がてん》した。村上尚次は大慶直胤の流れを汲《く》む刀鍛冶に違いなかった。或《あるい》は直《じき》弟子だったのかもしれない。話への入れこみようが、普通ではない。

〈坊主《ぼうず》憎けりゃ、か〉

鬼麿は苦笑した。

確かに『松代藩荒試し』以来、大慶直胤の声価は大暴落を来たしている。なまじ江戸随一の評判が高く、作刀の値段も高かっただけに、その反動がひどかった。直胤の刀など金をつけてくれてもいらない。そんな暴言を吐く武士までいた。

時代も悪かった。黒船の来航以来、安定しきった徳川家の治世が、漸《ようや》く揺れはじめていた。関ヶ原以来、根深い恨みを幕府に抱き続けて来た長州の毛利、薩摩《さつま》の島津両家が、天皇をかついで自分たちの幕府を創《つく》るべく、蠢動《しゅんどう》を始めた。各地の浪士たちもそれに呼応して動き出す。形式がすべての世の中が、実力の世界に変りはじめたのである。実力の世界とは、一面暴力の世界でもある。どんなに正しい意見を持っていても、それだけでは足りない。最低限、自分を守ることの出来る腕が必要になった。武士にとって自分を守るものは、腰間《ようかん》の二刀と、それを操る腕しかない。どんなにいい刀を持っていても、腕がたたなくてはなんにもならないが、逆に、どれほど腕が立っても、得物が大慶直胤のようにすぐ折れる刀では、勝負にならない。腕の立つ武士ほど、頑丈で、しかも刃味のいい刀を求めるようになった。飾り物の時代は去ったのである。それは大慶直胤一門にとって、冬の時代の到来だった。直胤一門の特徴はその姿の美しさにある。気品にある。人斬《ひとき》りなどという野蛮な仕事に使わない限り、これほど美しい刀はないのである。その致命的な弱点を証拠だてた山浦真雄とその一門が、彼等《かれら》の憎悪《ぞうお》の的になったのは考えやすいことだった。

〈師匠が片掛にいったという話は本当なんだろうか〉

鬼麿は尚次の落着かない目を見ながら思案をしていた。だが思案してはじまる事ではなかった。

〈きいた以上、いってみるしかない〉

無駄足《むだあし》と分ったところで、たいした事ではない。別段いそぐ旅ではなかった。追って来る者がいるわけでも……。

〈あの伊賀同心はどうしたんだろう〉

ふっと思い出した。都合六人の伊賀者を、鬼麿は斬っている。あのままですむわけがなかった。しかも一人残っている。

〈手を打っておくか〉

これはたけとおりんのためだった。

同じ頃《ころ》、おりんは高山の町を歩いていた。たけがぴったりひっついて来ている。疳《かん》にさわるのは、この猿《さる》のような餓鬼が、ときどき、ひとの顔をのぞいては、

「ヒヒ」

と笑うのである。たけが昨夜の一件を知っている証拠だった。

どういうわけであんなことになってしまったのか、おりんには今もって理解出来ない。魔がさしたとしかいいようがなかった。

鬼麿の一方的な暴行だといい切ってしまえれば、まだ楽だった。だがそれが嘘《うそ》なのを、おりんは知っている。自分も望んだのである。ああして欲しかったのである。そこが困る。わけが分らない。匕首《あいくち》で鬼麿の左肩を刺したのは、いいわけみたいなものだった。誰《だれ》よりも自分自身が、そんないいわけで誤魔化されはしない。

ことが終った時、鬼麿は馬鹿《ばか》に優しく後始末をしてくれ、瞼《まぶた》の上に口をつけてから云った。

「ごめんよ。寝て起きたら、忘れてくれ」

おりんは叫びだしかけたくらい逆上した。今でも思い出すたびに逆上する。ひとの軀《からだ》を真ッ二つに引裂いておいて、寝て起きたら忘れろとはなんだ。そんなことですむものか、すまないものか……。出来る限り昂《たか》ぶりを抑えて云いつのるおりんを、鬼麿

はひどく悲しそうに眺《なが》めていたが、ぽつんといった。

「気がすまなきゃ、殺してくれていいんだよ」

おりんは、はたと口を噤《つぐ》んだ。鬼麿が本気なのに気づいたのである。同時に、自分がその辺のうぶな娘と変りなく、男相手に恨みつらみをわめいていたことにも気づいた。恥ずかしかった。その恥の源である男を、いっそ殺してやりたかった。だが殺すかわりにおりんは席を立ち、台所をさぐって焼酎《しょうちゅう》の徳利を下げて来た。無言で鬼麿の肩の傷に焼酎をそそぎ、晒《さらし》でぎりぎりと巻いた。この無神経な男は、痛そうな顔ひとつしない。なんとも可愛《かわい》げのない男だった。

涙が出て来た。これも理由が分らない。

〈やだよ。これじゃほんとに箱入り娘だ〉

また腹が立つ。だが涙はおりんの意思とはかかわりなく、切なく流れ続けるのだった。

今、町を歩きながら、また、おりんの頰《ほお》が濡《ぬ》れている。

〈どうなっちまったんだ、こん畜生〉

たけがひどく驚いたように、ぽかんと口を開けて、そのおりんを見つめていた。

不意に、涙がとまった。

たけの背後を武士が一人、通り抜けた。檜笠《ひのきがさ》をかぶり、黒い布を垂らして鼻から下を隠した山役人独特の格好である。飛騨《ひだ》に山役人がいることは極めて自然だが、問題はその男が、通りすがりにちらりと真紅の綱を見せたことである。真紅の綱は服部小平太のお得意の得物だった。縄術が特技だったのである。この山役人は小平太ではない。小平太に頼まれて連絡役をひきうけたことは明白だった。山役人が塗り師の店に、つと入った。それを見届けるなり、おりんはたけを思い切りひっぱたいた。

思いもかけない奇襲に、たけはもろに打撃をうけてすっとんだ。

「姐《ねえ》ちゃん」

たけがべそをかきそうに顔を顰《しか》めた。

「宿へ帰んな」

おりんが屹《き》っとなって怒鳴った。

「ひとの泣くのがそんなに面白《おもしろ》いかい。なんだってんだ、畜生。さっさと帰らねえと、石ぶつけるよッ」

たけは一瞬、ひどく傷つけられたような顔をしたが、一言も口を利《き》かず、横っとびに旅籠《はたご》の方向へ走った。

〈ごめんな、たけ坊〉

　おりんは胸の中で詫《わ》びると、山役人が消えた塗り師の店の戸口に向った。

　やっぱり服部小平太だった。店の奥にさっきの山役人と共に坐《すわ》っていた。だがこの小平太は、おりんの知っている小平太ではない。江戸にいた頃の小平太は、一族の名声を鼻にかけた、きざで傲岸《ごうがん》な男だった。それがまるで別人と化している。なによりも鼻もちならなかった傲岸さが消え、替って、絶えず人の目の色を窺《うかが》っている、弱く小ずるい男がいた。

「もうお頭《かしら》にしれたのかい、おりんさん」

　おどおどといってもいい態度だった。

「新手《あらて》は何人だい。たばねはおりんさんがしているのかい」

　おりんは応《こた》えずに、じっと小平太の目の奥をのぞきこんだ。この男は頭領をひどく恐れている。何故か。理由は一つしかない。逃げだしたからだ。どんな事情で、どこから逃げ出したかは知らない。恐らくは、味方を見殺しにして、自分一人の生命《いのち》を拾ったに相違なかった。金原達之進が何故たった一人で、しかも鉄砲で鬼麿を狙《ねら》わねばならなくなったか、やっとおりんにはのみこめた。この男だ。この男がなんらかの理由で、味方を放棄したからだ。ひょっとすると、他の伊賀同心は一人残らず死んだのかもしれない。だからこそこの男はこれほどびくびくして、あたしの顔色を読もうとしているのだ。

「ことのいきさつを残らず聞かせて貰《もら》いますよ、服部さん」

出来るだけ色のない声でおりんは告げた。

「ことのいきさつと云ったって……」

小平太が口ごもる。どこまで江戸にしられているか、逆に探ろうとしているのだ。

「一人だけ逃げ出すのに、いきさつもなかったって云うんですか。はなから臆病風《おくびょうかぜ》に吹かれたって云うんですか」

おりんのはったりである。だが小平太は見事にひっかかった。

「違う。違うんだよ。ひどいことを云うじゃないか、おりんさん。これにはどう仕様もないわけがあったんだ」

「だからいきさつを聞こうって云ってるんじゃありませんか」

小平太はちぢみ上っていた。抵抗の気力も失《う》せたらしい。とつとつと起ったことを話した。鬼麿の人間とは思われない体力と剣について。いかにして五人の伊賀衆が雪の中で斬《き》られていったかについて。そしていかにして自分がその場を脱出したかについて。

「誰《だれ》か一人、生きのびてお頭に報告しなきゃならなかった。いつの間にか、その役を果すのは私一人しかいなくなってたんだ。だからこそ逃げ出すしかなかった……」

「それで？　金原さんを一人きりで戦わせたのもそのためだって云うんですか」

「そうだ。それしかなかった。柳生《やぎゅう》道場で気心のしれた馬場八之丞《ばばはちのじょう》が、この高山にいることを思い出して、まっすぐここへ来たんだ」

こんな小平太を見るのはいやだった。額に黒々と『怯懦《きょうだ》』と入墨《いれずみ》されて晒《さら》し者《もの》になった男のようだった。

山役人馬場八之丞が、醒《さ》めた声で云った。おりんの気持を正確に読んでいた。

「わしもそなたと同じ思いだ。こんな服部小平太を見たくない。だが同時に、小平太をここまで情けない男に堕《おと》した、鬼麿という男が許せない。同門というだけでなく、同じ男として、許すことが出来ない」

「それで……？」

おりんはきき返した。云うことは分っている。返事を考える刻《とき》を稼《かせ》ぐ必要があった。

「まず、そなた、何人仲間をつれて来ている」

「一人も」

おりんは軽く答えた。

「あたしは服部さんたちの仕事の見届役として、追って来ただけですから」

これは嘘《うそ》だったが、小平太にも馬場にも見抜けるわけがない。むしろ納得させる役を果す筈《はず》だった。果して馬場が感にたえたように云った。

「要するに戦さ目付か。さすがに伊賀衆だな」

そしておりんをどきっとさせるようなことを云った。

「おかしいと思ってたよ。誰が江戸にしらせたにせよ、追いつくのが早すぎると思ってたんだ。いくら風のように走れるといったって、同じ人間なんだからな」

馬場の云う通りだった。しらせはやっと今ごろ江戸についた筈である。新手の者が追いつくには、最低三日の時日が必要だった。

「それにしても見事なものだ。あっと云う間に当の敵《かたき》と道連れになるとは」

この二人は自分が鬼麿と一緒なのを知っている。だがまさか昨夜のことまでは知るまい。そう思いながらも、顔に血がのぼるのを、おりんは感じた。それを抑えつけるように、

「新手が追いつくまで、所在を摑《つか》んでいる必要がありますから」

「その通りだ。だが、新手を待つ必要はない」

馬場八之丞がきっぱり云った。

「山役人があの男を斬るんですか。あとで厄介《やっかい》じゃないんですか」

「厄介どころか」

八之丞が笑った。

「家がとりつぶされるさ。わしはこれ」

腹を切る真似《まね》をしてみせた。

「但《ただ》し、わしが喧嘩《けんか》をとめに入った結果の出来事なら、あべこべだ。雀《すずめ》の涙ほどにせよ、わしは恩賞を頂戴《ちょうだい》することになろう」

「喧嘩って……」

急に動悸《どうき》が速くなるのを、おりんは感じた。

「山師共だ。片掛《かたかけ》銀山の鉱夫たちさ」

馬場は無造作にいった。

「ここのところ銀の出が悪くてね。景気も悪けりゃ機嫌《きげん》も悪い。多少の金が入るとなれば、大概のことはやってのける男共が十や二十はいる。ごたごたになったら、釣《つ》られて騒ぎに加わるお調子者の数は、五十や百じゃきかない」

おりんの身内がすうっと冷えて来た。恐怖のためである。いかに鬼麿の剣が神妙とはいえ、五十人、百人の男どもを斬ることは不可能である。しかも山師と呼ばれ、全国を渡り歩く鉱夫たちの間には、独特の自衛のための剣法が発達していると云《い》われる。もっとも鉱夫以外に誰一人として、それがどんな剣法か知る者はいない。知った者は必ず殺されているからだと云う。

「その片掛へおびき出す役を、あたしがするんですか」

おりんが訊《き》いた。

「いや、他《ほか》の人間が既にその役を果した。たまたま清麿一派をひどく憎んでいる男がこの町にいてね。これが同じ刀鍛冶《かたなかじ》なんだからおかしいだろう」

刀鍛冶の名は村上尚次だと云う。それは今朝鬼麿がたずねてみるといって宿を出た当の相手の名前だった。鬼麿はそれきり消えている。町のどこにも、姿はなかった。

どうしたらいいのか、分らなかった。どうすべきなのかも、分らなかった。自分がどうしたいと思っているのか、それさえ分らない。いっそのこと逃げ出したかった。だが逃げたら生涯《しようがい》自分が許せないだろう。それだけは、はっきりと分っていた。思案を重ねているうちに、馬鹿々々しくさえなって来る。ご大層に考えあぐねるような相手ではなかった。無神経で、好色で、剣だけは強いらしいが、刀工としてさえ一人前とはいえぬ、名もなく金もない、地虫のような男である。どうなり果てようが、知ったことではなかった。こんな男のために肉親の父であり、術の師である、伊賀衆の頭領を裏切ることなど、考えることも出来ない。その上、考えたところで、鬼麿を片掛にゆかせない方法はないのである。

早朝に高山をたって、飛騨街道を北上している。高山から船津、宮川の籠《かご》の渡しを渡れば蟹寺《かんでら》。やがて越中と飛騨との国境である西猪谷《にしいのたに》番所に着く。番所をすぎれば、片掛の銀山は足下にある。普通の旅人なら、片掛の町に一泊し、翌朝暗いうちに出て、やっと夕方富山に着く。鬼麿はそれを一日で走破しようとしていた。決して無謀な計画ではなかったが、たけが執拗《しつよう》に反対した。おりんの足では無理だと云い張るのである。無理かどうかは片掛できめようということで、やっと結着がついた。おりんは思いもかけぬたけの思いやりに涙ぐんだ。我ながらだらしのないざまだと思う。それだけ心が弱くなっていた。

鬼麿が片掛の山中で、よってたかって、なますのように斬られ、なぶり殺しになる様を、自分は果して黙って見ていられるだろうか。見ていられたら……それはそれでいい。もし見ていられなかったら……死ぬだけである。それは又それでいいではないか。夜っぴて考えあぐねた末におりんの辿《たど》りついた結論がそれだった。とにかく運命の川の赴くままに流れてみよう。途中でなにか起れば起った時のことである。父のこと、伊賀衆のことを忘れさえすれば、何が起ろうとさしたることではなかった。まかり間違ったところで自分が死ぬだけの話である。

その結論が出る前に、おりんは自分から鬼麿に挑《いど》んでいる。今夜は鬼麿はおりんを自分の上に乗せ、下から貫いただけで、後はおりんのしたいようにさせた。おりんは僅《わず》かな動きを繰り返すだけで、昨夜は味わえなかった絶頂の喜悦を知った。何度も呻《うめ》き、叫んだ。鬼麿は考えられぬほど静かに果てては又甦《よみが》えった。このまま死ねたらどんなに楽だろう。そう感じたのが、暁方《あけがた》のおりんの結論になったのである。おりんは鬼麿の、

「殺してもいいんだよ」

と云う本気の言葉の意味を知った。鬼麿の生き方では、いつ死んでもいいのである。裏返せば、いつ死んでも悔いのないほど十全の生を刻々と生きているのである。そう思い当った瞬間に、世界の眺《なが》めが一変した。非情の山河が一転して有情《うじよう》となった。闇《やみ》と寒風の中で、山が泣き、川も泣いていた。日が踊りだすと同じ山河が笑いだす。樹々《きぎ》も笑い、鳥たちも笑った。吹きあげられた雪煙りも、喜びの表情ではないか。おりんは鬼麿につかまるようにして、澄明な倖《しあわ》せの中を歩いていると信じた。多分、今日、自分は死ぬことになるだろう。鬼麿も死に、たけも死ぬだろう。それでもこの倖

せの感覚は消えることはあるまい。

「今日はばかにはしゃいでるじゃないか」

鬼麿がからかうように云う。夜のことを云っているのだ。

「勘弁してくれたのさ、姐《ねえ》ちゃんは」

たけがませた口調で云った。

「勘弁だとォ」

「そうさ。兄《あ》んちゃんがいたぶったのを、勘弁してやる気になったんだ。昨日は泣いてたんだぜ」

たけの表情は深刻だった。鬼麿が笑った。

「そうか。じゃア礼をいわなきゃいけねえな」

「そうだとも」

真面目《まじめ》にたけがうなずく。

「よし来た」

いきなりおりんは抱き上げられた。歩きながら口を吸われ、瞼《まぶた》を、鼻を、耳を舐《な》められた。

「ばか。およし。およしったら」

足をばたばたさせてもがくが、鬼麿はびくともしない。たけが満足そうに見ていた。

片掛の町は死んだように静かだった。どの家も板戸をとざし、往来には人っ子一人いない。もう昼近くで、この季節には珍しい陽光が燦々《さんさん》と降っているというのに、この有様は異様だった。

「なんだい、この町は。死んだ町か」

たけがおびえたように叫んだ。

「喚《わめ》くな」

鬼麿はもう事態を悟っていた。

「みんな疫病神《やくびょうがみ》が出てゆくまで、家の中にひっそり隠れてるんだ」

「疫病神って俺《おれ》たちのことかい」

「さあなあ。そいつは終ってみるまで分らねえなあ」

のんびりとした口調だった。唇《くちびる》のはたには微笑まで浮んでいる。

〈この人は死ぬのまで愉《たの》しんでいる〉

おりんはそう思った。一瞬、鬼麿に戦いを挑む人々が可哀相《かわいそう》な気がした。

道のはてに広場があった。男たちは皆そこにいた。鉱夫らしい男たちが三十人余り。

そして中央に山役人の服装の馬場八之丞と、服部小平太、村上尚次の三人。

「また、あんたか」

鬼麿がひどく親しげに小平太に声をかけた。小平太はぴくりと頬《ほお》を震わせただけである。完全におびえきっていた。

「大慶直胤はあんたの師匠かい」

今度は村上尚次に云う。尚次がうなずくと、

「じゃァ仕方がないな」

尚次の行為を認めるような口ぶりだった。尚次の顔が歪《ゆが》んだ。ぺっと唾《つば》を吐いた。

「で、あんたは山役人だ」

馬場八之丞に云った。

「そうだ。この騒動をおさめて出世する男だ」

八之丞は平然たるものである。

「成程《なるほど》。悪党なんだ」

鬼麿がまわりを見た。抜刀した鉱夫たちが輪を描いて三人をその中に閉じこめている。凄《すさ》まじい殺気がその円内に充満していた。

「小僧と女を出してやれよ」

鉱夫たちが応《こた》える前に、たけが叫んだ。

「おれ、逃げねえよ」

「あたしもさ。一緒に死ぬよ」

おりんも云う。

「どうして」

鬼麿が真実不思議そうに訊《き》いた。

「お前さんと一緒の方が、愉しそうだもん」

それがおりんの答だった。帯のうしろから匕首《あいくち》を抜いた。

「変な女だな」

鬼麿も師匠山浦環《たまき》源清麿の鍛えた刃長三尺二寸五分、切り柄《づか》をつけると四尺七寸五分にもなる大太刀をひっこ抜いた。

「たけ。お前はよせ。この近くに、奥飛騨のヤゾオ（親方）のセブリがある。そこへ行きゃァ、生きていられる。昨日のうちに頼んでおいた」

「奥飛騨のヤゾオだと」

鉱夫の一人が叫んだ。頭領格の男らしい。

「お前たち、山人《やまびと》か」

山人とは山窩《さんか》のことである。

「そうだよ」

馬鹿《ばか》にあっさりと鬼麿が応えた。

馬場八之丞の顔色が変った。

「嘘《うそ》だ。早く始末しろ。金は払った筈《はず》だぞ」

「返します。冗談じゃねえ」

じゃらん。放《ほう》り投げられた小判が、八之丞の足もとで鳴った。

「山人の仲間を殺しちゃ、山はやってゆけねえ。いつかつぶされて、人死《ひとじに》がごまんと出る破目になる。山役人なら知ってる筈だ」

鉱夫の声は鋭かった。

「あんた、この銀山をつぶす気だな。つぶして俺《おれ》たちをほかへ移そうって魂胆だ。違うか」

鉱夫の指摘は当っていたらしく、八之丞は無言のままだった。小平太が慄《ふる》えながら叫んだ。

「その男のはったりだ。そいつはただの刀鍛冶だ」

「山を見な」

たけが背後の山を指さした。小平太が反射的に振り返って見た。見るなり地べたにへたりこんだ。

山の稜線《りょうせん》ぞいに、夥《おびただ》しい男たちが並んでいた。いずれも獣の毛皮に身をくるみ、腰に短い山刀をさしている。全員髭《ひげ》が濃かった。腕を組んでこの場の情景を見下している。山窩たちだった。

「奥飛驒のヤゾオだ」

なんの屈託もなげに、鬼麿が「おーい」と叫びながら手を振った。山窩たちも一様に手をふって「おーい」と叫び返して来た。どこかで大きな音がきこえた。

「雪崩《なだ》れる」

鉱夫の頭領が蒼白《そうはく》になった。

「あの声で、雪崩れる」

「この町にゃこないさ。山人はそんなことはしないよ」

鬼麿が云った。

「謝る。俺たちは手を引く。あとはいいようにしてくれ」

頭領の合図で鉱夫たちが一斉《いっせい》に散っていった。広場に六人の男女だけが残った。

「どうする」

鬼麿が気楽に訊く。馬場八之丞と服部小平太が抜刀した。村上尚次も抜いた。

「やっぱりやるかね」

鬼麿の大太刀が上っていった。両拳《こぶし》が密着するように切り柄を握っている。足は真横にひらき、腹をつきだし、刀尖《とうせん》が尻《しり》にふれるほど大きくふりかぶる。これが様《ためし》剣術独特の型だったが……。

〈みっともないねえ。まるっきり蛙《かわず》じゃないか〉

初めて鬼麿の剣型を見たおりんは、そう思った。だが小平太も八之丞も蒼白のまま動かない。おりんも次第に蒼《あお》くなった。鬼麿の大太刀を半径とする円周の中に、凄まじいばかりの気が籠《こ》められていることに気づいたのである。鬼麿は動かない。そのくせその充満した気が、相手の気を犯し、殺してゆく。相手は追いつめられて、自ら動くしか方《ほう》がなくなってゆくのである。最初に円周を破ったのは、尚次の刀だった。大慶直胤鍛える匂出来の備前刀である。美しく姿のいい刀だった。それが円周を破った瞬間に、鬼麿の一撃で二つに折れとんだ。小平太がその隙《すき》を狙《ねら》って踏みこんだ。逆袈《げ》裟《さ》の一閃《いっせん》がひらめき、小平太即死。

「待て。わしは山役人だ。私闘はゆるされぬ身だ。刀をひけ。わしもひく」

馬場八之丞は、横に動き刀を鞘《さや》におさめた。

鬼麿は「ふん」と笑って、大太刀を拭《ぬぐ》って、背中の鞘に戻《もど》した。その瞬間、八之丞の抜き討ちが来た。八之丞は柳生流のほかに田宮抜刀流免許の腕である。しかも三尺二寸五分の大太刀を抜くに要する時間も充分計算した上での、瞬息の剣である。よもやはずれるわけがなかった。

きーん。

金属の激突する音と共に八之丞の剣が二つに切られ、けしとんだ。鬼麿の抜刀の速さが八之丞を上廻《うわまわ》ったのである。勢いで横を向いた八之丞の頭蓋《ずがい》を、鬼麿の大太刀が真上から斬《き》り割った。八之丞の横顔にこめかみから頰、顎《あご》へと血の線が走り、ぱかっと、面がはずれたように顔の部分が前に落ちた。これは様剣術にある型の一つである。

「面割《めんわ》り」

鬼麿は村上尚次に、にっこり笑って云った。

五番勝負　雁《かり》金《がね》

一

飛騨高山から松ノ木峠を越えると牧戸《まきど》につく。ここが白川へ出る白川街道と、福井に出る美濃《みの》街道、又は郡上八幡《ぐじょうはちまん》へ向う上保《かみのほ》街道との分岐点にあたる。

鬼麿《おにまろ》の一行はその白川街道を北上していた。散々論じあった末、こういうことになった。一行とはおりんとたけだが、その中でおりんが頑固《がんこ》にこの道に固執したのだった。

鬼麿は松本で五両もの金を手に入れた師匠が、白川なんてところへ向う理由がないと云《い》う。師匠は自分が田舎者だから田舎が嫌《きら》いだった。どこよりも賑《にぎ》やかな町が好きだった。美濃街道を辿《たど》れば行き着く先は福井である。福井藩三十二万石の城下町。師匠の好きな酒も好《い》い女もいくらでもいる。何が悲しくて白川村なんてとこへ行くんだ。

「あんた、何にも知らないのね」

おりんは居丈高《いたけだか》に云う。白川の先に街道細見《さいけん》にものっていない加賀藩の陰道《かげみち》がある。加賀藩の流刑地《るけいち》である五箇山《ごかやま》を越えて金沢に出る道だ。

「そりゃあいい道とはいえないけど、追われている人にとっちゃ、これだけ安全な道はないわね。土地の人だって知らないのがいるんだから。追手は間違いなく見失うわ」

事実、十三年前の天保十三年春、追って来た伊賀《いが》同心たちはこの牧戸で清麿《きよまろ》の姿を見失っている。人数を二手にわけて、美濃街道と上保街道を当ったが、清麿の姿はなく、土地の者も見掛けなかったと云う。散々調べた揚句、この白川街道を辿ったことが分り、急遽《きゅうきょ》あとを追った。殆《ほと》んど三日の遅れになっていた。清麿が途中で妙な頼まれごとをして、金沢に七日もとどまっていなかったら、ほぼ完全に見失ったところだったのである。ただ一人生き残った伊賀忍びの報告書には、その点がこと細かに書かれてあった。だからこそおりんは白川街道に固執しているのだが、勿論《もちろん》、それを鬼麿に云うわけにはゆかない。

おりんは伊賀の頭領の末娘だった。女ながら忍びの術と小太刀《こだち》に長じ、父の命令通り鬼麿追跡行に加わったのだが、自分でもわけが分らないうちに、鬼麿に犯され、しかも鬼麿を思う身になってしまった。我ながら歯がゆい限りだが、惚《ほ》れてしまったものは仕方がないと開き直った。生来思い切りのいい女なのである。こうなると伊賀同心の新手《あらて》が追い着く前に、早いとこ鬼麿に目的を果させる必要があった。つまり清麿の甲伏《こうぶ》せの鍛刀を一刻も早く見つけ出させ、打ち折らせることである。この不出来な作刀が一振りもこの世になくなってしまえば、伊賀頭領の望みは消える。頭領の願いは清麿の声価を下落させることであり、鬼麿の死は附帯事項にすぎない。刀がなくなれば、鬼麿を斬《き》る必要もない。

おりんは、十三年前、最後に一人だけ生き残った伊賀同心の手になる報告書を持っている。それを読めば清麿の流れた道筋は一目瞭然《りようぜん》なのだが、鬼麿にそういえないところに悩みがあった。

鬼麿はおりんを女賊だと信じている。まさか伊賀頭領の娘だとは思ってもいない。追手の伊賀同心の生き残り、服部小平太が仕掛けた片掛《かたかけ》銀山での謀殺の場でも、鬼麿と共に死ぬ気になっていたおりんを見ているのだから、これは当然である。おりんが伊賀の女だと分ったら鬼麿がどう出るか、おりんには予測もつかない。確かなのは棄《す》てられるという一事である。そしてその一事が、おりんにとっては殺されるより辛《つら》いのだった。だから報告書のことは口が裂けても云えない。云わずに報告書通りの道を辿らせなければならない。そこに絶望的なまでの、おりんの苦労があった。

片掛からそのまま飛騨街道を進ませずに、もう一度高山に戻《もど》らせたのも、今その高山から白川街道に導こうとしているのも、こういう事情だったのである。

〈まあまあ、よかった〉

深い雪の中をかんじきをつけて進みながらおりんは安堵《あんど》の吐息を洩《も》らした。報告書通りの道を辿れたための安堵だったが、おりんは間違っていた。白川まではいい。霊地白山《はくさん》への登山道でもあり、冬場で往来の人は絶えているとはいえ、別して危険な道ではなかった。問題はその先の、金沢藩の陰道にあった。

おりんもこの道が、金沢藩の流刑地五箇山を通っていることは知っている。だが藩が、囚人を流刑地に運ぶためだけに、この嶮《けわ》しい山道を切り開く筈《はず》がない、ということを忘れていた。この陰道は現在煙硝《えんしよう》街道の名で呼ばれている通り、火薬の原料である煙硝を運ぶ秘密の道だった。煙硝は加賀藩の重要産業の一つである。その煙硝づくりが流刑地である五箇山で行われていたのだ。出来上った煙硝は、秘密裡《り》に、嶮しい峠越えと谷川沿いの道を金沢まで運ばれた。警備は厳重を極めたが、それは流刑地のためと解釈され、公儀隠密《おんみつ》でさえ疑ってもみなかったのである。

十三年前、清麿がこの道に踏みこんだのは、追いつめられた上での無我夢中の行為だったし、無事に金沢まで到達出来たのは、無法天に通ず、とでもいえそうな、万に一つの僥倖《ぎようこう》であったことをおりんは知らない。

おりんは奇妙に倖《しあわ》せだった。金沢へ出れば、もう一振り問題の刀が見つかる。おりんは清麿が金沢で刀を鍛《う》ったことを知っていた。

二

鬼麿たちは白川で一泊することにした。さすがの鬼麿も、このあたりの雪の深さには驚いていた。到底一日では金沢まで行き着けそうもない。下手をすると三日がかりだ。白川から先に村落などないのだから、雪の中の野宿ということになる。炭焼小屋でもみつかればいいが、最悪の場合は雪洞《せつどう》を掘ってもぐりこむしかない。せめて今夜は足腰を伸ばしてゆっくり休んでおかないと、明日のねばりが出ない、と判断したのだ。

白川に宿屋があるわけはなく、農家に頼んで泊めて貰《もら》った。鬼麿も初めて見る、三階建ての馬鹿《ばか》でかい三角の家だった。いわゆる合掌造りである。驚いたことに家の中に牛や馬が人間と同居していた。家族の人数も馬鹿に多い。大家族主義である。

家長らしい枯木のように痩《や》せた老人が、なにくれとなく話しかけて来たが、鬼麿たちが金沢へ抜けるつもりだと分ると、激しく首を振った。不可能だというのである。凍死するか、雪崩《なだれ》に埋まるか、二つに一つだという。

「雪崩？」

鬼麿がきき返した。鬼麿は山窩《さんか》である。山の中が住居《すまい》だった。雪崩のことも里人よりよく知っていた。その鬼麿の目から見て、この辺の山道で雪崩にあうとは思えなかった。

老人はもう一度首を振り、加賀藩の見廻《みまわ》り役人について語った。彼等《かれら》はすべて鉄砲を所持し、怪しい人間を見ると即座に発砲する。弾丸《たま》が当らなくても構わないのである。雪崩を起させるのが目的なのだから。そして雪崩れるまで射《う》ち続ける。

鬼麿は沈黙した。非情なやり方だと思った。それほどまでにして囚人を逃がしたくないのか。

鬼麿は多量の晒《さらし》と六尺棒を、法外な値をつけて買った。今更、道を変えることは出来ない。高山の刀工村上尚次のしらせで、既に高山代官所は山役人殺害の下手人として、鬼麿を手配している筈である。

「この町を出たら、斬られると思いな」

片掛の町を去る時、尚次にはそう脅《おど》かしておいたが、そんな脅しが半日ともたないことを鬼麿は知っている。その場で殺した方が簡単なのは分っていたが、鬼麿には出来なかった。何よりも同じ刀工であることが邪魔したし、鬼麿はもともと殺人者ではない。困れば困った時のことだし、なんとかなるさ、という気持が根底にあった。

鬼麿はおりんに云って、晒でマントのようなものを仕立てさせた。これを頭からすっぽりかぶれば、雪の上では目立たなくなる。特に遠目では見つけ難《にく》い。六尺棒は雪崩にやられた時のためだ。雪に埋まって天地も分らなくなった時に、これを使う。

出発の時には、おりんを真ッ中、たけを最後尾にして、腰綱で結んだ。アンザイレンである。六尺棒のはしには木片を打ちつけて、いわばストックに仕立てた。

家長の老人は呆《あき》れ返ってこの作業を見ていた。老人は五箇山の煙硝づくりのことを知っている。だが行きずりの旅人に、それを告げるわけにはゆかなかった。旅人が捕えられ、煙硝づくりの話の出所を喋《しゃべ》れば、自分たち一族が危くなるからだ。翌朝老人は南無阿弥陀仏《なむあみだぶつ》を唱えながら、この無法者たちの出発を見送るしかなかった。

途中から吹雪になった。

老人の話を聞いていなかったら、鬼麿は躊躇《ちゅうちょ》なく引返した筈だ。だがいくら五箇山の見張りが厳重でも、この吹雪では、そう遠くまで見廻りに出られるわけがない、そう思ったから構わず先を急いだ。

「好《い》い日和《ひより》になったなあ」

本気で鬼麿はそう思っている。それが声の調子に出ていた。おりんは、鬼麿のどこかが狂っているのではないか、と思った。確かに見張り人に見つかる危険は薄くなったが、遭難の可能性は増している。まわりじゅうに白い壁が立ちはだかっているようで、方角さえ分らないのである。視界だって一間もない。いつ道を踏み迷って谷に落ちるか分らなかった。

おりんは山窩《さんか》を知らなかった。彼等はどんなに深い闇《やみ》の中でも、どんなに濃い霧の中でも、絶対に道に迷うということがない。熟知した山中ばかりでなく、初めて訪れた山の中でもそうなのである。まるで軀《からだ》の中に羅針盤《らしんばん》を埋めこんで生れて来たかのように、勘一つで確実に方角を探知する。それに彼等は目で歩かない。足で歩く。目をつぶって半ば眠りながら歩いていても安心なのだ。足が、それ自身思考し感じることの出来る独立した生き物であるかのように、さぐり、判断し、決定する。目は見間違うことがあっても、足は踏み間違えることがない。現代でも老練な登山者はすべてこの事実を知っている。目よりも足で判断しろと彼等は教える筈である。

だから鬼麿は、この吹雪の中でも平然としていられるのだった。たけは同じ山窩として、そのことを知っている。安心して鬼麿についてゆけた。鬼麿の姿が吹雪に巻かれて見えなくなっても、腰につけた綱がその位置を教えてくれる。気楽なものだった。そしてこうした難場で何より大事なのが、この気楽さなのである。気楽だからこそ、たいして疲れることもない。事実、鬼麿もたけも、鼻唄でも唄いそうに、楽々と歩いている。一人おりんだけが、この気楽さを持っていない。絶えず不安であり、絶えず目を凝らして見ようとする。目が疲れ、軀全体が疲れ、早くも息が上って来た。

鬼麿には腰綱の引っぱられ具合でおりんの状態が手にとるように分る。

〈まずいな〉

今いる場所は五箇山に近い。鬼麿は庄川《しょうがわ》の左岸を歩いているが、川を越せば五箇山だった。五箇山からこの対岸に渡る方法は一つしかない。断崖《だんがい》にかけ渡された綱に籠《かご》をつなぎ、両手でその綱をたぐってゆくのである。五箇山から逃亡を果した流刑人が絶無だったのは、このためだった。空中に浮んだ籠の中の流刑人は、射撃の格好の的である。そして見張りの番士は、この綱の両端にいた。

鬼麿はそこまでは知らなかったが、見張りの番小屋が左岸にもあるだろうことは、推測している。よりによってこんな場所でおりんに参られたら、逆にその番小屋に駆け込むしか方《ほう》がない。そうなったら見張り人を斬らねばなるまい。それがいやだった。自分の都合だけで人を斬る男を、鬼麿は嫌悪《けんお》している。ここは出来る限り面倒を起さずに通り抜けたかった。

鬼麿は足をとめて待った。おりんがぶつかって来る。下をむいていたためだ。それほど疲れ切っていた。

鬼麿は受けとめ、手を蓑《みの》の中に差し込んだ。三人共、蓑を着た上に、例の晒のマントを羽織っていた。おりんの軀が冷えきっているのは、着物の上からでも分った。鬼麿はおりんの耳に口をつけて囁《ささや》いた。

「おい。ちょっとしようか」

おりんは一瞬なにを云われたのか分らなかった。鬼麿の左手が、裾前《すそまえ》をはねて内股《うちまた》に伸びて来て、初めて理解した。仰天した。

〈狂っている〉

そうとしか思えなかった。手を避けて軀をくねらせたが、鬼麿の右手がしっかり腰を摑《つか》んで動かせない。叫ぼうとした口は、忽《たちま》ち口で塞《ふさ》がれ、舌が侵入して来た。左手の指も既に秘所を柔かく撫《な》でている。

それは鬼麿の体軀《たいく》からは想像も出来ない、優しさに満ちた微《かす》かな愛撫《あいぶ》である。まるで羽毛に触られているような、肌理《きめ》細かな接触であり、微妙な動きだった。

こんな場所なのに、いや、或《あるい》はこんな場所だからこそかもしれないが、おりんは忽《たちま》ち感じて来た。鬼麿の指が少し強くなる。舌が抜けるほど吸われた。

〈やっぱりけだものだ。でも、なんて優しい……〉

切れ切れの思考の中で、おりんは鬼麿の手に下腹をすりつけるようにして、頂点に達した。膝《ひざ》から力が抜け、へたへたと崩れそうになるのを、鬼麿の右手がしっかり支えている。

「あったかくなったな」

鬼麿のいう通りだった。さっきまで冷えきっていた軀が、ぽっぽとほてっている。軀も弛緩《しかん》しきって、いつの間にか硬《こわ》ばりが消えていた。何よりも、とがりきっていた心が、柔らかくなっている。降りしきる雪の中で、限りなくやすらかで豊かだった。

鬼麿がにこっと笑った。

「効いたかい？」

また耳に囁く。その息が擽《くすぐ》ったくておりんは身震いした。またおかしくなって来る。

「うん」

消え入るように頷《うなず》いた。

「そいつはよかった」

そこで鬼麿の声が変った。

「ここから先はお代がいるぜ、そこの人」

蹲《しゃが》みこんで陶然と眺《なが》めていたたけが跳び上った。自分に云われたと思ったのである。

だが鬼麿がたけに『そこの人』というわけがない。

果して、吹雪の中から蓑笠《みのかさ》をつけ、雪だるまのようになった一つの人影が出て来た。手に鉄砲を下げている。近づいたところを見ると、五十近い年輩だった。明らかに加賀藩士であり、五箇山の見張り人だった。

「呆《あき》れたもんだ」

見張り人は首を振った。笠から雪が音をたててすべり落ちる。

「見張り人になって久しいが、吹雪の中でつがうのは初めて見たよ」

穏やかな表情だった。別に捕える気もないように見える。おりんもたけも、ほっと息を抜いたが、鬼麿は違った。この男は危険だ。鬼麿の勘がそう告げている。それに腕もたつ。男の腰の据《す》わり方が、それを示していた。吹雪の中に立って、微動だにしていない。いつでも抜討ちに斬れる自信があるように見えた。それに蓑の紐《ひも》がほどいてある。

「暖かくなるからね」

鬼麿はさりげなく云いながら、自分も蓑の紐を解いた。これでひとゆすりすれば蓑も晒《さらし》も脱ぎ捨てることが出来る。

男がちらっと笑った。鬼麿の動きを読んだのである。

「お前、山窩か」

「元はね」

「道理で。山窩にしては長い物を背負っていると思った」

晒のマントと蓑を通して、鬼麿が背中に負った刃長三尺二寸五分の大太刀の存在を読んでいる。

「それで、今は？」

男が右足を退《ひ》いた。居合の形である。

〈来るな〉

鬼麿は足を横に開いた。蓑を相手の刀に叩《たた》きつけざま、抜刀する気でいる。次いで自分の前の雪に、六尺棒をつきたてた。

男の表情が厳しくなった。この一本の棒が男を動きにくくしている。抜討ちに斬り下げるにしても、斬り上げるにしても、この棒が邪魔になる。鬼麿に一拍の余裕を与える棒であった。

「今は何をしているんだね」

男はゆっくり棒の周りを廻りながら、問いを繰り返した。

「刀鍛冶《かたなかじ》さ」

鬼麿も廻りながら応《こた》える。棒を常に自分と男の間に置かねばならない。おりんの顔色が変った。さすがに二人の動きに気づいたのである。これも秘《ひそ》かに蓑の紐を解いた。

「刀鍛冶なあ。師匠は誰《だれ》だ？」

「山浦環源清麿《やまうらたまきみなもときよまろ》」

不意に男の足がとまった。さぐるように鬼麿の顔を見た。

「真実か？　それとも……」

その一瞬、鬼麿の蓑と晒が宙に舞った。同時に抜いている。源清麿の鍛えた三尺二寸五分の長刀が、男の鼻先につきつけられていた。男のとびのく動作が僅《わず》かに遅れ、棒立ちになっている。

「よく見てくれ。師匠に貰《もら》った刀だ」

鬼麿は男を斬ることが出来た。だが斬らなかった。それは男にも分った筈《はず》である。男は無言。大太刀に顔を近づけ、目を細めて嘗《な》めるように刀身を見て云《い》った。

「確かに清麿だ」

不意に疲れが出た顔になった。

「小屋へ寄って暖まらないか。わし一人だ。酒もある。この吹雪はあと二刻《ふたとき》はやまんだろう」

罠《わな》の危険はあった。だが鬼麿は何故《なぜ》か違うような気がした。それに、何故清麿の名前を出した途端にこの男が動揺を示したのか知りたかった。その動揺がなければ、無事に刀をすっぱ抜ける相手ではなかった。

三

見張り人の名は関沢信次といった。

鬼麿は知らないが、これは去年まで加賀藩の割場奉行《わりばぶぎよう》をつとめた関沢房清の一族ということになる。割場奉行とは、諸役所の実務担当者の人事を一手に司《つかさ》どる、今日の人事担当重役の地位だ。関沢房清は上田作之丞の有名な私塾拠遊館《きよゆうかん》出身の秀才であり、いわゆる黒羽織党の幹部だった。禄高《ろくだか》僅か二百五十石の中士でありながらこの要職に就いたのはそのためである。割場奉行の一族が流刑地の見張り役人というのも、その点から見れば不思議ではない。

番小屋には関沢の言葉通り人はいなかった。ちょっと見廻せば独り暮しのわびしさがにじんでいることが分る。そこかしこに動物のなま皮が干してあって、異臭を放っていた。まるで猟師小屋だった。

関沢は、囲炉裏《いろり》ばたに坐《すわ》って手作りの濁酒《どぶろく》をなめている鬼麿に、感慨深げに云った。

「お前の師匠は、そこに坐って、その酒を一升五合飲んだよ。それでいてしゃきっとしていた。大変な男だったなあ」

これで関沢が本当に清麿を知っていることが分った。恐らく鬼麿たちと同様、不意をつかれて捕えられ、連行されたのだろう。

「捕えたというのは違うな。わしが人恋しくなって話がしたかったんで、誘っただけだ。それにちょっとした頼みごともあったんでね」

その、ちょっとした頼みごとが何であったかは云わなかった。鬼麿が師匠の死と旅の理由について語ると、いたましそうな顔になった。

「そうか。あの気分のいい男が死んだか」

まるで鎮魂のためのように、立て続けに茶碗《ちゃわん》三杯の濁酒をあけた。この男も清麿に劣らぬ酒豪のようだ。

「あの男、金沢で一振り脇差《わきざし》を鍛《う》っていったよ」

意外な言葉に鬼麿は緊張した。

「見事な刀だった。少くともわしにはそう見えた。あれが数打ちの刀とは思えないが……」

「その刀はいま……？」

「長連弘《ちょうつらひろ》さまの与力《よりき》、岡島惣兵衛《おかじまそうべえ》殿が所持していられる」

長連弘は加賀八家の一人だ。八家とは前田家の家臣中、最高の家格で、禄高も万石以上、前田家一族と尾張荒子以来の譜代《ふだい》門閥の中から選ばれた家柄《いえがら》である。もっとも長家は違う。前田家襲封以前からの名家で、今の領土も織田信長《おだのぶなが》に貰ったものである。とにかく、加賀藩の政治の最高責任者とも云うべき年寄《としより》には、この八家以外の者は任ぜられることがない。長連弘は去年まで、黒羽織党を率いて、年寄執政の筆頭にいた人物である。関沢房清を割場奉行としたほかにも、九百五十石の水原保延《みわらやすのぶ》を算用場奉行（会計方の元締、今の経理担当重役）に、百八十石の近藤信行を勝手方（財政の監督、計画を司どる。財務担当重役）に抜擢《ばってき》し、数十人の下士・中士からなる黒羽織党を要所々々に配して、特権商人の弾圧、峻烈《しゅんれつ》な綱紀粛正を断行し、銭屋五兵衛《ぜにやごへえ》一家を取り潰《つぶ》し、特権商人と癒着《ゆちゃく》した上級武士たちを震え上らせたという。

「だが……」

関沢は気重そうに云った。

「あの仁《じん》にはあまり近づかぬ方がいいな」

それきり岡島惣兵衛については一言も喋《しゃべ》らなかった。たけに山窩の暮しについてこまごまと質《ただ》し、三人に雪にはこれに限ると狼《おおかみ》の毛皮をくれて、あとは高鼾《たかいびき》をかいて眠ってしまった。

次の朝は昨日の吹雪が嘘《うそ》のような穏やかな日和《ひより》だった。もっとも空はどんよりと曇っていて、江戸育ちのおりんにはなんとも鬱陶《うっとう》しい。三人とも関沢に貰った狼の毛皮を胴着に仕立てて着ていたので、ほとんど寒さを感じずに金沢まで一気に足を伸ばすことが出来た。

金沢に着いたのは、それでも、夕刻である。鬼麿はそのまま岡島惣兵衛の家をたずねたが、門前払いを喰《く》った。考えてみれば当り前である。狼の毛皮を着た異相の大男を、暗くなってから屋敷内に入れるような武士はいない。旅籠《はたご》でも仲々泊めて貰えず、ようやく町はずれに近いさびれた旅人宿に落着くことが出来た。

「もう少しまともな格好してゆかなきゃ駄目《だめ》よ。とにかく百万石のお城下なんだから」

おりんは次の日、鬼麿の髪を結い上げ、髭《ひげ》を剃《そ》ってさっぱりさせると、古着を買いに宿を出た。ついでに岡島惣兵衛について探るつもりでいる。関沢が洩《も》らした、

「あの仁にはあまり近づかぬ方がいいな」

という一言が、心にひっかかっていたためだ。

おりんの調べたところでは、岡島惣兵衛はあまりぱっとした武士ではなかった。三百石どり、長家の与力。そもそも加賀藩で与力というのは、平士以下の身分で、勿論《もちろん》お目見得以下である。直接藩主に会えないのが、お目見得以下だ。与力とは正確には寄親附《よりおやづき》与力という名で、最高三百石から最低六十石。加賀藩には百九十家余りこの与力がいた。与力をつけられた寄親の方は五十九家という。

岡島惣兵衛は与力として最高の三百石をとっているわけだが、それは格別の働きがあったからではなく、寄親長連弘の腰巾着《こしぎんちゃく》になって小まめに動き廻《まわ》ったお蔭《かげ》のようである。出入りの商人はこういうことには敏感で、おりんが惣兵衛の名を出すと、一様に一瞬さげすんだ眼《め》になるのだった。挹遊館に入る学力もなく、従って黒羽織党に入ることも出来なかった。今から七年前の嘉永元年、寄親の長連弘が政権をとった時にも、何の役職にも就任していない。結局は腰巾着以外の何者でもなかった。

「でもそれでよかったのかもしれませんよ。去年長さまが役職をとかれなさると、黒羽織党の方々もみんな辞めさせられたし、罰を受けた方もいなさるんですからねえ。

岡島さまは能なしのお蔭で、なんのお咎《とが》めもなく、のほほんとしていられるんですから」

そう皮肉った商人もいる。菓子屋だった。惣兵衛はいかつい顔に似合わず下戸《げこ》で、菓子が何より好物らしい。菓子屋にとっては上得意の筈だが、この主人は奇体に冷たかった。わけを訊《き》くと吝嗇《りんしょく》だからだといった。それも並のけちではない。散々試食した揚句、必ず値切る。その値切り方がひどすぎる。いっそ売るまいと思うのだがあれこれ手をつけられた菓子をよそで売るわけにはゆかない。これに懲《こ》りて出入りをやめると、あちこちへいって店の悪口を云う。一応味の分った顔をしているだけに、まともにとる客もいて、その菓子屋はひどい目にあうのである。しかも異常に執念深く、何年たっても許そうとしない。

「お蔭でつぶれた店だって、二軒や三軒じゃないんですよ」

結局、なるべく上菓子は持参しないようにして、出入りを続けるしかない、とこの主人は観念したように云ったものだ。

要するに吹けば飛ぶような男だ、とおりんは納得した。こういう吹けば飛ぶような男こそ最も危険な存在であることを、おりんはまだ知らなかった。

小ざっぱりした着物に着替えて、大太刀も紫の刀袋におさめ、いかにも職人然とした格好に変った鬼麿が、岡島惣兵衛方を訪れたのは、その日の午下《ひるさが》りだった。清麿の弟子であることを告げ、

「ご挨拶《あいさつ》のかわりに……」

と一分銀を収めた紙包みを内儀に渡したのは、おりんの智恵《ちえ》である。果してすぐ座敷に通された。

岡島惣兵衛は意外に武士らしい顔をしていた。軀《からだ》も大きく、筋骨も逞《たくま》しい。

〈おりんは間違ったんじゃないのか〉

ちらりとそう思ったほどの面構《つらがま》えである。

いつものように、清麿の死を告げ、師匠の鍛刀を拝見したいと切り出した。

「そんなにえらい刀鍛冶だったのかね」

意外そうに惣兵衛が云った。

「当代では一、二を争う名工です」

むかっとして、強く云うと、

「はあん、当代では、か」

気にさわる云い方だった。

「今買うといくらになる？」

その時、惣兵衛の地が出た。武士らしい面構えも逞しい筋骨も、みせかけに過ぎなかった。金の話になると、急に口もとが歪《ゆが》んで、下卑《げび》た顔になった。まさか、と思うような変貌《へんぼう》だった。

「安くても三十両」

おりんの言葉を思い出して納得しながらそういうと、惣兵衛の目の色が変った。

「三十両だと！　そりゃあ大変だ！　えらいこった！」

鬼麿は憂鬱《ゆううつ》になって来た。こんな相手の刀を贋物《にせもの》呼ばわりしたら、えらいことになる。まして打ち折るなどといったら、何をされるか分ったものではない。買うと云えば際限なく値を釣《つ》り上げて来るだろう。

〈知ったことか。強引に折っちまえ〉

多少力ずくでも仕方がない。さぞかし役人のなんのと騒ぎになるだろうが、折れた刀は元へは戻《もど》らない。役人の中には話の分る人間もいるだろうし、いなければいないで逃げ出すだけである。鬼麿は腹をきめた。何よりこの下卑た男と口を利《き》いているのがいやになった。清麿ゆずりの短気さだった。

「拝見出来ますか」

「待て、待て。そりゃあなんだ？」

鬼麿が遠慮して背後に置いた大太刀を指さした。

「これは私が師匠から貰《もら》った刀で……まあ見本のようなもんです」

「見せろ」

横柄《おうへい》な言い草に、渡したくなかったが、抑えて袋から出した。

「なんだ、このつくりは。粗末すぎるぞ。第一こんな太い柄《つか》じゃ持ちにくくていかん」

切り柄も知らないのである。切り柄とは、ためし斬《ぎ》りをするのに格好な、丈夫一点張りの柄で、山田浅右衛門などは、必ず普通の柄をはずしてこの柄に替えてから斬る。

だが次の瞬間、鬼麿は瞠目《どうもく》した。鞘《さや》を払った惣兵衛の手際《てぎわ》が、水ぎわだった見事さだったからである。心得のない武士には、三尺二寸五分の長刀は、一気には抜けない。それをあっという間に抜いた。しかも刃音をたててである。

〈どういう男だ、これは？〉

惣兵衛は大太刀を垂直に立てて惚《ほ》れ惚《ぼ》れと見ていた。揚句の果ての言葉がふるっていた。

「三尺二寸はあるな。尺五寸の脇差が三十両なら、これは六十両か」

刀は長ければ高いと思っている。馬鹿々々《ばかばか》しすぎて話にもならない。だが、ぴゅん。

大太刀を振った。鋭い刃音が走る。恐ろしいまでの速さだった。

〈どういう男なんだ〉

もう一度、考えこまざるをえない。云うこととすることが違いすぎる。こんな奇妙な男に出会ったのは、さすがの鬼麿も初めてだった。

今度は脂《あぶら》ぎった鼻を刀身にすりつけんばかりにして、地肌《じはだ》を嘗《な》めるように見てゆく。しまいに、なんと、長い舌を出して本当にぺろりと嘗めた。鬼麿はぞっと総毛だった。大事なものを汚《けが》された感じである。ぶん殴ってやりたかった。

「味も悪くないな」

ぬけぬけと云う。

鬼麿の右手がいつか拳《こぶし》になっている。それが震えた。危く左手で抑えた。

〈いい加減にしてくれないと、抑えがきかなくなるぜ〉

腹の中で毒づいたのが聞えでもしたように、じろりこっちを見ると、拭《ぬぐ》いもかけず大太刀を鞘におさめ、ごろり、転がしてよこした。作法も何もあったものではなかった。

鬼麿は大太刀を抜き、わざと叮嚀《ていねい》に拭いをかけた。

〈すまなかったな。気持悪かっただろう〉

刀に詫《わ》びた。鞘におさめると、切り柄にも鞘にも再三拭いをかける。気のせいか、にちゃにちゃしているようだ。脂性《あぶらしょう》なのかもしれない。拭い終ると、これから起る事態に備えて、刀袋には入れず、そのまま背後に置いた。

〈こいつの腕を甘くみちゃいけない〉

さりげなく床の間の刀掛けを見た。そこに掛けられた大刀を摑《つか》んで、引き抜くまでの時間を計った。

「拝見させて下さい」

頼むのはこれで三度目である。

「やむをえんな」

腰を浮かせて、刀掛けから脇差をはずした。今度は作法通り、柄をこちらに向けて差し出した。作法を知らないわけではなかったのである。承知の上で、他人の刀だからぞんざいに扱ってみせたのである。いやな根性だった。

〈なんて奴《やつ》だ〉

腹の中で呻《うめ》いて、これも三度目なのに気づいた。

物兵衛は目を半眼に開いて、窺《うかが》うようにこちらを見ている。なんとも薄気味の悪い男だった。

鬼麿は気を鎮《しず》めて、尺五寸の脇差を抜いた。

ぎょっとなった。背筋に戦慄《せんりつ》が走った。

〈これは！〉

見事な鍛えだった。甲伏《こうぶ》せの数打ちだなんて、とんでもない。完全な四方詰めだった。これは四種類の鋼《はがね》を配分し、最も複雑且《か》つ繊細な技法を要求される鍛刀法なのである。清麿は常にこの方法を使った。だからこそ堅牢《けんろう》無比、しかも刃味抜群の刀が出来たのである。姿の美しさもどうだ。清麿独特の華麗な刃紋に金砂子が流れ、吸い込まれるような美しさではないか。

〈お師匠！〉

鬼麿は心の中の清麿に叫んだ。

〈素晴らしいよ、お師匠！　やっぱりあんたは天才だ！　人間の分際で、こんな……こんな凄《すご》い刀が鍛《う》てるなんて……こン畜生！〉

鬼麿は泣けそうになった。久し振りで師匠に対面したような気持だった。師匠は相変らず盃《さかずき》を手にして端然と坐《すわ》っていた。静かに微笑《わら》っている。

〈悪いな、鬼麿〉

いつものからかうような口調で話しかけてくる。

〈まだまだお前なんかにゃ負けねえよ。口惜《くや》しかったら此処《ここ》まで来な〉

〈どうして死んじまったんだ、お師匠！〉

鬼麿は現実に泣いていた。かっと瞠《みひら》いた双眼から果てしなく涙がこぼれた。

さすがの惣兵衛も気をのまれたらしい。暫《しばら》く無言で見つめていたが、

「どうした？」

問いかけて来た。

「はあ」

返事の仕様がなかった。中子《なかご》を見る気も起きない。ぱちりと鞘におさめた。

「素晴らしい業物《わざもの》です。久し振りに師匠にお会いした気分でした」

本音だった。しびれるような感動がまだ余韻となって、躯じゅうを慄《ふる》わせている。

「返せ。早く」

持って逃げられては大変とばかり、無遠慮に腕を伸ばして、ひったくるように奪った。

〈なんでこんな奴に、こんな刀を作ってやったんだ？〉

恨めしいような嫉《ねた》ましいような思いが、胸をかきむしった。

〈かっ払ってやりたいよ〉

毒づきながら、声は別のことを訊《き》いていた。

「向《む》う槌《づち》をとったのはどなたでしょう？」

これだけの業物を作るには、向う槌も並みの雇い鍛冶《かじ》では出来ない。名ある鍛冶にきまっている。その向う槌に会ってみたかった。会って、師匠の話がしたかった。どうしてこんないやな男のために、これほどの刀を鍛ったのか、その辺の事情もきいてみたかった。そして、せめてもの愚痴をいってみたかった。

「知らんな」

惣兵衛の返事はにべもなかった。せっせと脇差《わきざし》に拭いをかけている。

「お救い小屋から誰《だれ》かひっぱって来たようだったな。乞食《こじき》同然の薄汚いのろまだったよ」

鬼麿ははっとなった。今から百八十年も昔の寛文《かんぶん》の頃《ころ》、加賀には乞食清光と呼ばれる稀代《きたい》の刀工がいた。加賀藩五代の名君前田綱紀松雲公は、寛文九年、大凶作の結果、難民たちが諸方から金沢に流れ込んで来たのを知って、城下の笠舞《かさまい》にお救い小屋を建て、難民たちに衣食を給すると共に草履・たわし・縄《なわ》・苧《お》かせなどの生産に従事させ、城下に行商させた。現代でいう授産所を作ったのである。刀工清光はなんとこのお救い小屋に四代にわたって住み、殿さまから供与された鋼・炭をふんだんに使って、素晴らしい名刀を作ったといわれる。師匠の向う槌をつとめたのはその流れなのではないか。

鬼麿は昂《たか》ぶる気持を抑えて、岡島の屋敷を辞すると、笠舞に走った。

笠舞のお救い小屋はすぐ分ったが、十三年も昔、清麿の向う槌を打った男というのは、さすがに難問だった。大体、天保十三年と云《い》っただけで、誰も彼もそっぽを向いてしまうのである。お救い小屋の人々は今に生きている。親が、妻が、子が、飢餓に斃《たお》れてゆくのを目前に見て、故郷を棄《す》てた人々である。一年二年の昔さえ、思い出したくもない凄惨《せいさん》な過去に属するのだろう。今だけがすべて、と割り切らなくては生き続けても行けまい。この人々にとって十三年前は太古に等しかった。

鬼麿はお救い小屋の役人に自分の宿を告げ、もし該当する男がいたら、日当を払うから宿へ来てくれるように、くどく頼んで去った。

途中でおりんとたけに行き会った。おりんは岡島惣兵衛の性格から考えて、強引に刀を打ち折ろうとする鬼麿とごたついているにきまっていると判断して、宿を引払い、たけを連れて岡島家へ様子を窺《うかが》いに行ったのである。いざとなれば、すぐさま金沢から逃げ出す算段だった。それが意外に穏やかにしずまり返った岡島家のたたずまいに戸惑い、恐る恐る鬼麿の女房《にょうぼう》ですがと勝手口をのぞき、惣兵衛の内儀から、鬼麿がお救い小屋に向ったのをきき出したのである。

「刀はどうしたのよ。折らなかったのかい」

「折るどこじゃねえ」

鬼麿は胸にたまった感動を一息に吐き出した。話しながら、また思い出して、涙ぐんだ。声もつまった。

おりんは珍しいものを見るように、しげしげと鬼麿を見ていたが、

「悪くないね、刀鍛冶も」

一言、ぽつんと、そう云っただけだった。

おりんもまた心を動かされていた。清麿の刀に対してではなく、それを見てこんなに昂ぶっている鬼麿の心の在り様にである。この昂ぶりはおりんの理解を越えた。それだけに余計心をつき動かされた。美しいもの、鬼麿の言葉でいえば「凄くて素晴らしいもの」に対して、こんなにまで素直に感動することの出来る鬼麿の心が、羨《うらや》ましいほど綺麗《きれい》に見えた。

〈金輪際《こんりんざい》、放しゃしないよ、こん畜生〉

おりんは鬼麿に惚れ直したと云っていい。

たけの反応はちょっと違った。

「おいらにも、なんとかマロって名前くれよ」

しつこくそればかり繰り返した。たけはたけなりに感動していたのである。

その日一日、この三人はそれぞれに感動を噛《か》みしめ、それぞれに倖《しあわ》せだった。

四

その男が旅人宿に来たのは、次の朝である。

「日当くれよ」

鬼麿を呼び出すと、いきなり手をさし出してそう云った。

鬼麿はその手を摑んだ。垢《あか》だらけだが、部厚く硬い、力の強い手だった。硬いのは槌だこのせいである。正《まさ》しく刀鍛冶《かたなかじ》の手だった。

鬼麿はいい値で日当を払った。犀川《さいかわ》の川原に男を誘った。

「十三年もお救い小屋にいるのかい」

「まあな」

「どうして？」

「刀鍛冶は喰《く》えねえからよ」

会話はそんな風に始った。

今日も穏やかな日和《ひより》だった。鈍色《にびいろ》の空から時々陽光が零《こぼ》れた。

「珍しいんだよ、こんな日は」

と男は云い、眩《まぶ》しそうに太陽を見上げた。

「お日さまって、いいなぁ」

それが、飯を喰えるっていいなあ、と云っているように聞えた。

男のいう通りだった。刀鍛冶は喰えない。四谷正宗《よつやまさむね》といわれた師匠だって、赤貧洗うが如《ごと》き毎日だった。理由は玉鋼《たまはがね》と炭の値段が物価と共にどんどん上ってゆくのに、鍛刀代の方は昔とちっとも変っていないからである。それでも喰おうと思えば数打ちするしかない。数打ちとは大量生産のことだ。数打ちしようと思えば工程の簡単な甲伏せ程度の刀で我慢するしかない。現実にそれだけの労力しか割《さ》けないのである。それがいやなら古刀の贋作《がんさく》をするしかない。事実、あの人が、と思うような名工が贋作をしている。その両方ともいやだったら……清麿のように餓えるか、この男のように一生お救い小屋で過すしかないのである。なんとも辛《つら》い話だった。それでもこの男は、いつの日か乞食清光の向うを張るような業物を鍛えるつもりだった。それだけが望みで生きているようなものだった。だがいい鋼といい炭が足りない。絶望的なまでに足りない。

「殿さまもこの頃はけちになんなすってねえ。松雲さまとは大違いさ」

男は首をすくめて舌を出した。

鬼麿は十三年前の話を訊いた。男は昨日のことのように覚えていると云う。

「あんな楽しかったことはねえな。あんたの師匠は天才だ」

鬼麿は男の言葉の合い間、合い間から、清麿が金沢へ来た理由を知った。岡島惣兵衛のような下種《げす》な男のために、四方詰めの刀を鍛《う》った理由を知った。

清麿が金沢へ来たのは、五箇山《ごかやま》で何か届け物を頼まれたためだった。頼み手は見張り番の関沢信次だったことを鬼麿は知っている。だが届け先は岡島惣兵衛ではない。関沢房清だったという。届け物は書状だったが、よほど貴重なものだったらしく、関沢房清は文字通り跳び上って喜んだ、と清麿が話したそうだ。

「すぐ長《ちょう》さまに届けなければ……」

と房清は云い、くたびれ果てている清麿をひきずるようにして大きな屋敷へ連れていった。それが長連弘《つらひろ》の屋形だった。連弘は三万三千石の殿さまとも思えぬ気安さで、鄭重《ていちょう》に清麿の労をねぎらい、追って沙汰《さた》をすると云って、宿へ案内させた。その案内人が岡島惣兵衛だったのである。

惣兵衛は誰から何をあずかって関沢房清に届けたのかと、しきりにさぐりを入れて来たが清麿は返事もしなかった。事実、口を利《き》くのも億劫《おっくう》なほど疲れていたし、この手の押しばかり強い人間が嫌《きら》いだったからである。

次の日、惣兵衛が再び宿に現れた。むきだしの小判を十枚、犬に餌《えさ》でもやるように畳の上に放《ほう》ると、長の殿からの礼金だという。但《ただ》し、礼金と分ると厄介《やっかい》なので、形だけでもいい、刀を一振り鍛《う》ってくれ、というのだった。

「どんな駄物《だもの》でもいいんだよ。まあ、どうせそれしか出来ないだろうが」

惣兵衛は憎態《にくてい》にせせら笑った上で云った。

「運び賃十両とは結構だな。お前の刀の値段の何倍かね」

清麿はかっとなると逆に叮嚀《ていねい》な口を利く男である。

「もう十両いただきたい、と申し上げて下さい。それだけの値打ちのある刀を鍛っておみせしますからとね」

「馬鹿《ばか》をいうな！　そんなことが申し上げられるか！」

物兵衛は慌《あわ》てふためいて喚《わめ》いたが、こういう時の清麿は、金輪際あとへ引かない。それが駄目ならこの十両を長の殿に叩《たた》き返す。刀鍛冶を馬鹿にしないで欲しい。

物兵衛は渋々復命し、長連弘は黙って後の十両を出した。書状のことを云い触らされるのを恐れたのであろう。本心は清麿を斬《き》りたいのだが、その時の状況では、殺人は危険だった。

清麿は物兵衛の屋敷の庭に鍛冶場を造り、お救い小屋から男を選んで本格的な鍛刀に入った。尺五寸の脇差《わきざし》にしたのは日数が足りなかったからである。清麿は伊賀同心の追手を恐れていた。それでも準備を含めて五日間で鍛え上げた。清麿にしては異例の速さである。仕上った晩、清麿は砥《と》ぎの手配を男に頼んで忽然《こつぜん》と消えた。砥ぎ上った刀は、本来なら長連弘に渡される筈《はず》だったが、岡島物兵衛が、お目にかける値打もない駄物でございます、と云い立て、半ば強引に自分の物にしたようだ、と云う……。

「その次の年だよ、奥村さまが急に政治向きからお引きになったのは。揚句、八月におなくなりになって、……それからだなあ、長さまと黒羽織党が威勢よくなりなすったのは」

奥村さまとは長連弘と同じ加賀八家の一つ、年寄と称する最高政務機関の当時の筆頭だった、奥村栄実《おくむらひでざね》のことだ。禄高《ろくだか》は一万七千石と長連弘より遥《はる》かに低いが、学識も深く、政治的才腕は加賀家随一といわれた男である。

奥村は文化年間の末頃から政務をとりしきっていたが、時の十二代藩主前田斉広《まえだなりなが》は奥村はじめ年寄衆の施政にあきたらず、藩主の地位を十二歳の斉泰《なりやす》に譲って隠居した。これは政務を離れたということではなく、徳川家の大御所政治と同じように隠居政治を行おうとしたためだった。何故《なぜ》隠居しなければならなかったかというと、前田家では政務を行うのは年寄に限るという慣習が根強く伝えられて来たためだ。隠居の身なら、この悪《あ》しき慣習に従う必要がないわけである。

斉広は城南の兼六園に、新たに竹沢殿を作って移り住み、その中に教諭局なるものを設け、中士の中から十二人の優秀の士を選んで組織し、年寄衆と並ぶ政務機関とした。実質的には教諭局が最高機関となり、大小の政務はすべてここで決定されるようにしたのである。その十二人の筆頭が馬廻役《うままわりやく》の寺田蔵人《てらだくらんど》だった。

だが斉広は、隠居してから二年、教諭局を組織してから僅《わず》か半年にも満たない文政七年七月、突然死んだ。中士が年寄に替って行おうとした革新政治は、何の実効も見ることなく廃止され、政権は再び奥村栄実を筆頭とする年寄衆の手に帰した。寺田蔵人はこの後も痛烈に年寄政治を非難する文書を公開し続け、遂《つい》に天保七年鹿島郡能登《かしまごおりのと》島に流され、翌年この配流《はいる》の地で死んでいる。

奥村栄実はこの後、多くの失政と銭屋五兵衛《ぜにやごへえ》との癒着《ゆちゃく》などを噂《うわさ》されながらもしぶとく長期に渡って政権を握り続けたが、天保十四年八月、突然死んだ。その後に、再び中士からなる黒羽織党を率いて、長連弘が登場したのである。

「あの頃は色んな噂がとんだもんだよ。奥村さまはお腹を召されたとか、いや、黒羽織党に殺されなすったとか……」

男の話は続いたが、鬼麿はもう聞いていない。鬼麿にとって加賀藩の政治などどう転ぼうが知ったことではなかった。それより師匠の素晴らしさについて、あの脇差の見事さについて、もっともっとこの男と語りたかった。

五

鬼麿はその夜のうちに自分の間違いを知ることになった。

おりんを四つん這《ば》いにさせて、うしろから番《つが》っていると、廊下で咳払《せきばら》いが聞えた。旅人宿の親爺《おやじ》なのは分っていた。文句を云いに来たな、と鬼麿は思った。さっきから大分やかましく床板をきしませ続けている。だがおりんから離れるのが惜しかった。

すべらかな尻《しり》の動きも、薄茶を帯びた可愛《かわい》い尻の穴が開いたり閉じたりする様も、なんともこたえられない眺《なが》めだったからだ。

また、こほん、と咳払いが聞えた。

「なんだい」

仕方なく訊《き》くと、客人だよ、といまいましそうにいう。もう夜半に近い。こんな時刻に客が来るわけがなかった。親爺が中《ちゅう》っ腹《ぱら》なのも分ったが、こっちの方がよっぽど腹が立った。丁度いいところなのである。

「間違いだよ。客が来るわけがねえ」

「罰当りめ！」

驚いたことに親爺が喚いた。

「なんだと?!」

「女子《おなご》だぞ、相手は。この浮気者《うわきもの》」

おりんが跳ね起きた。早くも目が吊《つ》り上っている。

「間違いだ。間違いにきまってる」

慌てて手を振って、おりんへとも親爺へともなく応《こた》えた。

「自分でそういえ。わしゃ知らねえ」

親爺は云い捨てていってしまった。本気で腹を立てているらしい。

「ゆかなきゃ、あたしがゆくよ」

おりんが立ち上って着物を着はじめた。

「間違いだって云ってるだろ」

鬼麿が帯を締め直しながら障子をあけた。おりんがちゃんとついて来ていた。

冷たい廊下を土間へ向う。さすがに大太刀《おおだち》は下げている。そのまま土間に立っていたのは御高祖頭巾《おこそずきん》の女、明らかに武家の女である。心配そうにくぐり戸の外を窺《うかが》っているので顔が見えない。勿論《もちろん》、見たこともない女である。

「何かの間違いじゃ……」

云いかけた時、女が振り向いた。見たこともない女ではなかった。だが知っている女とも云えない。岡島惣兵衛の内儀だったのである。鬼麿は案内を乞《こ》うた時と、帰る時と、二度顔を見ただけだった。おりんも昼間顔を合わせている。怪訝《けげん》な表情になった。

「どうかしたんですか？」

内儀の顔に、はっきりと怯《おび》えの色があった。

「お逃げになって下さいまし」

「逃げる？」

理由がなかった。高山代官所からの通達が届くにしては早すぎる。しかも鬼麿の金沢滞在を知っているのは三人だけである。五箇山の見張り人関沢信次、岡島惣兵衛、それにお救い小屋の男だ。この三人が鬼麿を追わせるとは考え難《がた》い。伊賀同心の新手《あらて》か、とは思ったが、この内儀との関《かか》わり合い様が不明である。おりんの方は、まだ伊賀同心が追いつくわけのないことを知っていた。

「奥村さま方がいらっしゃいます」

これは天保十四年に謎《なぞ》の死をとげた奥村栄実の息子栄芳《ひでよし》だった。まだ若いが、昨年の長連弘と黒羽織党の敗退によって政権を奪った年寄横山隆章《よこやまたかあきら》（三万石）の懐《ふところ》ろ刀と云われる人物だった。

その奥村栄芳が十五人の手練《てだ》れを連れて、今、鬼麿を捕えにやって来るという。わけが分らなかった。

「主人です。主人が奥村さまにとり入るために、あなたを正行《まさゆき》さまのお弟子だとしらせたせいです」

この内儀の名は智江。三十代の終りにさしかかった年頃だ。どこかはかなげな美しい女だった。その智江が清麿のことを正行さまと呼んでいる。正行とは天保十三年頃の清麿の名である。そして清麿は鍛刀のため五日間智江の屋敷の庭先を借りている。智江は当時、二十五、六歳。忽《たちま》ち鬼麿の胸にぴんと来るものがあった。

それにしても何故清麿の弟子だというだけで捕えられねばならないのか。その点は智江にも分っていない。ただ、長から奥村へ腰巾着《こしぎんちゃく》役を乗り替えるための道具に鬼麿を（正行さまのお弟子を）使ったのが許せない。

「みさげ果てた人です」

智江の口調は冷え切っていた。

とにかく逃げ出すしかなかった。十五人という人数も人数だが、この金沢の町で、年寄衆に楯《たて》ついては無事に国境いを越えられるわけがないという。

急いでたけを起し旅支度にかかった。おりんが親爺に旅籠《はたご》代を払うと、矢張《やっぱ》りな、という顔をした。この親爺はまだ色事のごたごただと思っている。

旅人宿が町はずれに近いのが倖《さいわ》いした。町なかだと各町に木戸があって、こんな時刻には簡単に通り抜けられない。それでも智江は、すっかり町を出るまで案内するといった。ひょっとして誰《だれ》かに咎《とが》められた時に、自分がいた方が無事にすむ筈だという。有難い話だったが、智江の身が心配だった。屋敷に戻《もど》って何事もなくすむとは思えない。

「このまま実家《さと》へ帰ります」

智江は淋《さび》しげに笑い、潮どきでございましょう、と呟《つぶや》くように云《い》った。自分に云いきかせているような声だった。

鬼麿たちは北国《ほっこく》街道を西へ進んで、松任《まっとう》、小松、大聖寺《だいしょうじ》を抜け、福井藩の金津《かなづ》の宿《しゅく》に入るつもりでいる。加賀の国境いを越えるまで、ほぼ十五里の旅程だった。鬼麿たちにとっては屁《へ》でもない。その気になれば一刻《いっとき》（二時間）で駆け通すことが出来る。逆に智江の案内が邪魔だった。

だがそんな心配は不要だった。旅人宿を出て碌《ろく》に進まないうちに、十五人の武士に前後を囲まれたのである。

おりんは智江が罠《わな》にかけたと思ったらしく、屹《き》っと睨《にら》んだが、これは間違いだった。何よりも智江の目を大きく瞠《みひら》いた顔がそれを証明していた。茫然《ぼうぜん》自失と云っていい。恐らく智江は、自分ではそれと知らずに、おびき出しの役をさせられたに違いなかった。

惣兵衛の嘲《あざけ》るような声が、それを裏書していた。

「御苦労だったな。宿へ踏みこんでは後々のきこえもある。なんとか表に出す手はないかと一同思案していたところだったんだよ」

惣兵衛はどうして妻が宿へしらせに来ることを読んだのだろう。鬼麿ははっとした。惣兵衛は知っていたのだ。十三年前から既に妻が清麿に思いを寄せていることを、或《あるい》は清麿と情事をもったことを、知っていたに違いなかった。だからこそ、その弟子たちを捕える話をきかせれば、必ずしらせに走ることが読みとれたのである。

恐ろしく執念深く、何年たっても怨《うら》みは忘れない。おりんの調べて来た惣兵衛の性格についての描写を、鬼麿は思いだした。ぞっとした。この内儀はただではすむまい。実家《さと》に帰ります、と云っているが、惣兵衛は恐らくそんなことはさせないだろう。女の側から離婚を申し込むなど考えられもしなかった時代である。どうしても離婚したい女は駆込寺に駆け込んで尼になるしかなかった。その駆込寺も、初めは無縁寺として諸国にあったものを、公儀は一つまた一つと潰《つぶ》してゆき、今では鎌倉《かまくら》東慶寺と武州の満徳寺しか残っていない。越前に住む女の駆けこめる寺ではなかった。惣兵衛が智江を離婚するわけがない。一生手もとに置いて、いびって、いびって、いびり抜くにきまっていた。

〈斬《き》るしかないな〉

それしか智江を生地獄から救う道がない。鬼麿は心中ひそかに覚悟をきめた。改めて見《み》廻《まわ》すと、人数は正確には十七人だった。奥村栄芳らしい若い武士と惣兵衛を除いて、十五人、それが戦闘員のようだ。完全に円を描いて囲んでいる。通常なら必殺の陣形である。

「どうする気だい？」

鬼麿は奥村栄芳らしい男に云った。

「十三年前、その方の師匠と申す者が何を五箇山から運んで来たのかが知りたい」

栄芳の声は暗く沈んでいた。

「それによって、わしの父が何故切腹しなければならなかったか、分る筈だ」

栄芳の父奥村栄実は、天保十四年八月の或《あ》る朝、突然割腹自殺を遂げた。前の晩、長連弘《ちょうつらひろ》、関沢房清の二人が屋敷を訪れ、長いこと話しこんでいたことが分っていたが、一通の遺書もなく、何故《なにゆえ》の自殺か、藩にも家族にも全く不明だった。長連弘、関沢房清の二人も心当りがないと云う。以後この自殺は謎《なぞ》のまま十二年が過ぎた。どうやらその謎を解く鍵《かぎ》が、山浦環清麿と名乗る刀工によって、五箇山からもたらされた書状にあるらしい、とは今度初めて岡島惣兵衛の口から洩《も》らされたものだった。

「その書状の中身がなんとしても知りたい。云わねば、先ずその方の妻子を斬り、その後でその方も斬る」

とんでもない殿様だ、と鬼麿はむかっ腹を立てた。己れの目的を果すためなら、平然と女子供を斬る、という神経は、普通ではない。

「十三年も前のことを俺《おれ》が知るわけがねえ。俺はまだ十四だったよ」

真実の話だ。しかも鬼麿が清麿に出会ったのは、このずっと先の出雲往来である。

「そんな筈はない。お前、今度もわざわざ五箇山へ寄って来たではないか」

これは惣兵衛だった。結局、鬼麿たちが清麿と同じ道を辿《たど》って来たことが、疑惑を呼んだのである。

「無理をいわないでくれ。知らないものは知らないんだ。知ってりゃ、いくらでも話すよ」

「妻子を斬れ」

栄芳が冷然と云った。十五人が一斉《いっせい》に抜刀した。

〈こいつら外道《げどう》だ〉

猛烈に腹が立って来た。目にもとまらず、三尺二寸五分の長刀を抜いた。いつものように振りかぶる。足を横に開き、腹をつき出すようにして、切尖《きっさき》が尻に届くほど大きく振りかぶっている。これが様《ためし》剣術の型であることを、大方の武士は知らない。包囲した武士たちの中で失笑が起った。確かにあまり見よい格好ではない。

「待って下さい！」

不意に智江が叫んだ。

「書状の内容は主人が知っております。主人にお聞き下さい！」

栄芳が惣兵衛を見た。惣兵衛の顔が狼狽《ろうばい》で歪《ゆが》んでいる。

「馬鹿《ばか》なことを。走り使いの手前が、そんな重要なことを知るわけがない！」

「嘘《うそ》です！」

再び智江が叫んだ。

「あなたがおっしゃらないなら、私が申します。私もあなたがとっていらした書付の写しを見ました」

「な、なにを云うか！」

「あれは五箇山の囚人の口書でした。囚人は医師で、奥村さまの御命令によって、十二代さまに毒をお盛りしたと……」

全員が驚愕《きようがく》のあまり凍りついた。十二代さまとは教諭局を作って奥村たちを政治の場から追放しようとした斉広《なりなが》のことである。教諭局が出来て半年、これから寺田蔵人たち中士の手で改革が行われようという時に、突然斉広は死んだのである。疑えば確かに都合が良すぎた。この死によって教諭局は潰され、奥村たちは再び政権を握ったのだから。そしてその下手人である医師の証言で、命令人が奥村と云うことになれば、奥村栄実は藩主殺害の大罪人になる。罰は栄実一人に留《とど》まらず、一族の者一人も残すことなく斬罪《ざんざい》に処せられた筈《はず》だった。囚人である医師から口書をとったのは明らかに見張り人の関沢信次である。それが一族の関沢房清を経て長連弘の手に渡った。連弘はその写しを見せて奥村栄実に迫ったに違いない。一族のために栄実は怨《うら》みを飲んで腹を切ったのである。

沈黙を破ったのは栄芳の声である。

「残らず斬れ。岡島の内儀もだ」

十五人の男たちが、呪縛《じゅばく》が解けたかのように動いた。鬼麿に殺到した。鬼麿の剣が緩慢とも見える動きで振りおろされ、忽ち三人が斬られた。更に二人、これはおりんの投じた手裏剣に斃《たお》れた。

武士たちは戸惑った。予期しない抵抗だった。刀はもっていても、たかが刀鍛冶一人、そう思っていた。忽ち五人が斃されるとは、夢にも思っていなかった。それにこの剣は一体なんだ。一歩も身動きならぬような異様な構えから、どうしてこんな瞬息の剣が使えるのか。

戸惑いと混乱の中に更に三人の男たちが斬られ、一人が手裏剣に斃れた。恐慌《きょうこう》が来た。残った六人が、どっと後へ退《さが》った。

物兵衛の脇差《わきざし》が飛んだのは、その時である。清麿の鍛えた四方詰めの業物《わざもの》である。それは流星の速さで空間を裂き、智江の胸に吸い込まれた。

「売女《ばいた》め！」

物兵衛ははっきりそう云った。

鬼麿の血が沸騰《ふっとう》した。構えをすてて疾走した。

「危いっ！」

おりんが叫んだのが、鬼麿にははっきり聞えた。同時に物兵衛の抜討ちが来た。凄《すさ》まじい速さと正確さだった。

林崎流抜刀術！　それも天才的ともいえる腕だった。

〈どうしてこんな男に……〉

一瞬そう感じながら鬼麿も同時に大太刀を振った。刃が嚙《か》み合い、物兵衛の刀は折れて飛び、鬼麿の大太刀は物兵衛の軀《からだ》を真横に脇の下で両断していた。

「ためしわざ雁金《かりがね》！」

鬼麿が云った。

『雁金』とは脇の下から脇の下へ、真一文字に切断する法を云う。これは山田浅右衛門の命名で、古くは『脇毛』と云ったそうだ。

六番勝負　潜《もぐ》り袈《げ》裟《さ》

一

どんより曇った鈍色《にびいろ》の空の下で、日本海が吼《ほ》えていた。黒い海が信じられぬ高さにまでふくれあがると、凄《すさ》まじい轟音《ごうおん》と共に、白い泡沫《ほうまつ》となって砕け散る。風が疾《はや》い。烈風といってよかった。しかも凍える寒さで、氷片のような雪を叩《たた》きつけて来る。眼《め》を開けているのに、恐ろしい努力がいった。耳も鼻も千切りとられそうだ。束ねて後ろで結わえただけの蓬髪《ほうはつ》が、吹き流されて空中に漂っているのを、鬼麿《おにまろ》は感じていた。

たけとおりんが鬼麿の巨大な軀《からだ》を楯《たて》にして、風を避けている。二人とも鬼麿の帯に指を絡《から》ませていた。そうしていないと忽《たちま》ち持ってゆかれそうな風なのである。

どどーん。

また波が岩に当って砕けた。

〈まるっきり大筒の音だ〉

鬼麿はそう思った。同時に胸の中でぼやいた。

〈なんてとこへ来ちまったんだい〉

それもこれも、死んだ師匠のためであり、おりんのためだった。この前の五箇山《ごかやま》越えの加賀藩の陰道《かげみち》と同様に、今度もまた、おりんがしつこくこの港に来ることを主張したのである。お蔭《かげ》でこのざまだった。

ここは越前の三国湊《みくにみなと》である。九頭龍川《くずりゅう》の川口にある天然の良港で、北前船《きたまえぶね》の寄港地だった。福井藩と、隣接する丸岡藩《まるおか》の作米は、この港から関西に送り出される。その他の物産も同様であり、その上、北前船が運んで来た北の国の品々がここで商われ、福井藩に莫大《ばくだい》な利をもたらす。繋船料《けいせん》だけでも馬鹿《ばか》にならない金高だった。

港には女はつきものである。三国湊の遊廓《ゆうかく》は当時上新町と松ヶ下にあった。港の繁栄が藩の台所に直結するわけだから、遊廓の繁盛にも藩役人が極めて敏感だったのは当然である。

寛政九年のことだが、福井藩の金津奉行所が下タ町と上ハ町の町名主を呼びつけ、近頃《ちかごろ》置屋（遊女屋）共が困っている様子で、このままでは港が衰微しかねない故《ゆえ》、藩から置屋どもへ金を貸付けようと思う。ついてはお前たちにその保証人になって貰《もら》いたい、と云《い》ったという。名主たちは結局この話を断ったようだが、福井藩の三国湊に対する気の使いようは、この一事でも推察することが出来るだろう。

もっとも、金津奉行所の心配は必ずしも杞憂《きゆう》ではなかった。三国湊の遊廓には、強力な競争相手がいたのである。それが滝谷出村《たきだにでむら》の遊廓だった。

滝谷出村は福井藩領ではない。小さな橋一つを境にして隣接した丸岡藩領の村である。ここはもと、ほとんど無人の土地だったのを、丸岡藩が土地を整備し、様々な特典を与えて、無理矢理、人々に住むようにさせた場所だった。理由は九頭龍川の川口に面していたからだ。それも、三国より海に近い。つまり北前船が船がかりするのに、川を遡《さかのぼ》る距離が短くてすむ、という利点があった。丸岡藩はここを港として、三国湊に匹敵する利を得たかったのである。ところが幕府は、再三にわたる丸岡藩の訴えにもかかわらず、この滝谷出村を港とすることを許さなかった。勿論《もちろん》、福井藩の圧力によるものだ。福井藩は三十五万石の大藩であり、しかも越前宰相秀康《ひでやす》以来の親藩である。五万石の小藩、丸岡藩がどれだけ懇願しても、幕府としてはみすみす福井藩の利を奪うような処置をとれるわけがなかった。

港にならない以上、滝谷出村の存在価値がない。折角無理矢理かき集めた住民たちに対しても、藩の面目が立たない。いや、面目どころか滝谷出村の住民たちは忽ち食うに困ることになる。窮した丸岡藩は、ここに一大御免色里をつくりあげた。御免色里とは官許の遊里である。港に入る夥《おびただ》しい船乗りを相手として、滝谷出村の人々の必死の才覚が、福井藩領内の上新町や松ヶ下より、遥《はる》かに面白《おもしろ》く、美人揃《ぞろ》いの、華麗な色里をつくりあげさせたといえよう。上新町・松ヶ下は衰微し、滝谷出村は盛《さか》った。

丸岡藩は、港として得られなかった富を、色里で稼《かせ》いだことになる。

福井藩は福井藩で、必死に滝谷出村の隆盛を阻止しようとし、三国領の住民たちが滝谷出村に泊ることを禁止し、通行さえ夕暮までと制限したらしい。

享和《きょうわ》二年五月三日、金津奉行所が三国湊に出した触書《ふれがき》がある。

『御触書左之通《の》
　丸岡領滝谷町にて馬芝居（曲馬団。サーカスの如《ごと》きものか）とか相催し候由《そうろうよし》、右に付ては三国湊の者共彼方《かなた》へ猥《みだ》りに罷越《まかりこ》し見物いたし候儀、心得有るべき儀に候。則《すなわ》ち三年以前申年三月役人共へ申渡し候通り、平に交易筋の儀は差留め候事無之《これなく》、諸用弁じ方の儀は夜に入り申さざる様《よう》、若《も》し余儀なき事にて夜陰に相成り候わば、其訳《そのわけ》合《あい》町役人へ相届け候様《よう》にと申し聞かせ置き候。商い筋の儀さえ右の通りに候えば、見物事は猶以《なおもっ》て前後を顧み申すべき事に候。若《も》し口論がましき儀致し候においては理非の貪着《とんちゃく》なく、急度《きっと》咎《とが》め申しつくべき事』

ことわっておくが、三国湊と滝谷町（滝谷出村）をへだてるのは小さな橋（この橋が思案橋というのがなんともおかしい）一つなのである。橋一つ向うでサーカスをやっているというのに『前後を顧み申すべき事に候』などと脅《おど》かされてはたまったものではあるまい。

余談だが滝谷町がやっと港として認められたのは、明治に入ってからであり、更に滝谷町と三国湊の住人たちの確執はもっと後年、昭和に入ってさえ続いたという。両地区の小学校の生徒が出会うと、理由も何もなく、いきなり殴り合いになったというから恐ろしい。

おりんがこの滝谷町に固執したのは、十三年前、鬼麿の師匠清麿を追尾した伊賀《いが》同心が、その報告書の中で、清麿が滝谷町に一ヶ月以上滞在したことを書いているからだった。鬼麿の旅の目的が、去年自殺した清麿の遺志により、十三年前の旅の間に、旅費稼《かせ》ぎに鍛えた数打ちの刀を見つけ出し、へし折ることである以上、一ヶ月も滞在した町を見逃すことは出来ない。ただ、おりんは自分が伊賀同心・頭領の娘であることも、問題の報告書をもっていることも、鬼麿に告げるわけにはゆかない。告げれば鬼麿は自分を棄《す》てるだろう。そこに難かしさがあった。

清麿は金沢で二十両の金を手に入れている。諸経費を差引いても十五両はある。更にその前の松本で五両。だからやっぱり二十両は懐《ふところ》に入れていた筈《はず》だった。あの師匠がそれだけの金を持っていて遊びにゆかないわけがない。鬼麿もそうは思っている。だが鬼麿はその遊び場を福井だと思いこんでいた。それをこの三国湊、更に滝谷町まで引っぱって来るのには、おりんは自分をとんでもない莫連《ばくれん》女に見せかけねばならなかった。堅気の娘が、福井のお城下より三国湊の色町の方が面白いなどと、知っているわけがない。鬼麿は妙な顔をした。自分が犯した時、おりんが生娘《きむすめ》だったことを知っているからだ。思わずしげしげとおりんを見た。自分が疑われているのを悟って、おりんはひやりとしたが、とにかく清麿の刀を見つけ出す方が先である。この仕事さえ済ませてしまえば、父の伊賀頭領としても、鬼麿を斬《き》る理由がなくなるからだ。甲《こう》伏《ぶ》せというぞんざいな作りの数打ち刀を天下に示すことによって、清麿の声価を下落させることだけが、父の狙《ねら》いなのである。

「こんな寒いところに、師匠は来ないよ」

鬼麿が風に逆らって、怒鳴るように云った。

「お師匠が旅に出たのは春もおそくでしょッ」

負けずにおりんも怒鳴り返す。鬼麿が向き直った。

「俺《おれ》、いつそんなこと云った？」

おりんは罠《わな》に落ちたのを感じた。確かに鬼麿は師匠の出奔の季節など話してくれたことがない。だがここは強気で乗り切るしかなかった。

「云ったわよ。それでなきゃ、あたいが知ってるわけがないじゃないか」

鬼麿はきなくさい顔をしたが沈黙した。自分でも自信がなかったためだ。

「行くぞ」

怒ったように喚《わめ》いて歩きだした。鬼麿の蔭から出ると、おりんもたけもふらついた。風に追われる奴凧《やっこだこ》さながらに、二人手をとり合って、半ば飛ぶように滝谷町の方角に向った。

滝谷町で師匠が一月《ひとつき》の余も過したことを知るには、さほどの時を要しなかった。師匠は例の悪い癖が出たのである。女に惚《ほ》れたのだ。意外だったのは、その女が遊女でも芸者でもなく、豊田屋という小さな置屋の女将《おかみ》だったことだ。名はお吟《ぎん》。当時二十七歳で、だから今年四十になった。はかなげな風情《ふぜい》の佳《い》い女だった。三十四、五といっても通りそうな若い肌《はだ》だったが、顔には疲労の色が濃い。

山浦正行《やまうらまさゆき》の名を出すと、驚いたことに、その疲れた顔がぽっと桜色に染まった。その突然花が咲いたような美しさに、鬼麿もおりんも、たけでさえ瞠目《どうもく》し、息を飲んだ。

〈この人は今でも師匠に惚《ほ》れてるんだ〉

　鬼麿はちらっと清麿に嫉妬《しっと》を感じた。おりんがきつい眼《め》で鬼麿を睨《にら》んでいなかったら、鬼麿はその場でお吟を犯していたかもしれない。だが花は忽ち消え、疲れてはかなげな女だけが残った。

「この世に四十年もいて……」

　お吟は己れ自身に語りかけるように呟《つぶや》いた。

「生きていたと思えるのは、あのひと月の間だけ」

　お吟はこの滝谷町の遊女だった。それも小女郎の位である。これは吉原《よしわら》でいえば大夫《たゆう》の位だった。迫瀬川《はせがわ》を名乗った。迫瀬川は、吉原の高尾のように、代々うけつがれてゆく名乗りである。お吟は七代目だと云う。そして豊田屋の店もお吟の名も、迫瀬川に附属していた。遊女は例外なく二十七歳で年季が明ける。迫瀬川は年季が明けると同時に豊田屋を継ぎ、豊田屋吟を名乗ることになった。それも七代目だった。

　初代の迫瀬川は、後に髪を下して自ら哥川《かせん》と名乗り、『続近世畸人《きじん》伝』に加賀の千代女と並び称されたほどの俳人だった。

　従って迫瀬川を名乗る遊女は、いずれも俳句に秀《ひい》でていなければならない。七代目迫瀬川には、それが恐ろしい重荷だったと云う。俳諧の道に苦しみ、執するあまり、十年も浮き川竹のつとめをしながら、遂《つい》に本当の色の道に目覚めることがなかった。ましてや恋をしたことなど一度もない。或《あるい》は生来冷感症の女だったのかもしれない。古来男を惑《まど》わせるのは冷感症の女だという説がある。懸命の努力にもかかわらず恬然《てんぜん》たる女ほど、男を苛《い》らだたせる者はいない。誇りを傷つけられた男は、なんとしてでもこの女を夢中にさせたいと思い、ついつい深追いしてしまうことになる、というのである。説の当否は別として、とにかく七代目迫瀬川はよく売れた。しかも遊女にとって最も危険な恋に陥る不安もないのだから、抱え主にとってこれほど有難《ありがた》い女はいなかった。褒賞《ほうしょう》として置屋の一つぐらい貰《もら》って当然だった。

だが七代目を継いだお吟は、少しも心愉《たの》しむことがなかった。客の前で俳句を詠《よ》む必要のなくなったことだけが、唯《ただ》一つの安らぎだった。清麿に会ったのは、丁度その時だった。清麿は或《あ》る日、突然、お吟の前にいた。

「本当に降って湧《わ》いたみたいに、気がついたらもうこの座敷にいたんです」

お吟は狭い帳場を見渡した。鬼麿は危く声を上げかけた。師匠が今でもそこに、古びた長火鉢《ながひばち》の前に、端然と坐《すわ》っているような気がしたのである。

「酒を下さい」

清麿はなんの継ぎ穂もなくそう云ったという。お吟は素直に勝手に立ち、樽《たる》の酒を三合は入る片口に注《つ》いで帳場に運んだ。清麿は水でも飲むように、その三合の冷や酒を一息に干した。そのくせ一瞬もお吟から眼をはなさなかった。

「佳《い》い女だ」

清麿は沁々《しみじみ》と云い、次いでにこっと笑った。

「次は燗《かん》をして下さい」

お吟は夢遊病者のように、再び勝手に立ち、ちろりに注いだ酒と大ぶりの盃《さかずき》をもって帳場へ戻《もど》り、鉄瓶《てつびん》の中へちろりを入れた。

清麿は熱燗の酒を今度はゆっくりと干しながら、矢張り一瞬の間も、お吟から視線をはずさなかった。

お吟は胸がつまり、眼の前がぼうっと霞《かす》んで来た。

次にお吟が気がついたのは、歔めいた異様な声のためである。その声がまさしく自分の口から洩《も》れていることを知って、お吟は仰天した。耐えがたいほどの緩慢さで、清麿は左手でお吟の秘所を撫《な》でていた。右手は依然として盃をはなさず、ゆっくりと口に含んでいる。やがて、酒を含んだままの口が、ひたと秘所にあてられた。ゆっくりと、熱い液体がお吟の軀の中に入ってくる。

「嗚呼《ああ》!」

襞《ひだ》の隅々《すみずみ》まで酒が沁みた。総身が痺《しび》れた。

柔らかく口が吸われ、酒の沁みわたった襞の中に、清麿が入って来た。緩慢に、円を描くように、どこまでも深く……。

お吟は絶叫した。一瞬に軀が融《と》け、どろどろの液体となって、一点から放出されてゆく。お吟は生れて初めて色の道を知った。自分は今まで何をして来たのだろう。心底そう思った。しらしらと夜が明けるまで、お吟は融け続け、遠慮会釈《えしやく》なく絶叫をあげ続けた。

意識をとり戻した時、清麿はまた酒を飲んでいた。端然と坐って、水のように酒を流しこみながら、限りなく優しい眼で依然としてお吟を見ていた。

春風が柔らかく恥毛をなびかせた。お吟はいつの間にか裸になっていた。

「本当に佳い女だなあ」

お吟は別れの言葉だと悟った。

「ここにいて」

お吟は泣いていた。

「ずっとここにいて」

清麿はふっと躊躇《ためら》った。珍しく未練があった。

「迷惑がかかるよ」

「どんな迷惑？」

「殺されるかもしれない」

お吟が初めてにっこり笑った。

「あたし、今日まで死んでいたわ」

そうして清麿は豊田屋に居ついた。

二

お吟は急激に美しくなった。一時に百花繚乱《りょうらん》となる北国の春に似ていた。

もともと小女郎を張るほどの女である。美形《びけい》だったことに間違いはない。だがその頃の美しさは人形めいた、整いすぎた美しさだった。今は違う。強烈に生きていた。悩ましく息づく生き身の美しさだった。肌はしっとりと潤《うるお》い、顔は内から照らし出されたかのように耀《かがや》き、表情豊かで、なにげない仕草にも色気が匂《にお》った。

〈こんな佳い女だったのか〉

誰《だれ》もがそう思った。お吟の身に何が起ったかは一目瞭然《りょうぜん》だった。北国の遅い春が来たのである。雪の下に埋もれていたものが、今初めて芽吹き、花咲いたのである。

お吟に花を咲かせた憎い男は、豊田屋にいた。絵に描《か》いたような優男《やさおとこ》で、日がな一日端然と坐って水のように酒を飲んでいる。日に三升を飲み干して全く崩れることがない。そこはかとない気品をただよわせ、貴人の相があった。滝谷曲輪《くるわ》の女たちは、よるとさわると清麿の噂《うわさ》をした。

「江戸の刀鍛冶《かたなかじ》やそうな」

お吟から聞いたといって吹聴《ふいちょう》する者がいたが、誰も信じなかった。

お吟が小女郎を張っていた時、通いつめていた男が二人いた。一人は北前船を何杯も持つ船主で、大坂で回船問屋をいとなむ平野屋仁右衛門、もう一人は三国湊の博奕《ばくち》うち大碇《おおいかり》の五郎蔵である。特に五郎蔵の執心は大変なもので、三日にあげず、子分共を引連れて迫瀬川を呼び、豪遊を繰り返したという。それほど通っても遂にお吟を開花させられなかったことが、今度のお吟の変貌《へんぼう》ではっきりしたわけで、五郎蔵として は面白いわけがない。或る午下《ひるさが》り、五郎蔵は子分共をつれて不意に豊田屋を訪れた。幸か不幸かお吟は寄合いがあって留守で、二人の抱え女郎と小女《こおんな》しかいない。清麿はそんな女たちには一切関《かか》わらない。だから帳場にひとり坐って、相変らず酒を飲んでいた。五郎蔵が勝手に坐りこんでも、眉《まゆ》ひとつ動かさない。五郎蔵は並はずれた巨体である。その巨体が目にも入らないように、平然と酒を飲み続けている。完全な無視だった。五郎蔵はかっとなった。いきなり長脇差《ながどす》で抜討ちに斬りかけた。勿論《もちろん》、ただのおどしである。

意外な展開になった。どこをどうされたか不明のままに、五郎蔵は狭い中庭に放《ほう》り出され、自慢の長脇差は清麿の手に渡っていた。志津三郎という触れこみで、高い金を払ったその脇差を、清麿はすっと見ただけで鼻で嗤《わら》った。

「こんな刀を差してちゃ、生命《いのち》がいくつあっても足りないな」

それは志津三郎だぞ、と五郎蔵が喚《わめ》くと、清麿は火箸《ひばし》を握って、軽く刀の峯《みね》を叩《たた》いた。志津三郎があっさり二つに折れてとんだ。

「斬り合いの最中でなくてよかったな」

清麿は笑いながら、折れた刀を五郎蔵に渡した。五郎蔵はぐうの音《ね》も出ない。完敗だと思った。子分に勝手から酒を運ばせて飲みはじめた。それしかする事がなかった。清麿はそれっきり口をきかない。五郎蔵も黙々と飲んだ。一升五合でつぶれた。清麿が涼しい顔で飲み続けているのが、酔眼に焼きついた。凄《すご》い男だ。なんとなく納得した気になった。

五郎蔵の豊田屋通いが始った。迫《は》瀬《せ》川《がわ》の場合と同じである。三日にあげず通った。だが目的はお吟ではない。清麿だった。といって口をきくわけではない。ただただ向い合って酒を飲み、つぶれると子分にかつがれて帰るのである。お吟は当初、五郎蔵が狂ったかと思った。やがて奇妙なことに気づいた。この二人は時におかしな仕草をかわす。鼻の下をこすったり、唇《くちびる》をとがらせてみたり、耳をつまんでみたり、片目をつぶってみせたりする。すると一方も必ず膝《ひざ》の塵《ちり》を払ったり、胸をさすってみせたりする。なんとこの男たちは、その仕草で意思を疎通させ合っていたのである。

お吟がそのことを明確に知ったのは、或日唐突に五郎蔵が泣きだしたためだ。その日、五郎蔵は珍しくつぶれる前に帰った。泣いたことを恥じているようだった。どういういきさつか教えて、と清麿に迫ると、清麿は盃の底をのぞくようにして、ぽつんと云《い》った。

「お袋さんがひとりぽっちで、他国で死んだ。親不孝が身に沁みたんだ、あの男」

清麿の眼《め》がかすかに濡《ぬ》れているのを見て、お吟は五郎蔵に激しい嫉妬を感じた。その晩は朝まで清麿を寝かさなかった。

清麿が刀を鍛《う》ち始めたのは、その頃《ころ》からである。滝谷出村のはずれにある鍛冶屋を借り、そこの息子を向《む》こう槌《づち》に雇った。玉鋼《たまはがね》を買い、寺をあさっては古鉄をわけて貰《もら》い、お吟からみれば肝《きも》のつぶれるような大量の、しかも上質の炭を買いこんで、その鍛冶屋に籠った。仕上ったのは刃長一尺八寸五分の大脇差と、九寸五分の短刀だった。研《と》ぎまで自分の手でやり、作りはそれもうるさく注文して滝谷町の鞘師《さやし》に作らせた。短刀はお吟に、大脇差は五郎蔵に、ともに無造作に、

「やるよ」

という一言で渡された。清麿にすれば形見のつもりだった。伊賀同心の影が、自分の周りをうろつきだしたことに、気づいていたからである。

清麿は伊賀同心の腕を軽視してはいない。自分の剣の力がどれほどのものかということも、正確に知っている。二人までなら勝てる。三人となれば相討ちだろう。四人ではもういけない。清麿は自分を狙《ねら》っている伊賀同心を、七人と数えた。正直に立合えば斬られるだけである。しかも清麿は正直な立合いしか出来ない男だった。欺《だま》したり罠《わな》にはめたり、そんな面倒臭いことをするくらいなら、殺されてやった方が楽だと思っている。つまりは逃げられなければ確実に死ぬことになった。だからこそ形見を作ったのだ。だが不思議なことに、伊賀同心は遠巻きに清麿を監視しているばかりで、仲々仕掛けて来ようとはしなかった。

おりんは、伊賀同心が仕掛けなかったわけを知っている。報告書の中にいいわけめ

いてくどくどと書いてあった。理由は簡単だった。滝谷町の曲輪が狭すぎたことと、清麿の顔が知れすぎていたためだ。

『お吟さんを女にした男』として、清麿はこの曲輪で妙な有名人になっていた。曲輪じゅうの女が、一度でいいから清麿と寝てみたいと思っている。表を歩けば、必ず、あからさまな秋波が送られて来た。もっとも清麿にとってこれは何の意味ももたない。清麿はなんらかの意味で惚《ほ》れなければ、決して寝ない男なのである。それがまた一層清麿の人気をあおった。

その上、大碇の五郎蔵の件がある。この馬鹿《ばか》でかい図体《ずうたい》の博奕打ちを飼い慣らせた男は、嘗《かつ》て一人もいなかった。いざとなったら滝谷町の一つぐらい、火をかけて焼き払いかねない無法者だったし、力ずくの喧嘩《けんか》で負けたことも一度もない。役人でさえ五郎蔵を恐れていたことは、滝谷泊りの御制禁を、五郎蔵だけが平気で破っているという一事でも分る。その五郎蔵が清麿にだけは喧嘩にも負け、おまけにぞっこん惚れこんでしまったらしい。これは滝谷町は勿論、三国湊でさえ大変なことだった。その点だけでも、清麿は名物男になってしまったのである。

こんな男を公衆の面前で殺せるわけがない。殺せば忽《たちま》ち役人がとんで来る。公儀直《じき》参《さん》という隠れ蓑《みの》はあっても、それには身分を明かし、清麿謀殺の理由を明確に述べなければならない。そしてこの理由こそ、絶対に明かしてはならぬ秘事だった。亡《な》くなられた大御所家斉《いえなり》公の側室が、清麿と出来ていたからだ、とは、口が腐ってもいえなかった。そうなると表だった殺しは絶対出来ない。秘《ひそ》かに忍び込んで刺すしかないのだが、これまた狭い曲輪の中では至難のわざだった。この町には夜がない。ほとんど夜っぴて誰かが町をうろついている。明け方、やっと曲輪が眠り込む頃には、漁師たちが目覚めて出漁の準備にかかるのだった。豊田屋に忍び込んで刺殺に成功しても、誰かしらに顔を見られることになる。福井藩、或は丸岡藩の国境いを出る前に、手配が廻《まわ》るのは確実だった。だからこそ、彼等《かれら》は徒《いたず》らに清麿を見張るだけで、一指も加えることが出来ずにいたのである。なんとかして清麿をこの曲輪から出す必要があった。欺してつれ出す必要があった。それは自分たちには出来ない。誰かほかの人間でなければならぬ。清麿がその言葉なら信じ、いうままに出てゆくような人物。この土地にはそんな人間は二人しかいない。お吟と大碇の五郎蔵だった。

三

伊賀同心が選んだのは、五郎蔵の方だった。それも裏切らせたわけではない。欺したのである。公儀の隠密が何のためか清麿を謀殺しようとしている。早く逃がさないと危い。そう教えて、五郎蔵が全くの善意から清麿の脱出を工夫するようにしむけたのである。現実に五郎蔵がどんな策を考え出したのかは、おりんも知らない。報告書にも書いてないのである。そこにはただ、

『船に誘い出すも見破られしくじり申し候』

としか書かれていない。そして伊賀同心の一人が、清麿に斬《き》られて海に落ち、死亡したことが録《しる》されていた。

お吟は、そんないきさつさえ知らなかった。お吟の知っているのは、或日《あるひ》、忽然《こつぜん》と清麿と五郎蔵の姿が滝谷町から消えたことだけである。お吟は一月の余も泣き暮らした。だが、清麿によって火のつけられた軀《からだ》は、男なしではいられなかった。そこへまるで時を計ったように、大坂の平野屋仁右衛門が現れ、お吟の火を鎮《しず》めてくれた。以後十三年にわたって平野屋の世話になっていると云う。

「あたしはやっぱり棄《す》てられたんですね」

鬼麿が、師匠は去年死んだと告げると、お吟は淋《さび》しそうにそう云った。

「殺されたんじゃないかしらって、ずっと心のどこかで思ってたんですよ。その方がまだしも……」

お吟はそこで言葉を切った。

「その方がまだしも救われた気持がするんです」

と云いたかったのだろうと、鬼麿は察した。それではまるで清麿の死を願っていたように聞えかねないと悟って、慌《あわ》てて言葉を切ったのである。

鬼麿にとってはどうでもいいことだった。自分はそのあと、出雲《いずも》往来で、確かに生きている清麿に逢《あ》っている。それから去年死ぬまで、十三年近くの間、清麿のそばを離れたことはない。そんなことより、師匠が形見に作ったという短刀と大脇差が見たかった。

お吟がその短刀を、神棚《かみだな》からおろして見せてくれた。刃長に較《くら》べて身幅が広く、重《かさ》ね厚《あつ》、大切尖《おおきっさき》の造りこみ。刃文は互《ぐ》の目乱れ、砂流しがかかり金筋が絡《から》む。清麿にしては珍しい作刀だった。銘は無造作に『源正行』とあり裏に『天保十三年四月』と彫られている。

鬼麿は一瞬欲しいな、と思ったが、お吟の濡れたような目を見て諦《あきら》めた。師匠も本気でこのひとに惚れてたんだな、と思った。嘗て女人のために刀を鍛えたことなど聞いたことがなかったからである。この短刀はやはりこの女が抱いているのが一番ふさわしい。

お吟が遠慮がちに訊《たず》ねた。

「あの……ここに句を彫って貰っちゃ、罰あたりになるでしょうか」

『源正行』の銘の横に、俳句を彫りたいというのだ。

「好きにしていいんですよ。師匠はあんたのために作ったんだ。あんたがしたいようにして、怒るわけがありません」

鬼麿は精一杯優しく答えた。本音《ほんね》をいえば鬼麿は中子《なかご》に言葉を彫ってあるのが好きではない。師匠のやり方は、すっきりしていていい、と思っている。だがこの短刀だけは格別だった。純粋にお吟のものなのである。お吟と清麿だけのものなのである。俳句の彫られた刀など前代未聞だが、却《かえ》っていいかもしれない。それでも気になって尋ねてみた。

「どんな俳句です？」

「きぬぎぬや見かはす路地の雪あかり」

なんてことだ、と鬼麿は思った。これだけ見事な短刀に、女郎の句とは。きぬぎぬ、という言葉は、この当時では女郎と客の別れにしか使われない言葉だったのである。

〈だが……〉

思い返した。却《かえ》っていいじゃないか。いかにも師匠らしいし、お吟らしい。形見という点から考えれば、むしろぴったりしているじゃないか。

「お吟さんの句ですか？」

「いいえ。初代の迫瀬川さんの句。あたし、好きなんです」

初代迫瀬川とは哥川《かせん》のことである。

「きぬぎぬや見かはす路地の雪あかり」

鬼麿は口に出してみた。益々《ますます》気に入った。

「きぬぎぬの剣か。悪くない」

本当に師匠らしいと鬼麿は思った。


次の日。鬼麿たちは三国湊へ出かけていった。五郎蔵が行方不明では、大脇差も残っているかどうか分らなかったが、当るだけは当ってみようと思ったからである。

今日も空は曇って風は強く、氷のような雪片を顔に叩《たた》きつけてくる。この土地は通常、寒すぎて逆に雪がつもらないと聞いたが、そこかしこに雪の山が立っていた。今年は珍しく雪が多うて、と昨夜、お吟が火桶《ひおけ》をすすめながら云っていたのを思い出した。

大碇一家は松ヶ下の近くにある。五郎蔵の失踪《しっそう》後は、一の子分だった虎松《とらまつ》という男が二代目を継いでいると、これもお吟から聞いていた。

碇に大の字をはめこんだ紋様を書いた油障子に、雪が当ってさらさらと音をたてていた。

虎松は五郎蔵とは対照的といっていいほど小柄《こがら》な男である。浅黒い顔が精悍《せいかん》だが、どこか油断出来ない感じがある。頭も切れそうで、こんな男と仕事をしたら、忽《たちま》ち小股《こまた》をすくわれそうだった。鬼麿の嫌《きら》いな型の男である。それでも出来るだけ叮嚀《ていねい》に、師匠の死を告げ、ひょっとして滝谷町で鍛えた大脇差が残されていたら、是非拝見したいと思って伺いましたと云うと、横についていた子分（護衛役だろうと鬼麿は踏んでいた）が、あるとも、と得意げに喚《わめ》いた。親分が消えて十日後に、敦賀《つるが》から飛脚が、その大脇差と手紙を一通届けて来た、と云うのである。手紙にはわけあって身を隠す必要のあること、大碇の跡目は虎松に譲ること、この言葉に間違いない証拠に、大事な大脇差を送ることが金釘《かなくぎ》流で書き録《しる》されていたと云う。

虎松は、大事な品だから滅多な奴《やつ》にゃ見せたくねえんだがと、散々渋った揚句、その大脇差を渡してくれた。

作法通り抜き放った瞬間、どきんとした。とんでもない代物《しろもの》だったためである。四方詰めどころか、甲伏せもひどい奴である。師匠の甲伏せの数打ちには、それでも師匠らしい品格があり、まぎれもなく師匠の槌《つち》の痕《あと》が見られたが、この大脇差にはそれさえない。無言で柄《つか》をはずして銘を見た。正《まさ》しく『源正行』と彫られてはいるが、見慣れた師匠の彫りではない。もう明々白々だった。これは真正の贋作《がんさく》だった。それも極めて出来の悪い、粗悪品ともいうべき贋作である。

だが不審があった。松本で清原彦一に指摘されたように、師匠の作刀は、今でこそ四谷正宗と呼ばれ、贋作が出廻ってもおかしくないほどの声価を獲《え》ているが、十三年前の天保十三年当時は、ほとんど無名の刀工である。そんな刀工の贋作を作ったところで商売になるわけがなかった。

鬼麿は思案しながら、ゆっくり柄をはめ、目釘を打ち、刀身を拭《ぬぐ》って鞘《さや》におさめた。わざわざ名もなき刀工の贋作を作ったのは、何故か。考えられる理由は一つしかなかった。それはこの刀に添えてあった手紙である。手紙の正当性を証明したのは、この大脇差だった。大切なのは手紙の方で、大脇差は附属物である。大脇差が贋物《にせもの》だったということは、そのまま手紙も贋物だったということになる。だが筆蹟《ひっせき》というものがある。

鬼麿は顔を上げた。虎松と眼が合った。虎松は隙《すき》を窺《うかが》うような、鋭い眼をしている。

〈そうか〉

急に何も彼《か》も分った。それでも念のために、虎松ではなく、子分の方に訊《き》いた。

「五郎蔵親分は文字に明るかったんで……？」

「とんでもねえ」

子分が大口あいて笑った。

「字の書ける博奕打《ばくち》ちなんかいるわけがねえ。五郎蔵親分だってそうでさあ。字を書かなきゃならなくなると、いつも和尚《おしよう》さんとこへ頼みに行ってましたよ」

だが問題の手紙はひどい金釘流だったと云う。寺の住持がまさか金釘流の文字は書くまい。

鬼麿は、真正面から虎松を見た。こうなったら仕方がない。正々堂々とゆくしかなかった。

「親分は手蹟《て》はどうです？」

虎松が薄笑いを浮かべた。

「からっきしさ」

「そうですかねえ」

鬼麿は馬鹿にしたように云った。

「ひどい金釘流だが、書くことは書けるんじゃないんですか」

おりんの顔色が、ふっと動いた。鬼麿のいいたいことが分ったのである。そして、その結果生ずるに違いない事態も……。

おりんはうしろに置いた脇差を、なにげなく膝元《ひざもと》に引き寄せた。

これは金沢で、岡島惣兵衛の妻智江の胸に刺さっていた、清麿作の脇差である。惣兵衛がその脇差を着服し、それで己れの妻を刺したのである。名作と云えた。到底置いてくるに忍びなかった。鬼麿がその脇差を抜き、血のりを拭って鞘におさめた瞬間、おりんが横からひょいと手を伸ばして、とり上げた。

「あたしが貰《もら》っとくよ」

鬼麿は怒って喚《わめ》いたが、

「女房《にょうぼう》になる女にけち云うんじゃないよッ。あたいだってお師匠の刀を持っていたいんだ。いつかきっと役に立たせて見せるからさぁ」

断乎《だんこ》として放さないのである。事実、鬼麿には内緒だが、おりんは戸田流の小太刀を勉《まな》んで、目録の腕に達している。脇差さえあれば、なまなかの男には負けない自信があった。俊敏雌豹《めひょう》の如《ごと》し、と師を感嘆させた瞬息の剣だった。

鬼麿は諦《あきら》めた。考えてみれば、自分が脇差を差すわけにはゆかない。双刀を帯びるのは武士に限られていた。脇差を差し、背に大刀を背負っていては、咎《とが》められるのは必然だった。以後、おりんはその脇差を、鬼麿に倣《なら》って藁《わら》づとにくるみ、背に斜めに

負うことになった。鬼麿のなさけない気持も知らずに、

「お揃《そろ》いだ、お揃いだ」

とたけが手を打ってはやしたてたものである。この餓鬼は、何故か、鬼麿とおりんの仲が良いと喜ぶのである。毎晩のようなまぐわいの図を、悦に入ったように盗み視《み》られているのには辟易《へきえき》したが、おりんはたけを可愛《かわい》いと思っていた……。

「おめえ、何が云《い》いてえんだ？」

果して虎松の声に殺気が籠《こも》った。子分が驚いたように虎松を見た。親分が何に怒っているのか、見当もつかなかったからである。

「別に」

鬼麿が冷たく云い放った。

「ただこの大脇差《わきざし》は贋作ですよ。それもひどい代物だ。勿論《もちろん》、親分は御存知《ごぞんじ》でしょうがね」

五郎蔵が死んでいることを、鬼麿は直感している。恐らく虎松が殺したのである。或《あるい》は伊賀同心が助人《すけつと》したのかもしれない。虎松一人では五郎蔵は殺せまい。死体は海に沈んだにきまっていた。だから大脇差をとり上げることが出来なかったのである。自分が跡目を継ぐために、大事な刀だったのに。仕方なく、その辺の碌《ろく》でもない刀工

に駄物《だもの》を一振りつくらせ、『源正行』の銘を彫らせたに違いない。名作と駄物を見分ける眼《め》など、博奕打ちが持っているわけがなかった。造りと寸法が同じで、『源正行』の銘さえあれば、それで本物と信じてしまうような手合なのである。欺《だま》すのは簡単だった筈《はず》だ。虎松はまさか、十三年もたってから、その『源正行』の弟子が刀を見に来るとは、思ってもみなかったにきまっている。

〈さあ、どうする？〉

鬼麿は腹の中で虎松に訊いている。とぼける気なら、とぼければいい。笑いとばしても別に文句を云う気はない。鬼麿にしたら、この凄《すさ》まじい贋作を打ち折らせて貰《もら》えれば、それでいいのである。博奕打ちの跡目の問題など知ったことではなかった。

だが当の博奕打ちたちにとっては、これはそう簡単な問題ではなかったらしい。

虎松についていた子分の顔色が一変した。漸《ようや》く鬼麿のもって廻《まわ》った云い方の真意に気づいたのである。口を半分あけて、虎松を穴のあくほど見つめていたが、

「親分！　お前さん、まさか五郎蔵親分を……」

虎松は最後まで云わせなかった。不意に懐《ふとこ》ろから匕首《あいくち》が現れ、正確に子分の心臓を刺した。即死だった。恐ろしく素早い匕首さばきである。虎松という男、見かけよりは遥《はる》かに腕が立った。悪智恵《わるぢえ》も廻《まわ》る証拠に、いきなり唐紙を蹴倒《けたお》して叫んだ。

「みんな来い。この野郎、吉造を刺しやがった！」

さすがは修羅場《しゅらば》に慣れた博奕打ち一家である。子分たちの反応は素早かった。忽《たちま》ち十人あまりが、長脇差や匕首を閃《ひら》めかせて、部屋にとびこんで来た。

だが、鬼麿の動きは、それを上廻る早さだった。刃長三尺二寸五分、柄《つか》の長さ一尺五寸、しめて四尺七寸五分もある大太刀が、唸《うな》りをあげて子分共の鼻先を掠《かす》めた。悲鳴が湧《わ》き、子分たちの軀が、座敷の外へ転がり出た。鬼麿の猿《さる》のように長い腕まで計算に入れれば、ほぼ半径八尺の空間が、大太刀の射程距離になる。これでは座敷の中に入りようがなかった。

虎松は蒼然《そうぜん》と立ちつくしていた。生れてこの方、こんなにも凄まじく、しかも速い斬撃《ざんげき》を見たことがなかったのである。自分が恐ろしく素早い匕首さばきを武器にしているだけに、刀の速さには人一倍敏感なのだ。だからこそ、鬼麿の大太刀の恐ろしさに肝をとばしたのである。

「慌《あわ》てるんじゃないよ」

鬼麿は大太刀を真一文字につきだしたままのんびりと云った。こんな蠅《はえ》のような男たちを斬る気は全くなかった。

「吉造とかいう人を刺したのは、親分さんさ。わけは、吉造さんが五郎蔵親分を殺したのは虎松親分だと気がついたからしいよ」

子分たちの間に動揺が起った。

「話してくれないかね、虎松さん。本当のところをね」

虎松は清麿の贋作を抜いている。だが、ちょっとでもその大脇差を動かしたら、即座に斬られることを知っていた。金縛りにあったようなものである。

「さあ、やれよ。俺《おれ》も師匠がどんな目にあったか知りたいんだ」

虎松は観念した。ぼそぼそと話しだした。

伊賀同心が最初に接触したのは虎松だった。虎松の口から、自分たちが清麿を狙《ねら》っていることを、五郎蔵に伝えさせたのである。公儀の隠密《おんみつ》という言葉が、五郎蔵を金縛りにした。どんな裏街道を辿《たど》ったところで、公儀が相手では安全とはいえない。別して丸岡藩は公儀に弱く、福井藩は親藩の上、国境いまで距離がありすぎる。脱出路は海しかなかった。五郎蔵は裏商売（つまり抜荷である）をやっている船主を脅して、秘《ひそ》かに清麿を乗船させ馬関《ばかん》（下関）まで運ぶとりきめをした。その上で清麿を口説いた。

「いいよ」

清麿は一言そう云っただけだと云う。お吟に迷惑をかけたくなかったし、男として五郎蔵を信じたのである。

伊賀同心は虎松を通じてその事実を摑《つか》み、同じ船主を脅して清麿より先に乗船した。海上で清麿を斬る手筈《てはず》を整えたのである。一人だけ小舟の船頭を装って、清麿を迎えに出る役を勤めた。本物の船頭を信用しなかったためだ。手配りは万全だったが、伊賀同心たちは虎松の動きだけは計算に入れていなかった。虎松が僅《わず》かな金で清麿を売る決心を固めたのは、五郎蔵を殺すためだったのである。虎松は迎えの伝馬船《てんません》に五郎蔵と共に乗り込んだ。別れの酒を用意していた。伝馬船の中で、その酒が大盃《たいはい》に注《つ》がれた。五郎蔵は涙と共に一気に飲み干したが、清麿は口に含むなり吐き出した。

「毒だ！」

清麿が叫んだ時は、遅かった。五郎蔵の軀《からだ》が痺《しび》れはじめていた。強力な痺れ薬を酒に仕込んだのは、無論虎松だった。五郎蔵は恐ろしい顔になって立上ろうとした。虎松はその懐ろにとびこむなり、得意の早業《はやわざ》でその胸を刺した。清麿が立ち上って抜刀した時、船頭役の伊賀同心が斬《き》ってかかった。不測の事態に狼狽《ろうばい》したためである。清麿はその伊賀同心を斬ったが、その激しい動きで伝馬船は転覆してしまった。五郎蔵と伊賀同心はそのまま海底に沈み、虎松はなんとか港まで泳ぎついた。虎松はついさっきまで清麿は溺死《できし》したものと信じていた……。

子分たちの騒ぎが大きくなった。五郎蔵時代からの生き残りの数は少なかったが、博奕《ばくち》打ちには博奕打ちの仁義《じんぎ》がある。親分を殺した男に仕えることは、仁義の道にはずれた。

「文句のある奴《やつ》ぁ前に出ろ！」

虎松は威嚇《いかく》するように大脇差を振り上げた。鬼麿の大太刀が動いたのはその時である。鋭い音と共に、贋作の清麿は二つに斬られて消しとんだ。虎松には掠《かす》り傷ひとつ与えてはいない。だが一瞬立ちすくんだ虎松に、子分たちが殺到した。長脇差が、匕首が、その軀を抉《えぐ》った。断末魔の絶叫が起り、長く尾をひいて、やがてぷつんと絶えた。

四

鬼麿たちが思案橋を渡った時は、もう空は暗くなっていた。この時刻に三国湊《みくにみなと》から橋を渡ることはご法度《はっと》である。だが旅の者はこの制限からはずされていた。

滝谷《たきだに》の曲輪《くるわ》は今を盛りと賑《にぎ》わっている。何組もの小女郎たちが、華やかに道中して揚屋《あげや》に向っていた。その緩慢な歩きぶりは、己れの全盛を誇示するものである。煌々《こうこう》たる明りに照らされて、きらきら耀《かがや》くギヤマンや象牙《ぞうげ》を縫いつけた絢爛《けんらん》たる裲襠《うちかけ》が、また降りはじめた雪の中をゆっくりと往《ゆ》き交《か》う様は、そのまま極楽浄土の図と云えた。

鬼麿とたけは見物人にまじって、恍惚《こうこつ》とこの情景に見入った。おりんが鬼麿の袖《そで》をひいた。

「帰ろうよ。なんだか胸が騒ぐんだよ」

「悋気《りんき》だろ。お前がいるのに、まさか女郎を買やあしないよ」

分ったもんじゃない、とおりんは思った。この人はその気になったら、女房を連れてでも女郎屋へあがりかねない。それに十三年前の清麿と同じように、此《こ》の人の懐《ふところ》には三十両近い金が入っている。三国や滝谷の曲輪で、遊女の揚代は、小女郎でさえ金一分《ぶ》である。吉原だとこの当時の最高級の『呼出し』が所謂《いわゆる》昼三だった。昼だけで金三分の意である。このあたりはその三分の一の値段だったわけだ。ちなみにこの頃《ころ》吉原に『大夫《たゆう》』はいない。金一両二分と金高だけは書き出されていても、実物がいないのである。『大夫』どころか、それに続く『格子《こうし》』の位もない。昔風にいえば『散《さん》茶《ちゃ》』以下の女郎ばかりだった。

豊田屋に一歩踏みこんだ瞬間に、鬼麿は異変を察知した。気づかずに草履《ぞうり》を脱ぎかけたおりんを手で制した。

抱え女が二人、小女が一人いる筈のこの店が、寂《せき》としてしずまり返っている。その上、いつも開いている筈の帳場の襖《ふすま》が、ぴったりと鎖《とざ》されていた。

「只今戻《ただいまもど》りました」

鬼麿はわざと明るい声を襖の向うへ放った。同時に襖が明いた。

五人の伊賀同心がそこにいた。後ろ手に縛り上げたお吟の咽喉《のど》もとに刀をつきつけているのが首領格らしい。お吟は今までこの男に嬲《なぶ》られていたらしく、髷《まげ》の根ががっくり崩れ、着物の前が乱れていた。首領格の名が藤村格兵衛《ふじむらかくべえ》であることを、おりんは知っている。顔から血が引いていった。藤村格兵衛は伊賀同心のはずれ者である。腕は立つが性無頼《ぶらい》で、何をするか分らない、ごろつきのような男である。そういえば、他の四人も似たような行状の男ばかりで、伊賀の恥さらしと評判の連中だった。父がどうしてこんな無法者ばかりを選んで、討手《うって》としてさし向けたのか、おりんの理解を超えた。

「その馬鹿長い刀を棄《す》てな、でかいの」

格兵衛は口のきき方まで無頼だった。それが粋《いき》だと思いこんでいる馬鹿《ばか》なのである。

「さもねえと、この女が死ぬぜ。いい味なのに勿体《もったい》ねえ話さ」

舌なめずりせんばかりの口調だった。

「殺しゃいいだろう、やりたいんならな」

鬼麿の声は冷たかった。おまけにそのままくるりと背を向けて出てゆこうとする。当然白刃に阻《はば》まれた。表に二人いたのである。

「冷たいことを云うじゃないか。こいつはお前の師匠の女だぜ」

格兵衛の声には、鬼麿にお吟を見棄てられるわけがないという確信があった。

鬼麿が嗤《わら》った。

「俺《おれ》とは関《かか》わりのない女さ」

いうなり抜き討った。戸口に立ちはだかっていた二人の伊賀同心が、絶叫と共に消しとんで崩れた。赤黒い血がみるみるまに土間にしみた。

「たけ。役人にしらせろ。豊田屋に押込みが入ったってな」

「待て！」

格兵衛が肝を潰《つぶ》したように叫んだ。

「貴様！　本気でこの女を見殺しに……」

「たけ、何をしてるんだ」

その時、鬼麿にとっては意想外のことが起った。格兵衛がおりんに喚《わめ》いたのである。

「おりん殿！　その餓鬼を斬って下さい！」

鬼麿も、とびだしかけていたたけ《ヽヽ》も、啞然《あぜん》としておりんを見つめた。

「早く！」

格兵衛がせっつく。四人の伊賀同心が慌てて抜刀した。顔が蒼《あお》い。鬼麿の意外な抜刀術の見事さに仰天していた。

おりんがきっぱり云った。

「やだね」

おりんは居直っていた。またそうするしか方《ほう》がなかった。到頭自分の素姓がばれてしまった。鬼麿にとっては敵である、伊賀同心頭領の娘と知られてしまった。このままでは鬼麿に棄てられるのは確実だった。そうはさせない。棄てられるくらいなら、鬼麿に斬られて死にたかった。

「あたしゃ今じゃこの男の女房《にょうぼう》さ。この子はあたしの子だよ。たけ。早くお行き」

たけ《ヽヽ》がにこっと笑った。やっぱり姉ちゃんは姉ちゃんだった。安心して、鉄砲玉のようにとび出していった。

「女房だと！　伊賀同心頭領の娘が、よりによって、こんな化け物と……」

「大きにお世話だよッ」

鬼麿が感心したように鼻を鳴らした。

「ふーん。頭領の娘ねえ」

「今更棄てようたって、そうはさせないよッ！」

おりんが叫んだ。なり振り構っている余裕がなかった。

「手籠《てご》めにしたのは、お前さんなんだからねッ！」

「そりゃあそうだが……」

鬼麿はきなくさい顔になって、鼻をひっかいた。弱味をつかれた時の癖である。

まるで痴話《ちわ》喧嘩《げんか》である。格兵衛はかっとなった。

「やれ！」

四人の伊賀同心が、どっと動きかけた。

鬼麿の大太刀がすいと上って、その動きを封じた。格兵衛の誤算である。狭い座敷で待伏せたのが間違いだった。こんな場所で五人もの男が働けるわけがない。

「役人が来るまで其処《そこ》にいな」

伊賀同心たちは恐慌《きょうこう》を来たした。こんな土地で役人につかまるわけにはゆかない。

「火をかけろ！」

格兵衛が無頼の本性をむき出しにした。

「こんな曲輪ぐらい、ひとなめだ」

おりんはぎょっとした。確かに火が出たらこの狭い曲輪は忽《たちま》ち全焼するだろう。多くの人死《ひとじに》が出る。格兵衛たちは騒ぎにまぎれて逃げられるだろう。だが鬼麿はせせら笑った。

「手伝ってやるよ」

無造作に大太刀を一振りした。行燈《あんどん》が二つに斬られ、油が流れ、火が走った。

「焼け死ぬなぁお前さんたちだぜ」

伊賀同心の一人が、慌てて羽織を火にかけて踏み消しにかかった。鬼麿のいう通りだ。戸口に鬼麿が頑張《がんば》っている限り、まっ先に焼け死ぬのは自分たちである。

更に一人が、絶叫と共に大太刀をかいくぐっておりんに突進した。おりんの手が背に負った脇差《わきざし》に伸び、抜き討ちの片手斬りが走った。男は辛《かろ》うじてのけぞって避けたが、顔面を大きく切り裂かれた。血が飛んだ。

「本気で頭領を裏切る気か、おりん殿！」

格兵衛が喚いた。

「女にゃ親兄弟はないんだよッ。亭主《ていしゅ》だけさ」

おりんが応《こた》えた。お吟がにっこり笑った。

「そうですよ。親は娘を売るだけだけど、亭主は一時でも愉《たの》しませてくれますからね」

さすがの格兵衛が言葉を失った。その時、たけ、、がとびこんで来た。

「しらせたよ。お役人がすぐ来る。みんなもう知ってるよ」

伊賀同心たちは色を失った。とんでもない事態に立ち至ってしまった。いかに無法者揃《ぞろ》いとはいえ、伊賀同心の立場は弁《わきま》えている。他藩の領内でこれだけの事を起しては、間違っても伊賀の名を口に出すわけにはゆかない。黙って死ぬしかないのである。それぞれが、必死の形相《ぎょうそう》になった。

「表へ出ようかね。押込みとしてつかまる前に俺と結着がつけたいだろう」

鬼麿が彼等の心を読んだように云《い》った。伊賀同心たちにとっては、唯一《ゆいいつ》の救いの道である。役人が来る前に、鬼麿を斬り、おりんを斬り、更にお吟まで斬って、橋一つ渡れば、丸岡藩と仲の悪い福井藩である。そうすれば、自分たちは救われる。何も彼《か》も鬼麿の仕業《しわざ》だと強弁すればいいのである。その場合は伊賀同心の肩書が役に立つ筈《はず》だった。

「よかろう。出ろ！」

格兵衛はお吟をひきたてながら云った。最悪の場合、人質に使うつもりでいる。そんな悪智恵《わるぢえ》だけは廻《まわ》る男なのである。

豊田屋の表には、群集が群れ集っていた。こわいもの見たさは、今も昔も変りはない。鬼麿たちが出てゆくと、どっと後に下った。役人たちの姿はまだ見えない。四人の伊賀同心が、さっと鬼麿を囲んだ。格兵衛ひとりが、お吟の肩を抱いて囲みの外にいる。右手に垂らした刀が、いつでもお吟を刺せる態勢だった。おりんとたけは群集と一緒にいる。鬼麿の腕を信じているからである。

鬼麿は、いつもの様剣術《ためし》の構えをとっている。足を真横に開き、腹をつき出すようにして、大きく大太刀を振りかぶっている。大太刀の切尖《きっさき》が尻《しり》に触れるほどである。切り柄《づか》を握った双の拳《こぶし》はぴったりくっついている。どう見ても不格好としか云いようがなかった。

群集の中にはくすくす笑う者もいた。

だが伊賀同心たちは笑わない。刃長三尺二寸五分、切り柄の長さ一尺五寸、それに異常に長い腕の分を足すと、ほぼ八尺を半径にした円陣の中に、凄《すさ》まじい殺気が充満していることに気づいていたからだった。それだけ彼等の腕も立つということである。

どこかで三味線が鳴っている。小太鼓の音もきこえ、どっとはやす声が上る。茶屋の人々は、表の通りで生命《いのち》のやりとりが行われていることなど知ってはいない。太平楽なものである。

雪が激しくなって来た。煌々《こうこう》たる明りの中で、雪片が美しく舞っている。華麗な姿の小女郎が、道中の足をとめて、この斬り合いを見守っている。

なんとも華やかだった。こんな派手な情景の中での斬り合いを、鬼麿は見たことも聞いたこともない。なんとなく、いい気分だった。

鬼麿はゆったりと待った。気だけは張りつめている。そのはりつめた気が、四人の伊賀同心たちの気を次第に切迫したところまで追いつめていっている。

限界が来た。四人はこのままでは失神するしかないことを、軀《からだ》で知った。一斉《いっせい》に動いた。四人、まったく同時の斬撃である。下手をすれば味方を斬りかねない、捨て身の斬法である。

鬼麿の軀がゆったりと舞った。舞いを舞うような、一見緩慢とも見える動きで、先《ま》ず左を斬り、右を斬り、背後を斬り、最後に正面を斬った。四方斬りの秘術である。四人の伊賀同心が、ほとんど同時に崩れてゆく様を、藤村格兵衛は信じられぬもののように見た。足を横一文字に開いた姿勢から、どうしてあれほど早く動けるのか、どう考えても分らなかった。

格兵衛は刀を上げ、お吟の胸に擬した。

「俺《おれ》を通せ。さもないと女を刺す」

「関わりないと云った筈だぜ」

鬼麿が間合をつめながら云った。

「今度は違う。これだけの人間が見ている中で、あんた、この女を見殺しに出来るかい」

鬼麿は黙った。格兵衛の云う通りだった。それに初めから、鬼麿にはお吟を見棄てるつもりはない。鬼麿は大太刀を鞘《さや》におさめ、一歩横へ寄った。

格兵衛はお吟の首を抱くようにして、刀の切尖を胸にあてながら、ゆっくり歩きだした。刀を握った右手の肱《ひじ》が高くあがっている。鬼麿はそこをじっと見ていた。

格兵衛はそのままの姿勢で、鬼麿の前を通り過ぎた。一瞬、格兵衛とお吟の背が、鬼麿の眼前にあった。

鬼麿の軀が沈んだ。巨大な軀を折り曲げ、毬《まり》のように丸めると、格兵衛の高くあげた右肱の下を、まるで潜《もぐ》るようにしてくぐり抜けた。くぐり抜けると同時に反転し、抜きつけの大太刀が格兵衛の刀を斬《き》り、右肩から左脇腹へかけて、袈裟《けさ》に斬り下げていた。

一瞬、降りしきる雪が紅に染まった。

「ためしわざ、潜《もぐ》り袈裟」

鬼麿がおりんに云った。

七番勝負　摺《すり》付《つ》け

一

「今度はどこへ連れてゆく気だい」

鬼麿《おにまろ》がちょっぴり意地悪そうな云《い》い方をした。

滝谷町《たきだにまち》・豊田屋の奥座敷である。鬼麿は坐位《ざい》でおりんを責めていた。わざとゆっくりとおりんの軀《からだ》を上下させ、しかも浅く貫いただけで、おりんがどんなに焦《じ》れて踠《もが》いても、奥底まで達しようとしない。

これは鬼麿流の罰である。

おりんが伊賀《いが》同心頭領の娘であることを秘し、十三年前に鬼麿の師匠山浦環《やまうらたまき》源《みなもとの》清麿《きよまろ》を討つべく後を追った刺客《しかく》の書き遺《のこ》した覚書を持っていることを隠していた、そのことへの罰だった。

その覚書があるからこそ、おりんは清麿の足跡をこと細かに知っていたのだ。鬼麿が加賀藩領で五箇山《ごかやま》越えの道を金沢まで辿《たど》ったのも、この福井藩領三国湊《みくにみなと》に隣接する丸岡《まるおか》藩滝谷町の曲輪《くるわ》までやって来れたのも、すべてそのお蔭《かげ》なのだが、それはそれとして、隠しごとをした罰は下しておく必要があった。

もっとも、鬼麿はそんなことを別に気にかけてはいない。身分が分ったら棄《す》てられる、とおりんが思い込んでいたのは杞憂《きゆう》にすぎない。鬼麿には女の身分などどうでもよかったし、敵だろうと味方だろうと関係ない。軀と気性がよければ、それでいいのである。おりんの軀は素晴らしかった。この頃《ころ》にしては遅い開花だが、鬼麿の手の下で急速に熟して来ている。匂《にお》うように美しく、柔軟そのものの軀だった。

気性はどちらかといえば男っぽい。女特有のめそめそしたところ、じめついたところが全くない。さっくりしていて、感心するほど決断が早かった。妙に軀をくねらせるいやらしさはなく、凜《りん》としてむしろ少年に似ていた。鬼麿の最も好きな女の型といえた。何よりも男と同じ扱いをしていいのが気に入っている。妙に気を廻《まわ》すところもなく、率直なところがいい。考え方も男に近いから、相談もかけ易《やす》かった。要するに鬼麿はおりんが気に入っている。手放す気など全くない。

正体が割れた当初、棄てられるのではないかと怖《おそ》れたおりんも、五日たった今夜はすっかり安心していた。鬼麿にその気配もなく、一晩も欠かさず、優しく抱いてくれたからだ。五日間もこの滝谷町から動けなかったのは、お上《かみ》のお調べのためである。押込み強盗とはいえ、七人もの人間を斬殺《ざんさつ》しているのだから、これは当然だった。そのだらだらしたお調べも今日でやっと終った。明日の朝には旅立つことになる。だから鬼麿は、行先を訊《たず》ねているのだった。

「いやっ！　もっともっと……」

おりんは鬼麿の言葉なぞ聞いていないように喘《あえ》いだ。

「だから何処《どこ》なんだよ」

鬼麿が僅《わず》かに深く貫きながら催促した。

「いわないとやめるぞ」

「だめっ！　ああっ！　だめっ！」

鬼麿が本当に引き抜きかけたのである。

「小浜《おばま》よっ！　小浜で船から放《ほう》り出されたのよっ！」

「小浜？」

鬼麿が訊《き》き返した。

「ちょっと近すぎやしないか」

小浜は京極家が松江に転封となった後は、当時（寛永十一年）老中だった酒井忠勝《さかいただかつ》が封ぜられ、若狭《わかさ》一円と敦賀《つるが》・近江《おうみ》高島二郡の十一万三千五百石を領した、その城下町である。福井藩に隣接している。

清麿は伊賀同心と大碇五郎蔵《おおいかりごろぞう》の代貸虎松《だいがしとらまつ》に欺《あざむ》かれ、小舟の上で襲われた時、伊賀同心の一人を斬《き》ると同時に、舟の転覆で海に放り出された。そのまま五郎蔵もろ共、消息を絶っている。

当時生き残った六人の伊賀同心たちの間で死亡説と生存説の争いが起きた。清麿の生地は信州小諸《こもろ》である。当然水練には暗い筈《はず》であり、その上、二十両近い金と刀が重しになっては溺死《できし》するしかない、という死亡説。清麿に斬られた伊賀同心の死体が、即日、九頭龍《くずりゅう》川の川口に流れ着いたのに、同じ場所で沈んだ清麿と五郎蔵の屍体《したい》がみつからないのは、漂流の揚句、通行中の船に救助されたことを示すとする生存説。死亡説を説く者は、屍体が時に東尋坊に漂着することがあると聞いて調べに出かけたが、無駄足《むだあし》に終った。

生存説の者は、闘いのあった時刻に沖を走っていた船の有無を、役人から船頭、漁師にまで聞き歩き、遂《つい》に一隻《せき》の五百石船を割り出した。この地方で云う弁財船《べざいぶね》である。ちなみに北前船《きたまえぶね》という名称は上方《かみがた》・蝦夷《えぞ》・薩摩《さつま》のものであり、北陸地方ではベザイ又はバイセンと呼んだと云う。この弁財船が三国湊に寄港しなかったのは、敦賀或《あるい》は小浜に寄るためであろう、と聞きだした生存説組は、先《ま》ず敦賀に、次いで小浜に探索の手を伸ばした。残念ながら遅すぎた。問題の五百石船は小浜にたった一日寄港しただけで、すぐ立ってしまったのである。伊賀同心が到着する二日前のことだ。その出発の慌《あわただ》しさから見て、隠れ商いの船、つまり密輸船ではなかったかと疑われていた。同心たちはさすがに頭領から選ばれた男たちだけのことはあった。絶望することを知らず、馬関《ばかん》（下関）までも追ってゆく気だった。

その気迫が天に通じたのかもしれない。死亡説の者たちの到着を待って、小浜に一泊している間に、五百石船が小浜港に戻《もど》って来た。大時化《おおしけ》にあって帆柱を折られ、積荷を失い、遭難寸前の姿で引き返して来たのである。伊賀同心たちは船の若衆《わかいしゅ》の一人から、清麿に関する情報を得た。

清麿は矢張り生きていた。波に漂っているところをこの弁財船に救助されたのである。清麿はほとんど溺《おぼ》れかかっていたくせに、大男の屍体を抱き、断乎《だんこ》として放さなかったと云う。五郎蔵に違いなかった。船乗りは例外なく溺死人を船に乗せることを嫌《きら》う。助けに飛びこんだ若衆は、懸命に五郎蔵の屍体をつき放そうとしたが、なんとしても清麿が放さないので、やむなく屍体もろとも綱をかけて引揚げさせたと云う。船に上ってからも、清麿は五郎蔵を放さず、力ずくでとり上げようとすると、奇蹟《きせき》的に五郎蔵の帯に絡《から》んで残っていた大脇差を引き抜いて威嚇《いかく》したらしい。最後に船頭が長いことかかって、それが船の慣わしであることを説得し、読経《どきよう》と共にようやく菰《こも》で巻いた屍体を海に葬《ほうむ》ることを許された。大脇差は五郎蔵が海の底まで抱いていったと云う。

船の連中はこの一件で清麿を恐れた。疫病神《やくびょうがみ》じゃないかと云い出す者も出て来て、小浜で船をおろすことに衆議一決した。この処置に対しては、清麿は何の反抗も示さなかったらしい。船頭から貰《もら》った一分《ぶ》銀だけを持って、よれよれになった着衣のまま、艀《はしけ》に乗って港へ上った。勿論《もちろん》、夜になってからだ。体力を限界まで消耗しつくしたのか、蹌踉《そうろう》たる足どりで町の方角に消えていったと云う。

一分の金があれば四日の旅が可能である。行先は京しか考えられなかった。木の葉を隠すなら森に隠せというが、人間が隠れるなら大きな町に限る。それに当時の人間で、ここまで来て、京を一目見たいと思わない者はいない。小浜から京までは、普通の人間でも二日の行程である。いわゆる九里半峠（水坂峠）を越え、石田川に沿った道をまっすぐ下って琵琶湖《びわこ》畔《はん》の今津に出、そこから船で大津。大津で一泊して次の日、京へ出る。或は九里半峠を越え保坂から朽木谷への一名『鯖《さば》街道』と呼ばれる近道もある。若狭で朝、海からあがった鯖は塩でしめられ、まる一日がかりで京の朝市へ送られる。そのためにこの名があった。行程約二十里。左手に比良《ひら》山地を眺《なが》めながら安曇《あど》川をさかのぼり、花折峠を越えて大原から京に入る楽な道である。

だが問題が一つあった。九里半峠を越えたところにある山中の関所である。異様な風態《ふうてい》をした清麿がこの関所を、咎《とが》められずに通ることは不可能である。道中手形も持っていない筈だった。その上、九里半峠の手前の熊川は、三万俵の米を貯蔵出来るほどの土蔵があり、若狭の物産の集散地だったので、小浜藩はここに奉行を送りこみ、番所を置いて通行人を厳しく取り締っている。ここでも清麿が咎められるのは必定だった。

となると清麿のとるべき道は一本しかない。深谷・深野の集落を経て堀越峠を越え、左手一帯の原生林を見ながら深見峠を越え周山に出、北山杉の整然と立ち並ぶ周山街道を御室《おむろ》まで行く道である。

伊賀同心はそれと見定めて周山街道を走った。半ば絶望していた。清麿が船を降りてから四日の日数がたっている。どんなに疲労困憊《こんぱい》した軀でも、もう京へ着いている筈である。伊賀同心たちの頼りは、清麿の所持金の少なさだけだった。京へ辿りついても、清麿は忽《たちま》ち金に困る筈だった。そうなればまた刀を鍛《う》つしかない。京の刀屋と鍛冶屋《かじや》は数え切れない程だろうが、六人で手分けして、一つ一つ当ってゆくつもりだった。六人の内の一人をさいて、周山街道の起点である双ヶ岡《ならびがおか》の西麓《せいろく》近くに見張りとして残したのは、あくまでも念のためである。だがその処置が伊賀同心たちを救った。

ほぼ半月後、刀鍛冶と刀屋の空《むな》しい探索に彼等《かれら》が絶望の色を濃くしていた時、街道をのんびり京に入って来る清麿をこの見張人が発見したのだ。清麿は、伊賀同心たちの焦燥をよそに、どこかで静養していたらしく、顔色も健康そうに輝き、衣服も小ざっぱりしたものに変っていたと云う……。

「小浜だ。お師匠は小浜で静養しながら、刀を鍛ったに違いねえ」

鬼麿はおりんの長い話が終るとそう叫んだ。話の間じゅう鬼麿は緩慢におりんを責め続けている。おりんは気が狂いそうになっていた。

「明日ここを出て小浜にゆくぞ」

云いながら鬼麿はうって変った荒々しさでおりんを突き上げだした。おりんはあっという間に昇天し、以後朝まで繰り返し昇天し続けた。

二

雲浜《うんぴん》城は小浜湾に臨み、南川と北川の二つの川を濠《ほり》に利用した水城である。この城の天守閣建造のため酒井忠勝は重税を課し、領内二百五十二ヶ村の一揆《いっき》を引き起したと云う、いわくつきの城だった。

城下町はこの城と武家屋敷を含む雲浜地区を中心に、南に小浜町、北に西津郷がある。西津郷が漁業地区なのに対して小浜町は商業地区であり、清麿が二振りの刀を十日かけて鍛えた鍛冶屋もこの町にあった。

小浜城下の人口は約一万四千、うち武士が四千人で町方が一万人である。当時としては盛《さか》った町だ。清麿は伊賀同心が自分を溺死《できし》したものと思いこんでいることに賭《か》けた。それに溺れかけたために、軀《からだ》の調子を崩してもいた。だからゆっくり軀を休めながら刀を鍛《う》った。

大刀と脇差の揃《そろ》いで、鍛刀代は三両。勿論、材料費と向《むこ》う槌《づち》の手間は刀屋がもった。そして十二両で、当時の町奉行水原太郎左衛門に売った。

鬼麿が水原太郎左衛門の役宅を訪れたのは、この地方特有の曇り日だった。海は荒れ、咆哮《ほうこう》する潮騒《しおさい》の音が町じゅうに鳴り響いていた。人の気持を異様に騒がせる音だった。鬼麿には厭《いや》な予感があった。おりんとたけを小浜町の宿に残し、一人で雲浜町に出掛けて来たのだが、途中で何度も足をとめている。

〈行かない方がいい〉

何かがそう鬼麿に告げていた。

鬼麿は己れの予感を信じる方である。だがこの場合は、逆《さから》うしかなかった。どんなにまずいことが起っても、師匠の数打ちの刀を見のがしておくことは出来ない。それでは何のために旅をしているか分らなくなってしまう。

鬼麿は道端に腰をおろして、背中に背負った大太刀《おおだち》を抜いた。丹念に寝刃《ねたば》をあわせた。これは刀の刃を三十度から四十度ほどの角度で研《と》ぎあげるもので、刃こぼれを防ぎ、硬い物体に対して抵抗度を強くさせ、刃味をよくするための作業である。いわば戦闘準備だが、このお蔭《かげ》でようやく鬼麿の気が落着いた。何かがすとんと腹の底に落ちていったようだった。だから水原太郎左衛門の役宅の門前に立った時、鬼麿はあらゆるもめごとに対する心の用意が出来ていたといえる。

鬼麿の予感に反して、水原太郎左衛門はよく心胆の練れた感じの、穏やかな人物だった。齢《とし》の頃は五十代の半ば。現在は藩目付の要職にある。鬼麿の願いを素直に聞いて、地味な拵《こしら》えの大小を見せてくれた。矢張り数打ちの粗悪な鍛刀だったが、これは今までの中で一番出来が悪い。打った槌の痕《あと》に疲労が滲《にじ》んでいた。

〈お師匠は病んでいた〉

鬼麿にはそれがひしひしと感じられた。だから、いつものように贋物《にせもの》だとは云わず、

「この刀は病んでいます」

と云った。刀工が病んでいれば、刀もまた病むのである。病んだ刀が、激しい実戦で威力を発揮出来るわけがない。死んだ師匠の名誉のためにも残しておきたくない作刀である。今、この場で、打ち折りたいので、昔の代価十二両でお譲り願えないでしょうか。

太郎左衛門は奇妙な生き物を見るように、暫《しばら》く鬼麿を見つめていたが、やがて声をあげて笑った。

「病んだ刀を鍛《う》ったことが恥になるのか」

「そうです。持っているお人を守れない結果になりますから。刀鍛冶にとってはそれが一番の恥です」

「面白《おもしろ》い考え方だ」

もう一度笑った。機嫌《きげん》のいい笑い方だった。

「だが儂《わし》の方も、見ず知らずのお主《ぬし》の言葉一つで、佩刀《はいとう》をむざと折らせるわけにはゆかぬ。藩にも目利《めき》きが居る。その者に相談の上、返事をしよう。明朝、今一度訪ねて参れ」

道理にかなった云い分である。鬼麿は引き下らざるをえなかった。

翌朝は宿を引き払い、おりんとたけをつれて太郎左衛門の役宅へ向った。小浜藩の武家目利きがどんな鑑定をしようと、鬼麿はこの両刀を折らねばならない。好人物らしい太郎左衛門にはすまないが、これだけは強行する必要がある。そうなったらすぐに小浜領から脱出せねばならない。だからおりんとたけを連れていった。脱出路はきまっていた。十三年前、清麿が辿《たど》ったのと同じ周山街道である。この街道は堀越峠を越えれば小浜藩の領外に出たことになる。

屋敷の前に立った瞬間、鬼麿は異変を察知した。同時に黒羽織の武士が三人、すいと出て来て鬼麿の一行を囲んだ。

「鬼麿というのはお主か」

黒羽織の一人がいった。こいつは出来るな、と鬼麿は踏んだ。他の二人もかなり遣《つか》いそうだった。

「そうです。水原さまにお目にかかるお約束が……」

「分っている。この者たちは連れか」

おりんとたけを見ている。特におりんが背負っている脇差《わきざし》を慎重に見ているのに鬼麿は気づいた。

「そうです」

「では一緒に来い。水原さまが待っていられる」

玄関ではなく、中庭の方へ案内してゆく。

薬湯を煎《せん》じる臭《にお》いがした。

「何かあったんですか」

中庭に更に五人の黒羽織がいた。いずれも嶮《けわ》しい顔をしていた。

「水原さまがお話になる」

黒羽織が鬼麿たちを縁の方へ導いた。そこまでゆくと、座敷にいる太郎左衛門が見えた。左肩から腕にかけて、部厚い包帯を巻かれ、床の上に坐《すわ》っていた。

「水原さま！」

予想外のことに驚いて鬼麿が叫んだ。

「盗賊にやられたよ」

太郎左衛門が案外明るい声で云《い》った。

「気にしなくていい。包帯は大袈裟《おおげさ》だが、浅手《あさで》だ。それよりお主《ぬし》の云った通りだった。あの刀は病んでいたよ。肝心の時に折れたからな」

鬼麿は息を吞《の》んだ。一番考えたくない事件が起きたことになる。師匠の刀のせいで持主が傷つくなんて最悪の事態だった。清磨が生きていたら、腹を切ったかもしれないほどのことだ。

その時、太郎左衛門は、鬼麿が更に息を呑むようなことを云った。

「しかも賊の奴《やつ》、脇差の方を奪ってゆきおった」

太郎左衛門は剣の遣い手ではないが、職掌柄《がら》、油断はなかった。賊が部屋に入った時、すぐ目覚めた。枕元《まくらもと》の大刀をとるなり抜きつけに斬ったのだが、相手の斬撃《ざんげき》の方が早かった。辛《かろ》うじて受けたと思った瞬間、大刀は折れ、左肩先と腕を斬られた。太郎左衛門が大声をあげて家人を呼ぶと、賊は刀掛けの脇差を摑《つか》むなり消えた、と云う。

「初めはお主ではなかったかと思ったが、軀《からだ》の大きさが違った。それにあれがお主なら、今朝現れるわけがない」

明快な論理だった。黒羽織が云った。

「でも水原さま。この女は脇差を背負っていますが……」

「儂の傷は肩だ。眼《め》ではない。その脇差は儂のとは拵《こしら》えがちがう」

おりんはすぐ脇差を肩からはずして、縁に置いた。

「中もお改め下さいまし」

座敷にいた黒羽織が、脇差を太郎左衛門のもとに運んだ。

「では念のために」

太郎左衛門はすまなそうにおりんに云い、脇差を抜いた。暫《しばら》くみつめていたが、ゆっくりと鞘《さや》に戻《もど》した。

「眼福《がんぷく》をした。成程、これが病んでいない清麿か。たいしたものだ」

黒羽織が脇差をおりんに返した。

「賊は何人でしたか？」

鬼麿が訊《き》いた。

「部屋に入って来たのは二人だ」

「装束は？」

「大仰なことに揃《そろ》って黒装束だったな。心当りがあるのか」

「残念ですが……」

鬼麿は嘘《うそ》を云った。

「万一見つけた時は、あの脇差、打ち折っても構いませんか」

太郎左衛門はいいともと云い、くたびれたのか横になった。ひょっとすると、自分で云うより深手だったのかもしれない。

屋敷を出ると鬼麿は黙って周山街道への道を進みだした。歩きながらおりんに云った。

「お前のおとっつぁんは頭がいいな」

「ごめんなさい」

二人とも、太郎左衛門を襲ったのが伊賀同心なのを知っていた。

二人ともまんまと欺《だま》されたのである。滝谷町でお吟《ぎん》を襲った伊賀同心たちは囮《おとり》だった。あの動きは陽動作戦だった。おりんがもう少し深く考えていれば気づいた筈である。父があんな無頼ばかりを選んで今度の旅に出したのは、単なるめくらましのためである。本命の伊賀同心たちは、どこかで一部始終をじっくり観察していたに違いない。ひょっとすると藤村格兵衛が鬼麿に斬《き》り殺される光景も、群集にまじって見ていたかもしれない。彼等は鬼麿の腕を、おりんの裏切りを知ったのである。

格兵衛をむざむざ殺されるに委《まか》せたのは、鬼麿に自分たちの存在を知られたくなかったからだ。格兵衛たちを見棄《みす》てることによって、鬼麿とおりんを安心させた。以後恐らく密着して鬼麿たちの動きを仔細《しさい》に見ていたに違いない。だから水原太郎左衛門が清麿の数打ち物を所持していることを知り、役宅に押しこんだのだろう。そして所期の目的通り、まんまと数打ちの脇差を一振り、手に入れたのである。

「おとっつぁんに返して貰《もら》うしかないようだな」

鬼麿が暗い声でいった。これは江戸の伊賀頭領屋敷を襲ってでも、清麿の脇差をとり返すという決意の表明だった。頭領が素直に返すわけがないのだから、これは凄絶《せいぜつ》な闘いになるだろう。鬼麿がいかに非凡な剣の遣い手だとしても、伊賀同心の本拠地に乗り込んで生還を期すことは出来ない。だが同時に、伊賀屋敷に斬り込みをかけられては、伊賀同心の存続もまた危《あやう》い。公儀に聞えれば——また鬼麿は必ず聞えるように手配する筈《はず》だった——当然お膝元《ひざもと》を無用に騒がせた責任が問われ、頭領の切腹は免《まぬか》れず、下手をすれば伊賀同心は悉《ことごと》く職を解かれることになりかねない。喧嘩《けんか》両成敗は鎌倉以来の武士の掟《おきて》である。伊賀同心組がなんらかの形で罰をくうことは目に見えていた。

おりんは蒼然《そうぜん》となった。鬼麿が本気で考えているのをおりんは知っている。常人にとって、まさかと思えることが、鬼麿にとっては当然のことになる。しなければならないことなら必ずする。そういう単純明瞭《めいりよう》な行動の図式だけで動く男なのである。その困難さも、派生する様々な重要な事件も、一切この男の頭にはない。ことが成らなければ己れが死ぬだけのことであり、それはそれで結構だ、としか思っていない。この男にとって、死は日常の友なのである。

組織にとってこんな厄介《やつかい》で恐ろしい男はいない。こんな規格外の男一人のために、組織が滅茶々々《めちゃめちゃ》にされては割が合わなすぎる。

おりんは伊賀同心組の危機を、瞬時に読みとった。なんとしてでも、清麿の脇差《わきざし》を、江戸へ送られる前にとり戻さなくてはならない。伊賀同心組の存続がそれに賭《か》けられている。だが、脇差をとり戻すあては全くなかった。伊賀者たちが水原家へ忍びこんだのは、寅《とら》の下刻（午前五時）だという。今から二刻《ふたとき》（四時間）も前である。いかに鬼麿が駿足《しゅんそく》とはいえ、もはや絶望である。今から街道を走って追いつけるわけがなかった。京へ入ってしまえば、人間の坩堝《るつぼ》の中で、なんの当てもなく伊賀者たちを見つけることは不可能だ。その間に脇差は飛脚の手で江戸へ送られるだろう……。

そこまで考えて来て、おりんは、はっと足をとめた。

「どうした？」

鬼麿が訊く。だが足はとめない。おりんは慌《あわ》てて後を追って囁《ささや》いた。

「お師匠の鍛《う》ったのは、あの脇差で終りじゃないわ」

「分ってる。俺《おれ》もそいつを考えてたとこだ」

おりんの云う通りだった。

十三年前、鬼麿は出雲《いずも》往来で清麿に初めて逢《あ》った。その時、清麿はなんと五十両近い大金を懐《ふところ》ろにしていたのを、鬼麿は見ている。小浜で得た金はたった三両。開きがありすぎた。この小浜から出雲往来までのどこかで、師匠はその金を手にした筈だった。数打ちの刀で稼《かせ》ぐにしては大金に過ぎたが、全く刀を鍛《う》たなかったとはいえないのである。

問題はその点を伊賀同心たちも知っている筈だということだ。第一彼等《かれら》の目的には、脇差一振りでは足りない。何振りかの数打ち物を集めて、これが四谷正宗の作刀だ、と天下にしらせ、その声価を下落させることが伊賀頭領の目的なのだ。だとすれば、彼等は鬼麿から離れるわけにはゆかない。鬼麿に新たに清麿の作刀をみつけ出させ、今度のように奪いとるのが、うまい手なのである。だから彼等は、今もって鬼麿を監視し、追尾している筈だった。水原太郎左衛門から奪った脇差を所持しているとは思えなかったが、脇差をもって先行した者と京で落ち合う場所は知っている筈である。

「待伏せだ」

鬼麿は囁《ささや》くように云った。どこに伊賀者がいるか知れなかった。遠聴などという術があることも知っている。

「堀越峠か、その手前だな」

と鬼麿が云ったのは、捕えた伊賀者を小浜藩に引き渡すつもりだったからだ。今度ばかりは斬るわけにはゆかなかった。死人は口を利《き》かないのである。

三

渺々《びようびよう》の奥山という言葉がある。渺々とは広く果てしないという意味だ。昔、渺々の奥山は何人《なんびと》の所領でもなかった。強《し》いていえば天皇の土地だが、何人に管理されることもなく、世上の如何《いか》なる権威も侵すことの出来ない、本質的に自由の土地だった。

周山街道は正《まさ》しくこの渺々の奥山を貫く、かそかな道だといっていい。若狭和紙の里といわれる深谷・深野の里をすぎると、ほとんど集落の見られぬ山また山の細道である。

鬼麿の足に生気が漲《みなぎ》っている。たけの足もそうだ。二人は故里《ふるさと》に帰って来たような気分なのだ。通い慣れた裏山でも歩いているようなつもりでいる。鬼麿にとっては事実この道は少年の頃《ころ》、散々歩き廻《まわ》った道だった。たけは違う。このあたりは生れて初めてだ。そのくせ鬼麿同様、喜々として走るような早さで歩いているのは、山人《やまびと》の子だからとしか云いようがなかった。いつものことながら、山道に入ると最も頼りないのが、おりんの足だった。息をはずませ、たけについてゆくのがやっと、という有様である。

雪が深い。山はほとんど白一色で耀《かがや》くようである。だがおりんはあたりの景色に目をやる余裕さえ失っていた。

「此処《ここ》かな」

鬼麿が足をとめたのは、堀越峠のとっかかりのあたりだった。

おりんはほうっと息をついて、初めて周囲に目をやった。美しかった。清浄の地という感じがあった。森が道のすぐきわまで迫っていて、確かに待伏せには絶好の場所である。追って来る伊賀同心のことをおりんは想像した。全員、おりんと同じように、鬼麿たちの駿足《しゅんそく》に仰天し、息を喘《あえ》がせ、あたりの景色を見る暇もなく走っているに違いなかった。

鬼麿は斜面になった林の中へぐんぐん踏み入ってゆく。たけいが足をとめた。

「おいら、この辺にいるよ」

「なんでだ？」

鬼麿が怪訝《けげん》そうに訊く。たけいがにたりと笑った。

「邪魔だろ」

「馬鹿《ばか》」

鬼麿は一突きでたけいを吹きだまりに突き落して、更に上っていった。木の間隠れに街道を見おろせる地点にゆくと、あぐらをかいて坐りこみ、おりんを膝《ひざ》の上に乗せた。

手がすぐに裾《すそ》を割って来る。おりんは今更ながら呆《あき》れ返った。
「そんな暇はないよ。すぐ追いついて来るから」
「四半刻《しはんとき》（三十分）はかかるさ」
云った時はもう指が恥毛をかき上げている。
おりんが深い溜息《ためいき》をついた。いつものことながら、なんともいえぬ触り方に、躯が
ぞくっとしたのである。
「ほんとに好きなんだから」
「お前だって嫌《きら》いにゃみえないよ」
それもそうだ、とおりんは思う。飛驒高山《ひだたかやま》の宿で初めて犯されてから、もう何日た
つのだろう。その間、一晩といえども抱かれなかったことがないのである。江戸を出
る時は思っても見なかった、様々の格好を、おりんは自ら進んでとって来た。四つん
這《ば》いになり、足と尻《しり》を高々と上げ、時には足を広げたまま逆立ちに近い姿態をとった
こともある。その姿態を思い出して、我知らず赧《あか》くなった時、鬼麿は坐位《ざい》のまま侵入
を果していた。
おりんは小さく呻《うめ》きながら、いつまでこんな獣のような倖《しあわ》せが続くのだろうかと不
安になった。ぎすぎすした世間に帰れば、いくらなんだって暇さえあれば番《つが》っている

ような正直な暮しが出来るわけがない。人の目と口というものがある。これは旅の間だから、というのが、いつもおりんが己れに云ってきかせる弁解だった。人間は獣のように生きる方が倖せなんだ。突き上げられ、突き上げられ、恍惚《こうこつ》の中を漂いながら、おりんは思った。江戸になんか帰りたくない。いつまでも旅をしていたい。いっそ打ち折らねばならないお師匠の刀が無限にあればいいのに。鬼麿がおりんの中で字を書いた。『む』って書くんだ、といつか鬼麿がおりんの問いに答えて云った。今もその『む』を書いている。『む』は『無』である。空無である。鬼麿はこの行為を空無と感じているのだろうか、とおりんは疑ったことがある。だがやがてそれが正《まさ》しく鬼麿自身のような気がして来た。確かに鬼麿は『無』と観じている。この行為だけではない。生きていること自体を、空無と観じているのだ。だがその『無』のなんと充実していることか。はち切れんばかりの喜悦にみち溢《あふ》れた空無であることか。これこそ本当の意味の『無』なのではないか。それが鬼麿の生きざまなのではないか。鬼麿が女体の中に『む』と刻むのは、その表白に違いなかった。そして『む』と書かれる度に、おりんはのけぞって叫ぶことになるのだった。

今も、どうしようもなく叫びはじめた途端、飛礫《つぶて》が一つ風を切って飛んで来た。鬼麿が無造作にその飛礫を空中で摑《つか》んだ。

「来たぜ、おい」

最後に強烈なひと突きをくれると、まだ痙攣《けいれん》しているおりんの軀を膝からおろした。

急激に意識をとり戻したおりんは、今の飛礫がたけの投げたものなのに気づいた。

街道が見えた。三人の武士がよたよたと走っている。見覚えがあった。いずれも伊賀同心の手きである。

「だな?」

鬼麿がおりんの顔を見た。おりんが頷《うなず》くと、

「俺《おれ》は前に出る。うしろを断て」

いい捨てて音もなく雪の中を走った。まさに山の獣だった。

〈あたしは獣に犯されてたんだ〉

とおりんは思った。軀が妙に気《け》だるい。立つのがひと苦労だった。軀の中心がまだ痺《しび》れている。

〈ひどい獣〉

甘えたように罵《ののし》りながら、やっと立った。ふと気づくと、右の乳房が着物の外にはみ出している。鬼麿が今まで吸っていたのだ。寒さの中で、乳首が桃色に立っていた。

〈ひどい人〉

乳房を蔵《しま》いながら、もう一度罵った。やっと足を踏みかためるようにして、降りていった。

三人の伊賀同心は危く鬼麿にぶつかるところだった。ほとんど地べただけを見て走っていたためである。目と鼻の先に、自分たちが追っていた男を見出《みいだ》して仰天して足をとめた。

鬼麿がにたりと笑って云《い》った。

「水原太郎左衛門さまを斬ったのはどいつだ」

伊賀者たちは咄嗟《とっさ》に返事も出来ない。頭の働きが事態についてゆけないのだった。反射的に首を振って否定している。

「お前か？　お前か？　お前か？」

三人を一人ずつ、太い指で差しながら、鬼麿が畳みかけて訊《き》く。

「な、なんのことだ？」

やっと我に返った一人が訊き返した。同時に平手でひっぱたかれた。軀《からだ》がくるっと後ろを向いてしまったほどの、強烈な張り手である。忽《たちま》ち鼻血が奔出して来た。打撃の強烈さに膝ががくがくと笑った。

「とぼけるんじゃねえ」

言葉にも鞭《むち》の鋭さがあった。

「貴様！」

残りの二人が、とびすさりながら抜刀した。

「ほう。やろうってのか」

嘲《あざけ》るように云いながら、無造作に大太刀を抜いた。目にもとまらぬ早さである。

三人の伊賀同心は思わず軀を固くした。三人目もやっと抜刀したが、構えた剣尖《けんさき》がびくびくと震えている。

この三人は、鬼麿たちの予想通り、滝谷町の曲輪《くるわ》の決闘のさまを、野次馬たちにまぎれながら見ていた。藤村格兵衛の右肱《みぎひじ》の下を、大山猫《おおやまねこ》のように身をかがめてすり抜けるなり、ぱっと振返って右袈裟《みぎけさ》に斬り下げた、異常なまでに素早い剣さばきが、今も目の前にあった。人間の術ではない。その時三人は一様にそう感じたのである。獣の剣だ。いや、更に云うなら、この世のものならぬ物の怪《け》の剣である。人力をもってしては到底うち勝つことのかなわぬ剣だ。

三人は同時に逃げ出すことを考えた。振向いた。おりんが肩から脇差を抜き放ったところだった。それをまるで挿頭《かざ》すように、右手で斜め上に構えた。おりん得意の鐘巻流片手斬《ぎ》りの態勢である。三人の伊賀同心は江戸の道場で、どうしてもこのおりんの片手斬りをかわすことが出来なかったことを思い出した。

前方では、鬼麿の大太刀が、大きく振りかぶられていった。足を横一文字に開き、腹をつき出した様《ため》し剣術独特の構えである。あの剣尖《けんさき》が尻につくほどになり、そこにひとつの弾みが加えられたら、大太刀は怒濤《どとう》のように三人の中の一人の頭上に落ち、その男は恐らく頭蓋《ずがい》から臍《へそ》まで、唐竹割りにされている筈だった。

恐慌《きょうこう》が三人を襲った。揃《そろ》って大刀を棄《す》てて、地べたに坐《すわ》りこんだ。

「勘弁してくれ、頼む」

一人が額を土にすりつけて云った。

「誰《だれ》が水原さまを斬った？」

鬼麿の問いは同じだった。大太刀はまだ振りかぶったままだ。

「わしらではない。先に立った武田弥平次《たけだやへいじ》だ」

矢張りさっきの男が叫んだ。

「師匠の脇差をもっていった男だな」

「いや、脇差は近藤がもっている。近藤又四郎だ」

これは別の男だった。鬼麿に殴られた男だった。頰《ほお》が見る間に脹《ふく》れ上って来ている。

無残だった。

「その武田と近藤にはどこで会う手筈《てはず》だ？」

「御室《おむろ》の妙心寺」

三人目の男が急いで云った。何か口をきいておかないと斬られるのではないか、というおびえがありありと見えた。

「いつ？」

鬼麿の声は切迫している。まだ大太刀を構えたままだ。今にも斬り降しそうな気配だった。

「明日明け六ツ（午前六時）」

またしても三人目だった。鬼麿が他の二人を見た。二人とも慌《あわ》てて頷《うなず》く。嘘《うそ》を云っているようではなかった。嘘をつかせない気迫が、鬼麿の構えにはある。

「よし」

鬼麿は叫ぶなり大太刀を振りおろした。悲鳴が上った。三人がとび上って逃げようとする。その右脚が一本ずつ打たれた。大太刀はいつの間にか峯《みね》を返されていた。膝頭《ひざがしら》がくだけ、三人とも地べたに転った。

「たけ！」

たけがとんで来て、三人を後手に縛り上げた。手慣れたものである。

鬼麿が懐紙に書いた。

『目付役水原太郎左衛門様御宅ニ忍ビ入リ候《そうろう》盗賊三人、右、小浜奉行所ニ引渡可者《べき》也《なり》』

これを一人の男の髷《まげ》にくくりつけ、三人を道端の木につないだ。三人とも、まだ失神したままだった。

「風邪ひくなよ」

鬼麿は本気でそう云うと歩きだした。明け六ツに妙心寺なら、格別急ぐ必要はない。せいぜい十五、六里の行程なのである。

四

美山《みやま》をすぎ、深見峠へかかる頃《ころ》から雪になった。左手一帯は芦生《あしう》の原生林である。それが降りしきる雪の中で霞《かす》んで見えた。

鬼麿は荷物を解いて、嘗《かつ》て加賀藩の陰道《かげみち》を抜けた時、五箇山の見張人関沢信次から貰《もら》った狼《おおかみ》の毛皮を出して羽織った。おりんとたけもそれに倣《なら》う。この毛皮は保温力が抜群で、しかも一切の水気を弾《はじ》き返してくれる。お蔭《かげ》で雪の中でも速度を落すことなく道を辿《たど》ることが出来た。

だああん。

どこかで鉄砲の音がした。鬼麿は足をとめかけたが、思い返して歩き続けた。音が遠かったからだ。それにしても、猟師が出ているようでは用心する必要があった。この雪の中である。狼の毛皮を着た三人は、獣と間違って射《う》たれかねない。火縄《ひなわ》の臭《にお》いに用心するように、おりんとたけに注意した。

だが鉄砲の音はその一発だけで、後は降りしきる雪のかそかな音だけである。

漸《ようや》く深見峠を越える頃。

原生林の方から遮二無二《しゃにむに》峠へ向って走る小さな雪の塊りを鬼麿は認めた。何かに追われているような、せわしない走り方で、あれではすぐ息が上ってしまうな、と鬼麿は危ぶんだ。

雪の塊りは鬼麿たち一行を認めたらしく、こちらに方向を変えた。鬼麿は足をとめて待ってやった。

近づいたのを見ると、十二、三の少年である。猟師の子らしい身ごしらえだったが……。

「お師匠！」

鬼麿が思わず呟《つぶや》いて目を瞠《みは》った。

少年の秀麗ともいうべき顔は、正《まさ》しく師の清麿と生き写しだった。僅《わず》かに肌《はだ》の色が異っている。清麿は抜けるような色白だったが、少年は健康そうな褐色《かっしょく》の肌だった。今はその肌が恐怖に蒼《あお》ざめて、益々《ますます》清麿に似ている。

「助けてくれ。じっちゃんが……じっちゃんが……」

原生林の方を指差して、何か訴えようとするのだが、声が掠《かす》れた。

「じっちゃんがどうした？」

「く、くまや。一丈（三メートル余）もある奴《やつ》や。じっちゃんは……は、はたかれて……」

「さっきの鉄砲だな」

鬼麿は事態を理解した。

恐らく不意に現れた熊《くま》に、この少年の祖父は慌《あわ》てて鉄砲を射ちかけ、外したか手負いにしたのであろう。熊の一撃を受けて重傷を負ったに違いなかった。

「熊は逃げたのか」

少年は一瞬躊躇《ためら》った。真実を云えば、誰も助けに来てはくれないかもしれない。だが嘘をつく才覚もなかった。

「まだいるんや。じっちゃんの登った木の下で頑張《がんば》っとる」

少年の祖父は傷つきながら、木に登ったのである。熊はその下で、祖父の体力の尽きるのを待っている。一晩でも二晩でも待つだろうと鬼麿は察した。山窩《さんか》である鬼麿は、熊の習性をよく知っている。獲物のある季節なら熊は滅多に人を襲うことはない。それでも傷を負わされれば話は別だ。熊は極めて恨み深い生き物である。何年待っても、自分を傷つけた人間への復讐《ふくしゅう》は必ず果す。その執念は尋常ではない。しかもすこぶる頭がいい。木の上に逃げた人間が居眠りでもしようものなら、すかさず木をゆすって、落そうとする。人間は寝ることもならず、益々《ますます》疲労困憊《こんぱい》してゆくのである。

「熊は手傷を負ってるな？」

少年がこくんと頷いた。

「左肩に一発、弾丸《たま》が入っとる」

たけの顔色が変った。

手負い熊の恐ろしさは、山の者なら誰でも知っている。よほどの人数を集めなければ、この熊を追い払うことも、射つことも出来ない筈である。

「案内しな」

鬼麿がそれでも行く気になったのは、少年が清麿に酷似していたからだ。たけにはそんなことは分るわけがない。

「やめなよ、あんちゃん。無理だよ」

声が慄《ふる》えている。

　鬼麿が肩をひとゆすりした。

「こわかったら此処《ここ》にいろ」

たけが怒った顔になった。熊をこわがるのは不名誉でも何でもない。当然のことなのだ。でもこんな云い方をされては仕方がない。

「ゆく」

唇《くちびる》をとがらせて云った。

　おりんは熊なんてものは見たこともないから、気楽なものである。

「そうよね。置いてかれる方がよっぽどこわいわよねえ。ひどいこと云わないで、あんた」

　たけはぎょっとした。ねえちゃんは熊のことをなんにも知らないんだ。あんちゃんならなんとか出来ると簡単に信じてる。でも熊は違うんだ。山の神様なんだ。それも荒ぶる神だ。荒ぶる神を殺すにはそれなりの手続きが要る。ふらっと行って殺せる相手ではない。鋭利な山槍《やまやり》でさえ、熊の軀には刺さらないことがあると云う。いくらあんちゃんの師匠の刀だって、ひょっとすると弾き返されてしまうかもしれないんだ。そんなことになったら、ねえちゃんは間違いなく熊に喰《く》われる。熊は女のあそこが好物だと云う。殴り殺して真先にあそこへかぶりつくそうだ。おねえちゃんのあそこが、熊に喰われるなんて、考えただけで頭がおかしくなる。自分がついてなきゃ、きっとそうなる。あんちゃんは熊と闘うのに夢中で、そこまで気が廻《まわ》らないんだから。

「ゆくよッ」

たけはもう一度、大声で怒鳴った。

鬼麿はたけのように熊を神聖視してはいない。放浪時の経験から、熊も単なる獣にすぎないことを知っている。それに何より刃長三尺二寸五分の大太刀に対する絶対の信頼がある。この信頼が崩れる時は、鬼麿の剣術も崩れる時である。

だから少年の案内で原生林に踏みこみながら、鬼麿が考えていたのは少年のことばかりだった。少年が何故《なぜ》これほど清麿に酷似しているかということだけだった。

「お前、おやじさんはどうした？」

少年は翳《かげ》のある眼《め》でちらりと鬼麿を見た。

「知らへん」

「知らないって？」

「旅に出たきり帰らんらしいわ。じっちゃんは碌《ろく》でなしや云うとるけど、かあちゃんはえらい人や云うとるわ」

鬼麿の頭の中で何かがちかっと光った。

「えらい人だって？」

「どうでもええこっちゃ。顔見たこともないんやから」

少年はうるさそうに云った。気持は熊とじっちゃんの安否にとんでいる。

鬼麿も黙った。熊の結界《けっかい》に入ったことを知ったからである。独特の強烈な糞《ふん》の臭いがあたり一面に漂っている。血の臭いもまじっていた。鬼麿は手を振ってたけとおりんをうしろに下げ、少年の肩を摑《つか》んだ。

「近いな」

少年が頷《うなず》いた。おびえの色が濃い。

「うしろに下って……」

云い終える暇もなかった。

突然、木の合間から咆哮《ほうこう》と共に大熊が現れた。少年は一丈あるといったが、鬼麿は恐怖による誇張だと思っていた。だが全く誇張ではなかった。確かにこの月ノ輪熊は一丈の体長を持っていた。体重がどれほどあるのか、見当もつかない。それほどの巨体なのに、恐ろしく敏捷《びんしょう》だった。現れたと思った瞬間、もう鬼麿の二間（四メートル弱）先にいた。鬼麿は自分の迂闊《うかつ》さに気づいた。狼の毛皮を着ているのを、すっかり忘れていたのである。鬼麿は自分の臭いがこの月ノ輪熊に先攻の決意を固めさせたに違いなかった。熊の立場からすれば、狼は三匹いることになる。たけとおりんが危険だった。自分が斃《たお》れれば、熊は間髪をいれず二人を襲うだろう。

鬼麿は少年を後方に突きとばすなり、両手を高く上げて、渾身《こんしん》の力を籠《こ》めて叫んだ。

うああああああ。

おりんたちが思わず金縛りになったほどの、凄《すさ》まじい叫び声だった。どちらかといえば咆哮に似ていた。

月ノ輪熊も一瞬ぎくりとしたように立ちすくんだ。鬼麿は今までにも何度かこの手で熊を追い払ったことがある。人間が熊をこわがるのと同じ様に、熊は人間をこわがるものである。だから先制して咆哮をあげた者の方が勝つという場合がある。アラスカでは、体長三メートル五十もある羆《ひぐま》や灰色熊《グリズリイ》を、この手で追い払った例が沢山ある。

だがこの月ノ輪熊は逃げなかった。一瞬おびえただけで、すぐ両手を上げて、攻撃の構えをとった。

鬼麿はその一瞬の隙《すき》に、大太刀を抜いた。いつものように振りかぶった。横に開いた足は不退転の決意を示すと同時に、体の崩れを防いでいる。振りかぶった大太刀の先は尻《しり》にとどくかと思われた。腹を大きく前につき出し、柄《つか》を握る双の手は、くっついている。これが一番早く、一番強い斬撃《ざんげき》を送り得る態勢なのである。三尺二寸五分の刃長、一尺五寸の切り柄、それに鬼麿の腕の長さを加えて、半径八尺の輪の中に、鬼麿の気が充満した。この輪の中に入るものは、悉《ことごと》く斬る。それがどんなに堅い岩石であれ、鉄であれ、必ず斬る。鬼麿はそう決意していた。

熊は一見魯鈍《ろどん》そうな巨体のくせに、実は恐ろしく敏捷で狡智《こうち》に長《た》けた生きものである。猟師に追われた時、自分の足跡を正確に踏んで後ずさりし、横にとんで茂みに隠れるくらいの芸当は軽くやってみせる。うかうかと足跡を追ってゆく猟師の背後に突然現れ、殴り倒すのである。

この巨大な月ノ輪熊も狡猾《こうかつ》だった。猛然と正面から殺到するとみせて、不意に一間（二メートル弱）を横に跳んだ。

たけが恐怖の余り絶叫した。

だが鬼麿は動かない。これが月ノ輪熊の目くらましなのを知っていた。

果して月ノ輪熊は、もう一度跳躍し、元の位置に戻《もど》るや否《いな》や突進して来た。振りあげた右手が鉄鎚《てつつい》の重さで鬼麿の頭蓋《ずがい》に振りおろされた。当れば頭蓋はぐさぐさに砕けたであろう。

だが鬼麿の姿はなかった。地に這《は》うほど低く身をかがめてこの打撃を避けた。大熊の体長が鬼麿には倖《さいわ》いした。腕が再び振り上げられようとした瞬間、鬼麿は飛び立つように身を起しながら、大太刀を横に振った。一丈の体長のあるものを袈裟《けさ》に斬るのは困難である。跳び上って斬らねばならないからだ。そして跳び上れば、大熊の一撃を受けることは必定だ。だから逆に地に這った。この位置からの斬撃は逆袈裟が一番自然なのだが、敢《あえ》てそれを避けて、臍《へそ》の上を横一文字に断ち斬る、様《ためし》剣術でいう『摺《すり》付《つ》け』の斬法を用いたのは、脂《あぶら》の厚さと体長から考えて、逆袈裟が致命傷にならないおそれがあると思ったためだ。熊は山人が神聖化するほど不死身ともいえる生命力を持っている。五十メートルの岩棚《いわだな》から落ちてなお平然と歩み去った熊を目撃した例さえある。だがいかに不死身の熊といえども、胴体を両断されてなお生き伸びることはあるまい。これが鬼麿の『摺付け』を選んだ理由だった。

清麿の鍛えた大太刀は水平に走り、大熊の胴を充分に斬った。鬼麿はそう信じた。

だが驚くべきことに、大熊は依然として立っている。腕を振り上げたまま咆哮《ほうこう》し、突進しかけた。

鬼麿は必死に気を鎮《しず》めて、再び大太刀を振り上げた。絶望が胸を嚙《か》んだ。師匠の刀が初めて充分に斬れなかった。師匠の刀の敗北は、そのまま鬼麿の剣の敗北である。大太刀を振り上げはしたものの、鬼麿には初めて、斬れるという自信がなかった。大熊が一歩前に出た。鬼麿は死を覚悟した。師匠に酷似した少年のために死ぬということが、なんとなく満足だった。

「毛皮を置いて逃げろ！」

鬼麿は振り返りもせずに喚《わめ》いた。それで助かるといい切る自信はなかったが、少くとも、多少の時は稼《かせ》げる筈《はず》である。大熊が狼《おおかみ》の臭《にお》いに神経を立てていることを鬼麿は知っている。

鬼麿は振り返らなくてよかった。おりんもたけも少年も、元いた位置から一歩も動いていなかったからだ。正確には動けなかったのである。この大熊が三人には悪鬼の化身のように見えた。到底逃げられる相手とは思えなかった。

〈ねえちゃんのあそこが喰われる〉

たけの頭の中にはそれしかなかった。無我夢中で、いつも懐《ふとこ》ろに入れてある飛礫《つぶて》を摑《つか》むなり、この不死身の悪鬼に打った。飛礫は大熊の右眼《みぎめ》に当った。

がっ。大熊がまっ赤な大きな口を開けて吼《ほ》えた。

更に一歩進んだ。

その瞬間、それが起った。

大熊の上体が、どさっと前に落ちた。血と臓腑《ぞうふ》が雪の上にあふれ、強烈な臭いを放った。それでも下半身は立っていた。それどころか更に一歩進んだ。そこでこの悪鬼の化身の力が尽きた。下半身は尻餅《しりもち》をつくような形で、雪の上に坐《すわ》りこんだ。

沈黙が来た。雪の降る音だけが、異様に大きく聞えた。

清麿の大太刀はやはり信頼するに足る業物《わざもの》だった。大熊の一つ胴を見事に落していたのである。そして鬼麿の剣もまた甦《よみがえ》った。

「勿体《もったい》ないことしよって」

沈黙を破って、妙に間伸びした声が、近くの木の上から降って来た。ふり仰ぐと、猟師姿の老人が、かなり高い枝にうつぶせになっている。肩が血にまみれ、その滴《しずく》が木の下の雪を染めていた。少年の祖父に違いなかった。木の下にはねじ曲げられた鉄砲が転っていた。

「どういうことだい？」

鬼麿が老人に訊《き》いた。

「折角の毛皮が、わややないか」

いかにも猟師らしくそう云《い》うと、老人は落ちて来た。安心で力尽きたのである。鬼麿がその枯木のような軀《からだ》を受けとめた。

五

少年と老人の家は、深見峠を下って大分いった山国村のはずれにあった。家には老人の娘がいた。少年の母である。お世辞にも美人とはいえぬ平凡な女だった。だが人の良さと賢さが顔に出ている。ひっそりと山里で生きてゆくのにふさわしい女のように見えた。名は初《はつ》といった。

初は父を助け、家まで抱いて来てくれた鬼麿に、是非一泊していってくれと懇願した。翌朝の六ツまでに妙心寺に辿《たど》りつかなければならない身では、どうにもならない。そのかわり昼食だけ御馳走《ごちそう》になることにした。

鬼麿は初から目を放さなかった。どうにも不審だったからである。師匠が惚《ほ》れそうな女には見えなかった。いわば堅気すぎた。清麿は嘗《かつ》てこの種の女に手を出したことがない。堅気の女の一生を狂わすのは罪だよ。いつかはっきりとそう云ったことさえある。だが……それではあの少年の説明がつかなかった。

鬼麿は軀の芯《しん》から温まるような猪鍋《ししなべ》をつつきながら、さりげなく源正行《みなもとのまさゆき》という十三年前の師匠の名前を出してみた。正行は死に、自分はその弟子で、師匠の昔鍛《う》った刀を探して旅していることを語った。

初は顔色も変えなかった。大変ですね、と同情めいた眼をしただけである。

鬼麿は益々《ますます》分らなくなった。少年が清麿に似ているのは、ただの偶然にすぎないのか。他人の空似というが、これほどのことが実際にあるものなのだろうか。だが初が関《かか》わりを否定する以上、どうにもつきとめようがないのである。

いよいよ出発という時になった。新しい草鞋《わらじ》を履いて土間に立った時、少年の掛声が聞えた。

初の顔色が幽《かす》かに変った。

鬼麿は庭へ廻ってみた。少年が掛声をかけながら山刀で薪《まき》を割っていた。その山刀の切れ味が凄まじかった。さほど力を入れているとも見えないのに、太い木が簡単に切断されてゆく。見ていて気持がいいほどだった。

鬼麿の胸の中に、閃《ひら》めくものがあった。

「よく斬《き》れるな。ちょっと見せてくれないか」

少年に近づくとそう云って手を差出した。

少年が無造作に山刀を渡した。鬼麿の目の端に、戸口に立ちすくんでいる初の姿が映った。顔色が蒼《あお》い。

山刀を見た。間違いようがなかった。正《まさ》しく師匠の作刀だった。いわゆる『薙刀造《なぎなた》り』である。『薙刀造り』とは直接ものを斬る物打ちより上に、強い反《そ》りがついているものを云う。古来『薙刀造り』は斬れ味抜群の定評があるが、それはこの強い反りによる。捕鯨船で鯨の解体に使う彎刀《わんとう》は同じ『薙刀造り』だからこそ、巨大な鯨をあれほど見事に切ってゆくことが出来るのである。まして刃味抜群といわれた清麿の鍛刀である。剣を知らない少年が使っても、これほど見事な切れ味を見せるのは寧《むし》ろ当然だった。

鬼麿は山刀の見事な鍛えに感嘆しながら、初の方を見た。初は泣いていた。

十三年前、小浜から周山街道を京に向った清麿は、深見峠で倒れた。高熱を発していた。小浜での作刀が、まだ無理だったのである。これで行き倒れかと覚悟したところを、通りかかった初の父に救われた。家に運ばれ、十日の余も初の手厚い看護を受けた。もう大丈夫と見きわめがつくと、清麿は父が鉄砲の修理や弾丸《たま》造りに使っていた粗末な鍛冶場《かじば》で、山刀を鍛《う》ちはじめた。初一家への礼のためである。作業は五日かかったそうだ。その神がかりともいうべき鍛刀ぶりを見ているうちに、初はたまらなくなった。これほどの男に一度でも抱かれたら、あとは一生涯《いっしょうがい》何が起ろうと我慢出来る。そこまで思いつめた。初の母親は早く亡《な》くなり、初は幼い時から主婦がわりを勤めていた。自分が一生、この山国を出ることのかなわぬこと、亭主《ていしゅ》を迎えたところで悦《よろこ》び薄い日々を送るしかないことを、初は、肝《きも》に銘じて知っていた。生涯にたった一度でいい、純粋に自分の好きなことをしたい。その思いが、今、はっきりと形をとって現れたのである。この人に抱かれたい。

清麿が明日は京へ向けて立つという晩に、初は清麿の寝床に滑りこんだ。清麿は躊躇《ためら》ったが、初のひたむきさに負けた。朝まで初を責め続けた。生娘《きむすめ》にとっては苛酷《かこく》とも思える交りだったが、初は悦びをもって迎えた。事実暁方《あけがた》には、山国村の女たちが一生かかっても知ることのない女の喜悦さえ味わったのである。

清麿は去り、初は望みを果した清々《すがすが》しさで見送った。これでいいんだ、と思った。後の生活がどんなものであれ、自分はきっと耐えることが出来るだろう。

だが清麿は、初が思ったより遥《はる》かに素晴らしい男だった。たった一夜の交りで、初に子種を植えつけていったのである。自分が妊娠したことを知った時、初は困惑するどころか狂喜したものである。父の叱責《しっせき》も、村人たちの白い眼《め》も一切気にならなかった。間違っても流さないように万全の気配りをし、自分一人で産み落した。後の処置も自分でした。

父も村人たちも、初の気丈さに驚嘆した。幾分恐れさえした。

以後、初は思いのままに毅然《きぜん》として生き続けた。どんなにすすめられても、亭主はもたなかった。息子だけで沢山だった。息子が清麿そっくりなのが嬉《うれ》しくてたまらなかった。まるで恋人に仕えるように、我が子に仕えた。山刀は守り刀のかわりに息子に与えたものである……。

鬼麿もおりんも、深く心を動かされていた。鬼麿は師匠が十八歳の時、小諸で三歳年上の女性との間に梅作という一子を儲《もう》けたことを知っている。清麿は結局この女と梅作を棄《す》てて、江戸へ出たのである。江戸では女房《にょうぼう》のお綱との間に子供はいなかった。だから梅作をのぞけば、この少年が清麿の唯一《ゆいいつ》の遺子である。

鬼麿はそのことを告げたが、初は首を振ってきっぱりと云った。

「違います。あの子はうちの子です。うち一人の子です」

そうかもしれないな。それでいいんじゃないか。鬼麿は何故《なぜ》かその方が師匠らしいと思った。

少年の澄んだ掛声が、まだ続いていた。父に当る男の鍛えた山刀で、それともしらず無心に薪を割っている少年の姿を、鬼麿は美しいと見た。少年はやがて成人し、祖父のあとを継いで猟師になるだろう。その時もこの山刀は少年の腰にあるだろう。いつの日か、今日の祖父のように、少年に危機が訪れた時、この山刀が少年の生命《いのち》を救う役目を果すかもしれない。そこまで考えるのは芝居じみているだろうか。でもそれくらいのことがあっても、ちっとも不思議ではないではないか。師匠はあんなに好《い》い男だったんだから。鬼麿は本気でそう思った。

明け六ツの妙心寺の境内は、まだ暁闇《ぎょうあん》の中に沈んでいた。

伊賀同心、武田弥平次と近藤又四郎の剣が、その闇《やみ》の中でかすかに光っている。近藤又四郎は双刀のほかに更に一振りの刀を背に負っていた。清麿が小浜で鍛った脇差《わきざし》である。本来なら昨日のうちに、飛脚に託して江戸に送っている筈の品である。敢てそれをしなかったのは、又四郎の功名心のためだ。彼はその脇差を己れの手で頭領に差出して、よくやった、と賞《ほ》めて貰《もら》いたかったのである。お蔭《かげ》で鬼麿は、伊賀頭領の屋敷に殴り込みをかけなくてもよくなったし、おりんも伊賀同心組の取潰《とりつぶ》しを心配する必要がなくなった。

漸《ようや》く空が明るみだした。

竹箒《たけぼうき》をもって出て来た小坊主《こぼうず》を驚かすような気合が起り、二人の伊賀同心の上体が、同時にどっと前に落ちた。

鬼麿は芦生《あしう》の原生林の大熊を思い、同じ斬法を使ってみた。『摺付け』である。あの時と違ったのは、一太刀で二人の胴を斬り落したことだけだった。いわゆる二つ胴だった。

おりんが近藤又四郎の背に負った脇差を抜き、差出した。鬼麿は素早く目を走らせた。

〈やっぱり病んでいる〉

師匠はこの刀を見たくなかっただろう。夢に見て魘《うな》されたことも、一度や二度はあったかもしれない。

〈委《まか》せといてくれ、お師匠〉

鬼麿は思い切り高く、脇差を放《ほう》り上げた。刀は頂点に達すると、剣尖《けんさき》を下にして、恐ろしい早さで落ちて来る。刀身が陽光に映《は》えて眩《まぶ》しく光った。鬼麿は落下点に立ち、目を瞑《つぶ》った。剣尖が頭上すれすれに迫った時、大太刀が舞い、脇差は両断されて飛んだ。

「あの山刀、欲しかったな」

と鬼麿は云った。

八番勝負　眉《み》間《けん》割り

一

柔らかに雪が降っている。

こころなしか寒さがゆるんで来た気配があった。

〈すぐ春か〉

炬燵《こたつ》に足をいれて俯《うつぶ》せに寝転び、両手で顎《あご》を支えるという自堕落な格好で、庭にあわあわと降る雪を眺《なが》めながら、鬼麿《おにまろ》はぼんやりそう思った。

隣りにおりんが同じ格好で俯せて、さっきから露骨に足を絡《から》めて来ている。

たけは反対側でうとうとしていた。

京、木屋町の小さな宿である。

鬼麿たちは早暁《そうぎょう》の妙心寺で二人の伊賀《いが》同心を斬《き》って以来、もう三日ここに泊っている。

伊賀同心の新手《あらて》が、暫《しばら》くは到着しないだろうという安堵《あんど》感はあったが、決してのんびり日を消していたわけではない。京じゅうの刀屋を歩き、十三年前、師匠の清麿《きよまろ》が現れなかったかどうか、聞き廻《まわ》っていたのだ。

その十三年前、ただ一人生き残った伊賀同心の書いた報告書の写しは、おりんの手にある。それを見れば清麿の動きは、一目瞭然《いちもくりようぜん》の筈《はず》なのだが、今度ばかりはそれが効かなかった。

書くことは書いてあるのだが、余りにも謎《なぞ》が多すぎる。

報告書によれば、清麿は京に現れると、まっすぐ西洞院《にしのとういん》竹屋町にある大輪寺という小さな寺に直行している。この寺に二泊して、悠々《ゆうゆう》と京都見物をして廻ったようだ。

伊賀同心はぴったりその後についていたらしく、清麿の訪れた先はすべて刻明に録《しる》されているのだが、名所旧蹟《きゆうせき》のたぐいばかりで、どう見ても格別の関係がありそうには思えない。

大輪寺についても当時の和尚《おしよう》が亡《な》くなっているので、清麿との関係がもう一つよく分らない。二日泊ったことだけは古い帖面《ちようめん》で確認されたが、それだけのことだ。

伊賀同心たちは、三日目の早朝、大輪寺の庫裏《くり》に清麿を襲った。清麿は匕首《あいくち》一振りもってはいなかったが、伊賀同心の刀を奪ってよく戦い、一人を傷つけている。しかも邪魔が入った。和尚が出て来て、清麿の口から相手が伊賀同心だと聞くと、所司代に正式に訴えると脅《おど》したのである。他の宿泊人も出て来て騒ぎが大きくなったので、伊賀同心は慌《あわ》てて怪我人《けがにん》をかついで引き揚げている。

ここまではまあいい。分らないのはその先だった。清麿はその日の昼すぎに寺を出た。これは当然である。ひょっとすると追い出されたのかもしれない。そしてその足で、なんと島原の曲輪《くるわ》にいった。そのうちの一軒に登楼《とうろう》したのである。

先《ま》ずこれが分らない。師匠のことだから、昼遊びぐらいのことはするかもしれない。問題は金である。清麿は小浜《おばま》で三両の鍛刀代を受けとった。だが途中深見峠で倒れ、山国村で十日余りも手当をうけている。謝礼を置かずに出るわけがなかった。そういう点は妙に義理堅く、その上見栄《みえ》っぱりだった。鬼麿の勘ではまず二両。少くとも一両二分《ぶ》は置いたにきまっている。寺にもお布施を出さなければ泊めてはくれまい。なにやかやで二両の上の金が消えた筈だ。残るは一両たらず。こんな金では島原へは心細くて上れない。ましてこれからも逃避行を続けなければならぬ身である。どういう算段をして島原に登楼出来たのか、その点がどうにも謎だった。

尾行した伊賀同心の目をくらまして刀屋へゆき、鍛刀代の先取りをしたのかもしれない。それが襲撃を受けたために不可能になり、前払い金を持ち逃げすることになったのかもしれぬ。そう思って刀屋を廻って見たのだが、成果はなかった。

それに謎はこれだけではない。

清麿は昼から夜までぶっ通しで遊び、揚句《あげく》の果てが、早朝まだ寝静まった曲輪から女郎を連れて逃げ出したのである。いわゆる『足抜き』である。女郎の位は『囲い』、名は仙千代《せんちよ》と云《い》った。二十歳。大夫《たゆう》、天神、囲い（鹿恋とも書く）、端《はし》というのが、島原の遊女の格だから、囲いといえばたいした女郎ではない。それにしても初見《しよけん》である。どうして師匠ほどの男が危険を冒して初見の女郎を『足抜き』させねばならなかったのか。鬼麿には全く理解出来なかった。

清麿はなんらかの意味で惚《ほ》れなければ、女と寝ない男である。女郎屋にあがっても、夜っぴて酒だけ飲んで帰って来るような男だ。それがどうして……。これは鬼麿ばかりではない。おりんにも分らなかったし、十三年前の伊賀同心たちにも不明だったらしい。彼等《かれら》は見事に清麿を見失ったのである。

清麿の向った方角が判明したのは、『足抜き』した遊女の身元を洗った結果である。囲い女郎仙千代は、丹波路の亀山《かめやま》の近く、『かやの里』と呼ばれる小村の生れだった。『かやの里』は旗本前田半右衛門が二百八十石《こく》の知行をしている、いわば飛び地である。現在の亀岡市東加舎《かや》町（亀山は明治二年亀岡と改称された）だから、亀山五万石松平信義の領地に含まれて当然の土地だった。それが一旗本の知行地になっている。その結果としてこの土地は無用なしめつけの少い、いわば統制の埒外《らちがい》にある自由な場所になった。殿さまは間違ってもこんな辺鄙《へんぴ》な知行地になどやって来ることはない。年貢《ねんぐ》と、時に一方的にいい渡される冥加金《みょうがきん》さえおさめていれば、何の文句もいわないのである。その自由を利用してこの村は副業をやっている。いや、むしろそちらの方が本業だった。それがカヤ油の製造であり、菜種油の機械しぼりだった。

この里には名前が示す通り、カヤの木が密生している。そのカヤから油をしぼる。カヤ油は、灯火として通常使われる油菜からしぼった菜種油より、白い炎が一段と明るく、油煙も少いので珍重される。特に禁裏ではカヤ油を愛用した。

油の権利は昔から有栖川宮《ありすがわのみや》家が握っている。カヤ油に限らない。菜種油・ツバキ油の権利もそうである。『かやの里』は当然有栖川宮家の出入りを許され、村長《むらおさ》竹岡氏は油屋仲間の鑑札を受け、大梵天王《だいぼんてんのう》宮座神主の歴代免許さえ神祇《しんぎ》管領から受けていた。油屋仲間には、カヤ油だけでなく、あらゆる油の専売権がある。カヤ油は精進潔斎《しょうじんけっさい》した上で、手づくりでしぼるのだから量はしれているし、ほとんどが有栖川宮家を通じて禁裏に献上されるのだから、利益はなきに等しい。そのかわり機械仕掛けでしぼる民間用の菜種油の専売権のお蔭《かげ》で、莫大《ばくだい》な利益をあげることが出来るのである。だから『かやの里』は隠れたる富裕な里だったわけだ。

仙千代はその富裕な里の貧家の生れだった。家が貧しかったのには理由がある。仙千代の母は一時有栖川宮家に奉公に上っていたほどの女だが、父が死んだために暇をとり『かやの里』に帰って来た。家を潰《つぶ》さぬためにすぐ婿《むこ》をとったが、仙千代を産んで死んだ。そのあとに後妻が正吉という男の子を連れて入った。この正吉がとんでもない悪《わる》だった。父親が死ぬとお定まりの博打《ばくち》に狂い、亀山の賭場《とば》で本来仙千代のものである土地まで担保に入れて負けてしまった。村の性質上『かやの里』の土地は他国者に売ってはならないきまりである。村長の竹岡半太夫は、自腹を切ってその土地を博徒から買い戻《もど》したが、里あずかりにし、正吉とその母お伝を八分にしてしまった。八分にするとは油に関する一切の仕事から閉めだすことだ。僅《わず》かな農地を使って百姓をすることは許されている。村長としては、何年かこつこつと真面目《まじめ》に百姓をしていれば、八分をとくつもりでいたのだが、百姓なんてしんき臭いことがやれる正吉ではない。無法にもこの家の跡とり娘である仙千代を、島原に売っ払ってしまった。里には珍しい美人だったのが仙千代に災いしたのである。村長も村人も呆《あき》れはてて、以後まったく構いつけない。今度こそ本物の八分にされたことになる。仙千代を売った金も博打でなくなると、後は食うや食わずの暮しだった……。

これだけの話を伊賀同心が聞きだしたのは、村長の口からである。村長としては、そういうわけだから仙千代一家は『かやの里』とはもはや何の関《かか》わりもない、と云いたかっただけだ。

事実、家へいって見ると、正吉もお伝もいず、家の中は荒れ果てていた。近所の者の話では、一月《ひとつき》も前に夜逃げしたと云う。勿論《もちろん》、仙千代の帰って来た様子もなく、清麿の姿もない。

そのうち、とんでもないしらせが入った。仙千代と清麿が心中したというのだ。場所はなんと田辺《たなべ》（今の舞鶴《まいづる》）の浜だと云う。仙千代の書置もあり、見た者も数人いるから間違いないという。清麿の消息は、田辺の浜でぷっつりと途切れた……。

二

「お前ね、ちっとは真面目に考えられねえのか」

ごろんと仰向けになって鬼麿が云った。そのくせ、おりんの躯《からだ》を自分の上に引きあげて、手は乳房のあたりを丸くさすっている。

「あんたに分らないものが、あたしに分るわけがないだろ」

おりんの息がもう乱れて来ている。

「あたしはお師匠に会ったこともないんだよ」

おりんの云い分はもっともだった。だが清麿を知悉《ちしつ》している筈の鬼麿も、今度だけは全くの無力だった。師匠はおよそやりそうもないことばかり、立て続けにやっているのだ。金もなしに登楼する。生れて初めて会った女を『足抜き』させる。揚句の果てが心中と来たもんだ。笑わせちゃいけない。お師匠は心中するくらいなら、斬り死する男だ。本気で女に惚《ほ》れたのなら、なんとか女一人生きてゆける手だてぐらいひねりだせる才覚の持主である……。

「だから、本当は心中してなかったじゃないの」

おりんは鬼麿のものを摑《つか》みながら云った。

「そうじゃねえ。俺《おれ》が云ってるのは、お師匠がそんな嘘《うそ》を考え出す筈がねえってことなんだ」

だがもうおりんは聞いていなかった。鬼麿のものを己れの中におさめて、喘《あえ》ぎだしていたからである。

〈仕様がねえ。盲滅法《めくらめつぽう》歩いてみるしかねえか。考えるなんて俺の柄《がら》じゃねえや〉

鬼麿はおりんの律動に合わせて、時々激しく突き上げながら、そう決断を下した。

鬼麿の判断は正しかった。幾日かけて考えようと、十三年前に清麿が陥った状況を推測することは不可能だったからである。現にその当時の伊賀同心たちでさえ、遂《つい》に真相を知ることは出来ないままに終った。ひょっとしたら、当の清麿でさえ、充分に理解してはいなかったかもしれない。事はそれほど奇怪で、偶然に満ちたものだった。

清麿は昨夜寝かせて貰《もら》った庵室《あんしつ》で、出掛ける支度をしていた。境内で斬り合いをしたからには、この寺にも居《お》れなかった。元々何の関わりもない寺なのである。五年前の天保八年、兄の真雄《まさお》が京へ上って、天保十年まで三年間滞在したことがある。その間、何度かこの寺へ来て坐禅《ざぜん》を組んだと聞いたことがあった。清麿は兄の話というと、根掘り葉掘り、真雄が音《ね》を上げるほどしつこく訊《き》く癖がある。その時もその伝で、大輪寺の場所も、たたずまいも、和尚の顔形から癖まで残さず訊き出して、きっちり記憶していた。だからこそ、京へ入るや否や、脇目《わきめ》もふらずこの寺に来れたのである。

出てゆくといっても、まとめるほどの荷物があるわけではない。支度といえば死ぬ支度ぐらいだった。だから清麿は刀を抜き、叮嚀《ていねい》に寝刃《ねたば》を合わせた。伊賀同心から奪ったもので、胴太貫《どうたぬき》だった。巧緻《こうち》さはないが、丈夫一点張りの実用刀である。今朝は一人しか斬れなかった。それもたいした傷ではあるまい。今度出会ったら、相討ちでもいい、三人は斬ろう。そう決心していた。さすがの清麿も伊賀同心のあまりのしつこさに、むかっ腹を立てていたのである。

この庵室には、昨夜から同宿の男がいた。丹波の者で、吉兵衛《きちべえ》と名乗った。三十代後半の、背の低い、どこといって取《と》り柄《え》のなさそうな男だ。あんまりありきたりでしかも無口なので、同じ部屋にいるのを忘れてしまいそうだった。現に今、清麿は吉兵衛のことなど綺麗《きれい》に忘れている。伊賀同心はどこで待伏せているだろう。寺を出て、どちらの方角へゆけばいいか。そんなことしか頭になかった。

だから、突然吉兵衛の声が聞えて来た時、清麿は空耳かと思った。

「空耳じゃありませんよ」

憎たらしいことに、清麿の気持を正確に読んで、吉兵衛は笑いながら云った。

「どっちへ逃げたらいいか、って考えてたんでしょう。違いますか」

奇妙なことに、この丹波者は正確な江戸弁を話した。ようやく清麿に疑心が生じた。この男、只者《ただもの》ではない。江戸弁を話すからではない。これほど完全に自分のいることを忘れさせるというのが尋常でない。故意か自然か知らないが、ほとんど気息を絶っていたに違いなかった。盗賊か、それとも伊賀同心の片割れか。

清麿の軀《からだ》に殺気がみなぎったらしい。

「おっと」

吉兵衛は一間をうしろに跳んだ。

「いけませんよ、おいたをなすっちゃ」

へらへらと笑いながら、手を振っている。

「折角逃げ道を教えてさし上げようとしてるのに、そりゃないですよ」

清麿は無言で刀身を拭《ぬぐ》うと鞘《さや》におさめた。面倒臭くなって来たのである。そのまま、ぬっと立った。今すぐ出発するつもりでいる。

吉兵衛が早口にいった。

「島原へいらっしゃい。京へ来て島原も覗《のぞ》かないなんて手はありませんよ、ああた」

〈島原か。いいだろうな〉

ちらりと清麿は思った。

「昼日中都大路で斬り合いを仕掛けてくる馬鹿《ばか》はいません。危えのは夜だ。島原くらい夜の安心な場所はありませんよ」

吉兵衛のいうことは筋が通っている。登楼する者はすべて刀をあずけるのが曲輪のしきたりだった。しかも出口には番所があって、役人が昼夜詰めている。だが……。

「結構な御意見だが、生憎《あいにく》、金がないんでね」

清麿はさらりと云った。金のないのは不便だが、別に恥ではない。

「分ってまさァ。だから御用立てしよう、てんで。二両もありゃァ足りるでしょ？」

正気か、この男？ 清麿はまじまじと吉兵衛を見た。それとも罠《わな》か？ だが罠だとしたらなんのために？

「罠なんかじゃありませんよ。そのかわり、一つだけ、お願いがあるんで」

再び清麿の気持を読んで、吉兵衛が云った。

「お願いねえ」

清麿がちらっと笑った。急に本気で島原に行きたくなった。罠でもいい。一晩、女相手にのんびり酒を飲んでみたい。酒も飲まずに殺されるなんて、下らなすぎるじゃないか。

「女郎をね、一人、つれ出していただきてえんでさ」

吉兵衛は驚くべきことを平然と云った。清麿は思わず笑い出した。話が突拍子もなさすぎたからだ。

「お礼は別に出しますよ。十両でどうです」

この男はどうやら本気らしい。懐《ふとこ》ろから重そうにふくらんだ胴巻を引きずり出したのである。

「いやだね」

女郎の『足抜き』を手伝えば、よくて袋叩《ふくろだた》き、悪ければ殺されても仕方がない。

「二十両！」

「自分でやんなさい。自分の女なんだろう」

「三十両！　これしかねえんだ！」

吉兵衛が叫んで、胴巻をひっくり返した。確かに三十枚の小判が鈍く光った。

「但《ただ》し半金は今、半金はあとだ」

吉兵衛は慣れた手付で、素早く小判を二つの山に積んだ。

「自分でやりてえのは山々だが、あたしは顔が売れすぎてるン。あんたじゃなきゃ駄《だ》目《め》なンだ。まさか初会の客が足抜けさせようとは、忘八《ぼうはち》も考えねえ」

忘八とは女郎屋の主《あるじ》のことだ。俗に仁・義・礼・智《ち》・信・忠・孝・悌《てい》の八つの徳目を忘れなければ、女郎屋の主は勤まらないからこの名がついたというが、実は中国語から来たものだという。

「店はぬけ出せても、番所は通れないよ」

清麿がそう云ったのは、金に惹《ひ》かれたからではない。吉兵衛のへらへらした態度の底に、妙に本気な、堅苦しいまでに生真面目《きまじめ》な必死さを感じとったからだ。清麿は性来、こうした生真面目さに弱い。

「番所はあたしが何とかします。旦那《だんな》は女を連れてすっと出てくれりゃそれでいいんだ」

　今や必死さはむき出しになっていた。

〈惚れたはれたのことじゃないな〉

　ふっとそう思った。余程せっぱつまった事情があるに違いなかった。

「なんで私なんだ？」

「今朝の斬《き》り合いを見たんで……」

　清麿は苦笑した。

「曲輪《くるわ》の者を斬る気はないな。それ程の腕もない」

「あたしが惚れたのは旦那の度胸でさ。四人相手に鼻唄《はなうた》でも出そうな按配《あんばい》だったじゃありませんか。しかも素手《すで》と来てる」

　妙な奴《やつ》に妙なところを見こまれたもんだ、と思った。自分が特に度胸がいいなどと、清麿自身は考えてもいない。度胸がよければ、江戸を逃げ出したりはしなかった。あのまま江戸に居坐《いすわ》っていたって、今とたいして変りはなかった筈《はず》だ。今になって見れば、沁々《しみじみ》そう思う。清麿は当面の相手と闘って、もし生きのびることが出来たら、江戸へ帰るつもりでいた。大坂へ出て船へ乗れば、江戸までは安全にゆけるだろう。帰り着いたら伊賀頭領の長屋へいって云《い》ってやる。

「大御所の後家さんと浮気《うわき》して、どこが悪いんだ」

それで斬られれば、それはそれで仕方がない。散々逃げ廻《まわ》って、旅先の見知らぬ国で殺されるよりは、少しはましではないか。少くとも泣いてくれる女の一人や二人はいる。

〈どっちにしろ、十五両あれば豪勢に飲めるだろう〉

現金なもので、忽《たちま》ち酒の香りが匂《にお》った。女の薫《かお》りもする。清麿は小判の山の一つを、無言で摑《つか》み上げた。

三

さっぱりした女だった。こんな世界には珍しく欲がなく、その分あざとさがなくて、すっきりしている。十七の歳から三年いる、と云うのに、妙にうぶい感じがするのも、そのせいかもしれない。押しつけがましいところが微塵《みじん》もなく、こちらが黙っていれば、いつまでも黙っている。そのくせ不機嫌《ふきげん》なわけではなく、どこか澄んだ明るさがある。

「谷川なんだな、つまり」

さっきから何に似ているんだろうと考えあぐねた末に、ひょいと出て来たのがその言葉だった。

「はい？」

仙千代が目を瞠《みひら》くようにして訊《き》き返す。

「お前さんのことさ。谷川の水に似てるんだよ。静かで、澄んでて、冷たくて、ひっそりしてて」

仙千代がはにかんだように微笑《わら》って、首をかしげた。妙に打ち消したりしないところが、またいい。

思いきりどんちゃん騒ぎをしてやろうと思って登楼したのだが、そんな気もなくなってしまった。このまま、この女と二人きりで朝まで飲んでいたい。

清麿は窓をあけてみた。かわたれ時のそよ風が酔った肌《はだ》に爽《さわ》やかだった。なんとなく、ざわざわと胸が騒いだ。

「驚いたな」

「はい？」

「どうやらお前さんに惚《ほ》れたようだよ」

清麿は仙千代の手をとった。引いたとも思わないのに、仙千代の小柄《こがら》な軀《からだ》が、柔らかく腕の中に入って来た。湯上りのいい匂いがする。香の匂いはまったくない。

〈まるっきり地女《じおんな》じゃないか〉

地女とは遊女が曲輪以外の堅気の女一般をさしていう言葉である。

恥じらいの様も自然で、つくったしなではなく、ういういしかった。

「いい女だなぁ、あんた」

清麿は仙千代の中に沈んでいった。

翌早朝。寅《とら》の下刻（午前五時）に二人は屋形を出た。それが吉兵衛との約束の刻限だった。

仙千代は清麿を大門《おおもん》まで送りに出たのである。いちげんの客に示す態度ではなかったが、なにしろ昼夜通しの上客である。払いも綺麗《きれい》なものだったし、しかも旅の者だという。帰りにも寄ってくれるかもしれないと考えると、商売の上でも送った方がいいのは明瞭《めいりょう》だった。その上、生憎《あいにく》の雨である。

暁闇《ぎょうあん》の中を、二人は指を絡《から》め合って、相合傘《あいあいがさ》で歩いてゆく。あとからついてゆく男衆はいい加減ばかばかしくなった。それにしても仙千代がこんなにべたべたするなんて珍しいことだ。よっぽど枕金《まくらがね》を包んだのか、それともあっちがよかったのか。確かに男が見てもすっきりした客だった。

角を曲った瞬間に、何かが強くみぞおちにぶつかった。刀の鐺《こじり》だったのだが、男衆に判断する余裕はなかった。忽ち気を失ったからである。清麿は男衆を羽目板によりかからせ、傘を畳んで横に置いた。一分銀を二つ、袂《たもと》の中に入れてやる。

「すまないね」

本気でそう云うと、同じのんびりした調子で歩きだした。仙千代が仰天したような顔をしている。清麿はくすりと笑って、

「二人っきりで歩きたかったんでね」

「でも……」

仙千代は不安げだった。当然だった。清麿は『足抜き』のことなど一言も告げてはいない。吉兵衛も、黙って大門までつれて来てくれたらいい、と云っていた。なまじ知らせたら、震え上って足がすくむだろう。態度にも出るに違いなかった。それでは屋形さえ出ることが出来まい。

「気にしなくていいんだ。帰ったらお前さんからもこれをおやり」

仙千代にも一分銀を二つ渡し、ついでに柔らかく口を吸ってやった。それでどうやら安心したらしく、凭《もた》れるようにして大門の手前まで来た。

突然、足がとまった。

番所が大騒ぎになっている。

「きゃあ、鼠《ねずみ》!」

これは本物の悲鳴だった。

番所の中に百匹に近い鼠が一時に放《ほう》りこまれたのである。至る処《ところ》が鼠だった。詰めていた役人の躯にも手先の躯にも、鼠が群れていた。仮睡していた役人の顔にも鼠が乗っている。鼠の方も恐慌《きょうこう》に駆られていた。こわい上に飢えていたから、手当り次第に嚙《か》みつく。役人の耳が鼻が嚙まれた。さながら阿鼻叫喚《あびきょうかん》の地獄図だった。

仙千代が悲鳴をあげながら今来た道をとって返そうとする。

「こっちだ」

清麿は腕をとって大門を駆け抜けた。

途端にぱっと仙千代の躯が蓑《みの》でくるまれた。頭に笠《かさ》がかぶされる。

吉兵衛だった。自分も蓑笠姿である。

清麿も渡された奴にくるまった。その間に吉兵衛は手早く仙千代の足に草鞋《わらじ》をはかせている。

「こっち」

ひっぱってゆかれた先に、野菜を積んだ荷車があった。吉兵衛が曳《ひ》き、仙千代と清麿が押す。清麿はちらりと振返った。大門をとび出してくる役人も手先もいない。皆、それどころではないのである。どうやって鼠から逃れるかに必死だった。

雨が激しくなった。清麿は片寄せられてあった莫蓙《ござ》で野菜を蔽《おお》った。ついでにずり落ちて莨の外にはみ出した仙千代の長襦袢《ながじゅばん》をひきめくり、紐《ひも》の間にはさんでやる。

「あの……これは……」

仙千代はわけが分らないでいる。こわい鼠から逃げただけのつもりが、あっという間に野菜売りの百姓女になってしまっている。

吉兵衛が振り返って、笠をあげて見せた。

仙千代は瞠目《どうもく》した。

「わしや、お仙坊」

「おっちゃん！」

「里へ帰るんや。ええな。このまま里へ帰るんや」

「そやかて……」

「なんも云うたらあかん。半道《はんみち》いったら地蔵堂がある。その中で着替えるんや。ええな、元のお仙さんに戻《もど》るんや」

「そやかて、うち……」

仙千代が目の上に手をやった。眉《まゆ》が濃い。

江戸期を通じて未婚の娘は眉を剃《そ》らず歯にも何も塗らないのが習わしである。結婚すれば眉を剃り、いわゆるお歯黒をつける。歯を黒く染めるのである。これに対して女郎は眉を剃ることなく、お歯黒だけをつける。つまり半分娘であり、半分人妻だというわけだ。遊女たちが『足抜き』するのを難しくしているのは、一つにはこの眉の問題があった。そのままでは一目で遊女と分ってしまう。誤魔化そうとすれば眉を剃り落すしかない。お歯黒の方はそう簡単にとれてくれないからだ。だが眉の方も、今剃ったばかりでは青々として、これまた一目瞭然《いちもくりょうぜん》ということになる。従って顔をさらして大門をくぐることは、まず絶対に不可能だったのである。

仙千代はそのことを告げているのだった。

「眉なら剃ったる」

「けど……」

「あとへ灰塗っとけばええんや」

「そんなんいやや。ばばちいわ」

仙千代が子供のようにべしょべしょと泣き出した。

清麿は奇妙に満足だった。子供を一人助け出したような気がしたのである。

〈こんな足抜きならなんど度でもやってやる〉

満足しながらそう思った。

四

世に聞えた丹波の朝霧の中から、その男たちがまるでしみのように現れたのは、老ノ坂の中腹だった。

雨はいつかやんでいた。

そのかわりに濃い霧が清麿の軀《からだ》をしっぽりと包んでいる。

三人共、もう蓑笠はつけていない。まとめて荷車の上に積んである。仙千代は地蔵堂の中で、吉兵衛の用意した野良着《のらぎ》に着替え、髪はほどいてうしろに束ね、手拭《てぬぐ》いを姐《あね》さまかぶりにしていた。眉を剃りおとし、そのあとへ白粉《おしろい》と灰をまぜたものをすりこんだ仙千代は、日灼《ひや》けの色が薄い点を除けば、どう見ても百姓の若女房《にようぼう》だった。色あせた紺染めの着物の裾《すそ》を高々とまくりあげ、白い蹴出《けだ》しをさらし、同じ紺染めの手甲《てつ》・脚絆《きやはん》をつけた仙千代の姿は、なんとも甲斐《かい》々《がい》しく、女郎姿よりずっと色気が匂った。遮二無二《しやにむに》といってもいい程の強行軍で、顔も桜色に染まって、健康な美しさである。

〈こんなに変り身の早い女も珍しい〉

清麿はそう思ったが、これは間違いである。仙千代は三年たっても女郎という稼業《かぎょう》に馴染《なじ》むことが出来なかった女なのだ。その意味で恐ろしく頑固《がんこ》だといってもいい。生れついての百姓女であり、何を着ても、どれだけ化粧しても、その地が一瞬でも消えることはなかった。だからこの昔の衣裳《いしょう》を身につけた時、仙千代はごく自然に『かやの里』の女お仙に戻っていったのである。

現れた男たちの数は七人だった。三人が長い竹槍《たけやり》を、四人が長脇差《ながわきざし》を抜いていた。吉兵衛が車をとめた。煙草《たばこ》入れを抜いて煙管《きせる》をとり出し、ゆっくり煙草の葉をつめる。この男たちが現れるのを予期していたことは明らかだった。霧の中に煙草の香りが流れた。

「成程。こういう趣向か」

清麿はゆっくり刀を抜きながら云った。清麿だけは元のまんまの着流し姿である。裾をはしょってさえいない。自堕落な格好といえばいえた。もっとも足もとは草鞋でかためている。

「悪いね」

吉兵衛が煙を吐きながら、再び正確な江戸弁に戻って云った。

「どうしても死人が一人いるのさ。あんたなら、遅かれ早かれ斬られる軀だろうと思ってね。それほど罪つくりじゃあるまいと踏んだわけだ」

「妙なところを見込まれたもんだな。だが……」

清麿は自分をとり囲んだ長脇差と竹槍を見廻した。剣の心得のある連中は一人もいない。一番危険なのは、吉兵衛だった。どんな業《わざ》か知らないが、忍法を使うのではないか。

「こちらも大人しくは殺されないよ。まず四人は死ぬな。ひょっとしたら、五人」

吉兵衛は当然のことのように頷《うなず》いた。

「分ってますよ。皆、死ぬ気でさ。村のためなら仕様がねえ。親兄弟、女房子供がそれで助かるんですからね」

沈痛に云ってのけると、ぽんと煙管をはたいた。吸殻《すいがら》が霧の中に飛んだ。それが合図だったらしい。七人の男たちは一斉《いっせい》に攻撃して来た。

清麿は巧みに躱《かわ》しながら、三本の竹槍のうち二本まで斬《き》った。まず長物を排除するのがこうした闘いの場合の鉄則である。三本目の竹槍を斬り損なって、わずかに左腕の肉をそがれた時、仙千代が叫んだ。

「うち、死にまっせ」

男たちがぎょっと手をとめてみつめた。

仙千代が剃刀《かみそり》を咽喉《のど》にあてがっている。本気だった。そのまま力を籠《こ》めて一引きすれば、頸動脈《けいどうみゃく》が絶たれて一瞬に死ぬ。咽喉から血が一筋流れている。

さすがの吉兵衛が身動きも出来なかった。

「あほなことすな！」

と喚《わめ》いただけである。

「お前さんには関係のない男やないか。昨夜《ゆうべ》あっただけの客やろ。わしら、里のためにやっとんのやぜ。なんでこんな男のために死なんならんのや!?」

「うちに惚《ほ》れた云《い》うてくれはったんや。うち初めてやねん、本気でそないなこと云われたの」

「あほなこと！　ただの口説やないか」

「違うねん。そのお人、本気やった。女やから分るんや。うちには里よりそのお人の方が大切なんや」

吉兵衛が沈黙した。仙千代は今自分がどれほど『かやの里』にとって大事な人間になっているか知らないのである。村長がことのいきさつを告げることを禁じたからである。それほどの秘事だった。それがここへ来て裏目に出てしまった。

吉兵衛はふっと溜息《ためいき》を一つ洩《も》らすと、手を振って男たちに云った。

「おしまいや。持ち慣れんもんは車へ積みなはれ」

男たちは長脇差と竹槍を先を争って荷車に乗せた。心底ほっとした様子を隠さない。武器がなくなると、七人とも確かに只《ただ》の百姓だった。吉兵衛がぶっそうな代物《しろもの》の上に蓆《むしろ》を掛けて、清麿に云った。

「旦那《だんな》。すいませんが、一緒に来てくれませんか」

「いやだと云ったら？」

清麿がさからうように云う。大人しくいいなりになるのが業腹《ごうはら》だっただけだ。

「好きになすっていいんですよ。そのかわりなんでこんなことになったか、一生分らずじまいになりますがね」

「憎たらしい男だな、お前って奴《やつ》は」

清麿はほろ苦く笑って刀をおさめた。このままわけが分らずじまいでは、たまったものではなかった。罠《わな》なら罠で結構だ。理由をきかなければ、一生気分がすっきりしないだろう。吉兵衛が、清麿の手に負えない好奇心を読み切って、そこにつけこんでいるのは明白だった。だから憎たらしい、いやな男なのである。

清麿は仙千代の肩を抱いた。

「ありがとう。助かったよ。それはもうしまっていいだろ」

仙千代はおとなしく剃刀をしまった。

「いつもそんなものを持っていたのかい」

「いつ死にとうなるか、分らへんよって。うち用意だけはええんや」

あどけないような云い方だった。例の癖で首をちょっとかしげ、窺《うかが》うような眼《め》をしている。

清麿は肩を抱いた手に力を籠《こ》めた。


『かやの里』は文字通りカヤの木の森の中にあった。

清麿と仙千代が案内された神社は大梵天王宮座と呼ばれ、後に明治に入って屋磨内神社となったおやしろだったが、その広大な神域にも巨大なカヤの古木が立ち並んでいた。

二人はここで夜まで待たされた。吉兵衛と村長との話が長びいたためである。清麿は酒を所望し、霧とカヤの大木を肴《さかな》に、平然と飲んでいた。仙千代はそばに坐《すわ》ったきり、倦《あ》きもせず酒を注《つ》いだ。二人の間に一言の言葉もなく、二人ともひどく倖《しあわ》せだった。

〈いつかこんな日の夢を見たことがあるかもしれない〉

ふと清麿はそう思う。

物音一つしない静寂。立ちこめる霧。風に霧が流れると、想像も出来ないカヤの巨木がぬっと現れる。それはひどく頑丈《がんじょう》な軀をもった巨人の老爺《ろうや》のように、いかつい中にも優しさを籠めて、二人のたたずまいを見守っているかと思われた。こんな中で日がな一日、果てしなく酒をくらい、時に仙千代とまぐわい、時に気が向けば刀を鍛《う》ち、それで一生を終えることが出来たらどんなに素晴らしいだろう。

刀はある時はカヤの木のようにまっすぐ伸びた直刀であり、ある時は仙千代の腰のように優美なそりを持つかもしれない。刃紋は霧のように煙っているかもしれず、谷あいのせせらぎのように澄み切った地肌《じはだ》かもしれぬ。

〈刀が鍛《う》ちたいな〉

唐突にそう思った。

言葉などというはかないものに、己れの思いを託すことは出来なかった。堅い鋼《はがね》以外に、自分の感じること、思考することを刻むことの出来る素材はない。何一つ言葉をかわすことがなくても、出来上った刀を見れば、この女は何も彼《か》も分ってくれるに違いない。自分は、この女の中に入れば、女が何を感じ何を考えているかすぐに分る。そんな分り合い方をした男と女が、夏はひどく暑く、冬は雪が深くて道も塞《ふさ》がれるというこんな土地で一生暮してゆく。なんともこたえられぬ桃源郷ではないか。

清麿はいつものように端坐《たんざ》したままで、いつ果てるともなく、水のように酒を飲み続けた。


案内された村長《むらおさ》竹岡半太夫の離れ座敷は、照明の妙を凝らしたものだった。前栽《せんざい》に七つの燈籠《とうろう》があり、カヤ油の白く明るい燈明《とうみょう》が点ぜられている。燈明は遠く近く揺らいで、見事に遠近感を強調し、一種幽玄の聖域を現出させるのだった。

半太夫が吉兵衛と共に入って来た。大男だった。髪も眉も白く、いずれ相当の歳《とし》かと思われたが、軀を見ている限り、老人という感じがまったくしないのである。盛り上った肩も、厚い膝《ひざ》の上に組んだ手の大きさも、この男の人並はずれた力のほどを示していた。声にも腹の底に響くような重厚さがある。さながら戦国期の武将だった。

「村の者が様々のご無礼を働きましたる段、誠に申しわけなく存ずる」

語り口も古武士のものである。

「これには深い仔細《しさい》がござる。何も彼も打明けてお話し申し上げる故《ゆえ》、それをもって無礼の謝罪とお考え願いたい」

「酒をいただけますか。短かい話じゃなさそうだ」

清麿がそう云うと、仙千代がおかしさを嚙み殺すようにうつむいた。恐らく今まで、この村長にこんな無礼な注文を出した男はいなかったに違いない。半太夫は一瞬いぶかるように清麿を見たが、吉兵衛に僅《わず》かに顎《あご》をしゃくってみせた。吉兵衛が音もなく出てゆくとあとは沈黙が続いた。

清麿は気にもしていない。乗り出すようにして燈籠のかもし出す美しさに見惚《みと》れている。

〈子供なんやわ。珍しいものいうたら、すぐ夢中にならはるんや〉

仙千代は急に清麿へのいとしさがつのって、胸を抑えた。何故か胸がつまるような感じがしたのである。

吉兵衛が酒の支度を整えて戻って来た。大きなふくべに、盃《さかずき》を三つ。吉兵衛が各々の盃を満たして置こうとしたふくべを、さりげなく清麿がとり上げて自分の横に置いた。仙千代はまた笑いをこらえるのに苦労した。

〈ほんま、子供や〉

またそう思った。

荘重に盃をあげると、ゆっくり飲み干してから、半太夫は語りはじめた。話は別段珍しいものではなかったが、村の苦衷《くちゅう》だけはよく分るものだった。

先月のことである。半太夫は京に出て、有栖川宮家にご機嫌《きげん》伺いに伺候《しこう》した。その席で突然、宮が仙千代の母親の名前を出し、達者でいるかとお訊《き》きになられた。仙千代の母が、宮家に奉公していたことは、先に述べた。それにしても古い話だった。二十年以上の昔である。よくおぼえていられることだと思いながら、半太夫は、その女が婿《むこ》をとり、一人娘を産むと、その産褥《さんじょく》で死んだことを言上した。宮が意外な言葉を吐かれた。

「そうか。やはり自害しよったか」

半太夫が不審を抱きつつ、自害ではないことを申し上げたが、宮はきっぱりと首を横に振られて、

「いや、それは一種の自害や。わざと手当を怠ったんや。麿《まろ》が何の返事もしてやらんかったせいや」

返事?! 半太夫の胸の中に、疑惑と不安が黒雲のように急速にひろがって来た。まさか……。いや、そんな馬鹿《ばか》なことが……。だがやはり、そんな馬鹿なことだったの

である。宮の眼が痛ましそうに曇った。

「近頃《ちかごろ》になってな、可哀《かわい》そうなことしてしもたと後悔するんや。齢のせいかもしれんなぁ」

そして更に沁々《しみじみ》とした調子で云った。

「麿の子やいうことだけ認めて欲しい、そない云うて来たんや。それがでけんかったんや、あの頃は。あれの悋気《りんき》が強うてなぁ。可哀そうなこと、してしもた」

宮の恐妻ぶりは当時から有名だった。だが今はない。去年亡《な》くなられている。

「男か女か？」

産んだ子のことを訊かれているのだ、と分るまでに少し時がかかった。それほど半太夫は茫然《ぼうぜん》自失していたのである。

「娘でござりました……」

「名は？」

「お仙と申しまする」

「お仙のう。達者でおるんやろな」

ぎょっとした。まさか島原に売られたとは云えない。

「はっ。それはもう……」

次の宮のお言葉が、半太夫に、とび上るほどの衝撃を与えた。

「一度おうてみたい。次に来る時、連れて来てたもれ」

竹岡家の離れに暫《しばら》く沈黙の時が流れた。

清麿は相変らず水のように酒を飲んでいた。仙千代は盃が空になると、機械的に大ふくべをとり上げて注いでやっている。目がうつろだった。

「この里には、仙千代を身請けするだけの金もないんですか」

清麿がなにげなく云った。

半太夫がその清麿を刺すように見た。

「金はなんぼでもある。あるが身請けしただけではすまぬ」

こともあろうに、有栖川宮《ありすがわのみや》の御落胤《ごらくいん》を島原に売ったと分れば、『かやの里』は無事ではすむまい。宮がお怒りになれば、この里は忽《たちま》ち油屋仲間からはずされるだろう。『かやの里』はそれでおしまいだった。それほどの重大事である。身請けしただけではすまない。島原に売られたという事実そのものを消してしまわなければならない。

「そんなことが出来るわけがない」

清麿が哀れむように云った。

「出来ますよ。仙千代が死ねばいいんだ」

これは吉兵衛である。

「死ねば？」

「そう。足抜きした上で、男と心中すればいいんです」

これが清麿の生命《いのち》の狙《ねら》われた理由である。心中者の片割れというわけだ。そして仙千代は書置を残して姿を消す。

「後追い心中というわけでさァ」

この辺の山は深いし、山の獣も多い。男を殺された女郎の死場所にはこと欠かない。

「一年もたったら、すっかり獣にくわれて、骨と着物だけになった死体が、狐《きつね》の穴あたりでみつかるって寸法で……」

そして仙千代は死に、『かやの里』にお仙という全く新しい娘が生れる。有栖川宮御落胤という噂《うわさ》に包まれて、村長竹岡半太夫の屋敷のこの離れで、ひっそりと、だが高雅な暮しを続けることになる。宮がお会いになりたければ、いつでも参上するし、お気が向けばお出掛けになられてもいい。

『かやの里』は全村をあげて宮を歓待するだろう。そして宮の御覚えは益々《ますます》目出度く、『かやの里』は永代油屋仲間として、秘《ひそ》かな繁栄を続ける筈《はず》である……。

「虫のいい話だ」

清麿が吐き出すように云った。心中の片割れとして殺される筈だった男の側から見れば、当然の感想である。

半太夫が黙って二十五両の切餅《きりもち》を二個、清麿の前に置いた。

「詫《わ》び料か。それとも口留料ですか」

「どちらも違《ちご》うとる。これは依頼料や」

半太夫の目が厳しい。

「何の依頼？」

「この里で暮して欲しい」

仙千代が清麿を慕っていることは明白である。清麿を殺せば自害しかねないことは、老ノ坂峠の成行きではっきりした。心中話は清麿の死体抜きででっち上げねばならないが、それはそれとして、村の秘密を握った清麿を外に出すことは出来ない。だから仙千代、ではない、新たに生れたお仙の亭主《ていしゅ》として、この里に居ついてくれ、というのである。倖《さいわ》い清麿は追われる身である。事情は知らないが、この里に忍べば、刺客《しかく》の手をのがれることは保証していい。村の者が一丸となって、清麿の身を隠し、守ることは確実である……。

清麿は沈黙した。さっき神社で酒をのみながら見た一瞬の幻が、現実になろうとしていた。押しつけられていることの不快さを除けば、決して悪い話ではなかった。仙千代が熱っぽく、清麿の手を握っている。仙千代にすれば、この思いもかけぬ境遇の激変の中で、清麿のような男を放したくはあるまい。役者のようにいい男で、無限に優しくて、腕もたち、度胸も坐《すわ》っている。女から見てこれほど頼りになる男はいなかった。

「私は刀鍛冶《かたなかじ》だ」

清麿が五十両の金を押し戻《もど》しながら云った。

「刀さえ鍛《う》たせて貰《もら》えるなら、どこにいたって同じだ」

話はそれできまった。心中の場所が遥《はる》か田辺の浜ときめられたのは、死体が揚らなくても不審に思われないためである。それに金を積んで証人を仕立てたのが万一ばれても、『かやの里』まで疑惑の手はのびては来まい。正吉とお伝の失踪《しっそう》がこの際は有《あり》難《がた》かった。

心中工作はうまくいった。目撃者までいては島原の男たちも諦《あきら》めるしかない。村長半太夫はあざとく、島原まで出かけていって、そくばくかの供養料《くようりょう》をとった。『足抜き』を許し、心中までさせたのは、島原の手落ちである、と強硬に主張したのである。

田舎者のがめつさに、島原の楼主はうんざりして、涙金を払った。これで仙千代の身は安全になった。だが清麿の方はそうはゆかなかった。伊賀同心は忘八より執拗《しつよう》だったし、賭《か》けられたものも大きすぎた。それでも清麿はこの里で一月の余を過した。

五

鬼麿たちの一行が、残りの雪を踏みしめながら『かやの里』に辿《たど》りついたのは、二月二日の朝である。

朝霧が『かやの里』をすっぽり包んで、なにか幻の里めいた俤《おもかげ》を偲《しの》ばせている。

〈お師匠の好きそうな土地だな〉

一瞬に鬼麿はそう感じた。

鬼麿は、清麿がこの里に来た理由を知らない。伊賀同心の報告書には、この謎《なぞ》について一言半句も書かれていなかった。

『かの男、この里に一月も潜《ひそ》みたるものの如《ごと》し。伊賀谷のおかしら平内左衛門さまのお力により、ようやく見つけ出《いだ》すことをえたり』

そう書かれているばかりである。仙千代のせの字もなく、『足抜き』の結果についての言及もない。何故、初見の女を『足抜き』させたか、何故心中を偽装したかについての記述もない。鬼麿にとっては謎だらけだった。

『かやの里』に一歩踏み込んだ瞬間に、鬼麿は一種の殺気を感知した。だが弱い。殺気というより警戒といった方がいいかもしれない。だから鬼麿は気にもしなかった。

それより、この里のどこへ、誰《だれ》を訪ねてゆけばいいのか。

鬼麿の脳裏に、昨日の昼、島原の忘八から聞いた村長の名が浮んだ。

「それがごついお年寄りでなァ。ほんまカヤの木のように巨《おお》きゅうて、それがあんた、銭貫わんうちはてこでも動かんいうて……」

これは仙千代の供養料のことである。僅《わず》かな銭のことで、忘八を手古《てこ》ずらせた老人というのが、なんとなくおかしかった。

〈その爺《じい》さまと話そう〉

さっきから、カヤの木のうしろに隠れて、何人かの子供たちが、こちらを窺《うかが》っているのに鬼麿は気づいていた。子供が好奇心の強いのは、町場も田舎も変らない。

鬼麿はたけを呼んで、村長の家を子供に訊いて来るように命じた。

村長の屋敷は宏大《こうだい》な森の中にあった。勿論《もちろん》カヤの木の森である。土塀《どべい》もないくせに門だけはばかでかいのが、でんと建っている。その扉《とびら》が閉じられていた。塀がないのだから入ろうと思えば、いくらでも入れるのである。だが門は厳然と閉じられている。恐らく村人は、これで絶対に入らないのだろうと鬼麿は思った。

鬼麿たちは構わず門の脇《わき》から敷地内に入っていった。突然、広い庭と古びた建物が現れた。庭には燈籠がいくつも配置されてあり、朝霧の中でカヤの油がかすかな白い光を放っていた。美しかった。

鬼麿たちが一瞬、恍惚《こうこつ》と眺《なが》めていると女の声がした。

「綺麗《きれい》でっしゃろ。これだけがうちの贅沢《ぜいたく》ですねん」

霧の中に﨟《ろう》たけた女人の顔がぼっと浮んだ。若くはないが、はっとするような美しさだった。どこか童女のようなあどけなさが匂《にお》う。近づいて来ると、古風な小袖《こそで》を着ていることが分った。この寒空に素足である。小さく華奢《きゃしゃ》な足の白さが目に沁《し》みるようだった。

鬼麿は無意識裡《り》に頭を下げていた。そうさせるような何かが女にはあった。

おりんはその鬼麿の腕を強く摑《つか》んでいる。顔が硬《こわ》ばって見えるのは、警戒しているからである。

たけはぽかんと口をあけて見ていた。これがたけ流の感嘆の仕方だった。

「旅のお方どすか」

不意に何かが鬼麿の心をつき動かした。半ば衝動的に言葉が口をとび出していた。

「山浦環正行《やまうらたまきまさゆき》の弟子、鬼麿です」

十三年前の師匠の名をいきなりぶつけた鬼麿の作戦は、思いもかけぬほど強烈な効果を発揮した。

「あっ」

小さく叫ぶと女はふらっと前へ倒れかけたのである。女を素早く支えたのは、おりんだった。咎《とが》めるように鬼麿を見た。

「どういうつもりだい、いきなり……」

「幽霊を呼び返すには呪文《じゅもん》がいるのさ」

「幽霊だって?!」

「そうさ。お前が抱いてるのは田辺の海の底から呼び起された幽霊だ」

鬼麿はもう女が仙千代《せんちよ》であることを見抜いていた。

〈まったくお師匠は女にもてるなァ〉

呆《あき》れるばかりだった。師匠はたった一晩でこの女に惚《ほ》れたのである。本気で『足抜き』させて、女と共にこの里に一月の余も忍んでいたのである。この女だったら何の不思議もなかった。ただの女郎と考えたのが間違いだったのだ。自分だってこんな女から脱《ぬ》けたいと云《い》われたら、どんな無茶をしても『足抜き』させたに違いなかった。

「何者かは知らぬが……」

背後から声がかかった。鬼麿はくるっと反転するなり、大太刀《おおだち》を抜いていた。眼前四尺の向うに槍《やり》の穂があった。槍を握っているのは村長に違いなかった。六十代も終りかと思われる齢頃《としごろ》なのに、小山のような体軀《たいく》だった。しかも生気に満ち、構えた槍に一点の隙《すき》もない。その左右に五人ずつ、槍を構えた男たちがいる。村長の隣りの五十男を別にすれば、いずれも若い。五十男は吉兵衛だが、鬼麿は知らない。

「死んで貰《もら》うぞ」

鬼麿の身のこなしの余りの素早さに瞠目《どうもく》しながら村長が云い終えた時には、もう大太刀はいつもの型でふりかぶられていた。足を横一文字に開き、腹を思いきりつき出し、切尖《きつさき》が尻《しり》に触れるほど軀《からだ》を反《そ》らせている。

「あきまへん」

お仙の声が響いた。

「そのお方、あの人のお弟子はんや！」

間に合わなかった。若者たちは性急である。それに初めての真剣勝負にあがっていた。統制もなく、五人までが槍を突きかけて来た。

鬼麿が舞った。いつものゆるやかな舞いである。驚くべきことが起きた。五本の槍がいずれも手もとからきっかり一寸を残して両断され、地に落ちたのである。槍と刀の闘いで、刀は通常槍のけら首を斬《き》る。穂の根もとである。けら首をとばされた槍は、まだ充分杖《じよう》として使える。だが手もとから一寸のところで斬られては、只《ただ》の棒切れである。もはや刀と闘える道具ではなかった。

「次の者からは、腕を斬るぜ」

鬼麿が冷然と云った。

『かやの里』の住人は、戦慄《せんりつ》した。生れてからこんな凄《すさ》まじい剣を見たことがなかった。

戦いの素人《しろうと》と玄人《くろうと》との差が劃然《かくぜん》とあった。戦国期の百姓は、夫役《ぶえき》として戦場に狩り出され、結構手強《てごわ》い戦《いく》さぶりを見せたものだ。だがここにいるのは、泰平の世の百姓だった。たとえ二十、三十の数を集めても、一人の鬼麿に勝てる道理がなかった。

まっ先にそれに気づいたのは吉兵衛だった。

「あきまへんわ、村長《むらおさ》」

半太夫は頷《うなず》いて槍を引いた。

「剣は師匠より数段上やな。けったいな鍛冶屋や」

鬼麿たち三人が事のいきさつを知ったのは、奇妙にも、清麿の場合と同様に、離れでだった。おりんとたけは席をはずすようにと云われたが、鬼麿が拒否した。

「俺《おれ》たちは三人で一人だ」

「子供もか。子供まで一人前に扱うんか」

半太夫は息を荒らげた。女子供は半人前という建前の時代である。同じ罪を犯しても、女と子供は、成人男子のきっちり半分の罰しか受けなかった頃である。

「たけは立派に一人前だ。自分の責任は自分で負う。喋《しゃべ》っていけないことは、舌を嚙《か》み切っても喋らねえ」

たけは胸を張って頷いた。

「おいら自分で死ぬよ」

それが責任をとるということであるのを、たけは知っている。

半太夫と吉兵衛は、妙な感動に捉《とら》えられた。子供にこれだけのことを云わせる鬼麿は、並の男ではない。そういえばこの男の師匠も尋常な刀工ではなかった。日に三升の酒を飲み、決して乱れず、常に高雅ともいえる姿勢を保ち続けた。気がむくと、お仙を抱いた。おおらかなものだった。戸障子を開け放した部屋の中で、平然と媾《まぐわ》うのである。人の目などまったく気にしていなかった。時には森の中で嫌っているのが目撃された。

それが或《あ》る日、狂ったように庭の一角に鍛冶《かじ》小屋を建てはじめた。タタラを作り、夥《おびただ》しい炭を集めた。半太夫に頼んで、里で一番の力持ちを雇い、向う槌《づち》に仕立てると、鍛刀をはじめた……。

「刀を?!」

鬼麿がほとんど叫ぶように云った。

「その刀を見せて下さい！」

半太夫がすまなそうな顔をした。仕上った刀は半太夫に贈られたが、それを帯びて京にいった時、宿が火事になって焼いてしまったのである。一尺二寸五分の脇差だったが、見ていると寒くなるような出来だったという。

「焼けた、って……影も形もなくなったんですか?!」

そんな筈《はず》がなかった。火事ぐらいで刀が消えてしまうわけがなかった。

「そら、残骸《ざんがい》はありましたわ。けど焼けただれてもうて、無残で見るに耐えん代物《しろもの》やった。未練で一応持っては帰りましたけどな、却《かえ》って刀に悪いような気がして、埋葬してやりましたんや」

「埋葬ですか」

暗澹《あんたん》とした。この湿気の多い土地で、土の中に埋められたら、刀は間違いなく死ぬ。

「あとで場所を教えて下さい」

「何しなはるんや？」

「一応掘り出してみます」

半太夫と吉兵衛が呆れた顔をした。十三年前の刀を掘り出して、どうしようというのか。異常な執着心としか、考えられなかった。

「数打ちじゃないのは、はっきりしてるんだから、いいじゃないか。それより、まだ話が半分じゃないの」

焦《じ》れたようにおりんが云う。おりんは餓鬼のように先が聞きたくて仕方がないのだ。清麿の生々流転《せいせいるてん》はそれほど数奇を極めたもののようにおりんには思われる。清麿という男の、いぶし銀のように落着き払った清々《すがすが》しい生の中から、突然奔出する花火のような華麗さ。その生きざま自体が、どう仕様もなく女の心を惹《ひ》くのである。

「刀が仕上ってから間もなくや。伊賀谷《いがだに》のかしらがふっとやって来よりましてなあ」

半太夫の口調が沈んだ。ここから先が、辛《つら》い話になるのである。

お仙がふっと溜息《ためいき》をついた。

六

山陰道豊岡《とよおか》から江野《こうの》を経て、更に道なき道を辿《たど》ると、但馬《たじま》の伊賀谷に出る。ここは平家の落武者が世を忍んで住みついた村だ。谷に細流がある。これが伝説の菜川である。江野の里人が、この川の上流から菜っ葉の流れて来るのを見て、上流に人の棲《す》むことを知ったといわれる。

伊賀谷の名のあるのは、ここに潜んだのが平家の侍大将伊賀平内左衛門家長の一族だったからだ。伊賀家長は安徳天皇のお守役をつとめた男である。古《いにし》えの伊賀忍《しのび》群の総帥《そうすい》であり、いわゆる服部《はっとり》三家は、この家長を祖としている。江戸期には、江戸の伊賀同心組と伊賀谷の忍びとは、ほとんど交渉はなかったが、相互にその存在だけは知っていた。

さすがに伊賀同心である。彼等《かれら》は清麿と仙千代の心中などはなから信じなかった。もっともここ迄《まで》追って来ていれば、清麿の性格も知悉《ちしつ》している。心中などする男ではないことぐらい、容易に見抜いた。田辺の港で、心中を目撃したと称して届け出た漁師三人、昆布《こんぶ》採りの女二人、遍路一人のうち、伊賀同心が狙《ねら》ったのは遍路だった。殺しても容易に始末出来るからである。忍びの者の本気の拷問《ごうもん》に耐えられる人間はいない。遍路は忽《たちま》ち金を貰《もら》って偽りの証言をしたことを吐いた。金を出した男の人相が正しく清麿だったのに満足して、伊賀同心たちは遍路を放したが、これはみすみす『かやの里』の村長の策に乗ったことになる。遍路は拷問を受けた場合に答えるようにと予《あらかじ》め教えこまれたことを、鸚鵡《おうむ》のように繰り返したにすぎなかったからである。伊賀同心たちは山陰道を走り、出雲往来まで出、遂《つい》には智頭《ちず》街道を山陽道まで下って見たが、清麿の消息は杳《よう》として知れない。二十日を費していた。絶望し切羽つまった伊賀同心たちは、伝説の伊賀の里を訪れ、かしらにすべてを語って協力を乞《こ》うた。この暗殺行にしくじれば、全員腹を切らねばならなかった。文字通り必死の懇願だった。伊賀の里のかしらは協力を約した。同じ一族の苦衷《くちゅう》を見兼ねたためである。忍びの常として、この一族も丹波路・丹後路にかけて、己れの結界《けっかい》内のすべての村々について知悉していた。『かやの里』の名が出た時に、かしらの目が光った。この里の村長が一筋縄《ひとすじなわ》ではゆかぬ男であることを知っていたからである。

あとは簡単だった。伊賀谷の忍びたちは、忽ち『かやの里』に仙千代と清麿のかくまわれていることを知った。だがどうにも動機が不明だった。かしらはそこで躊躇《ためら》った。『かやの里』は公儀よりも寧《むし》ろ朝廷につながった村である。古えの忍者にとって、みかどは犯すべからざる唯一《ゆいいつ》の権威だった。興亡常ない武家の頭領など、彼等にとっては何者でもなかった。それに『かやの里』の村長は伊達《だて》や酔狂でこんな偽装工作をする男ではない。なにかある。何かよほど切羽つまった事情がある。そうとしか考えられない。そしてその事情が、朝廷と関《かかわ》りのあることだったら……。かしらが恐れたのは、その一点だった。

かしらが伊賀同心たちには事実を伏せたまま、単身『かやの里』の村長に会いに来たのはそのためである。

村長も伊賀谷のかしらを知っている。現に彼の腹心である吉兵衛は、伊賀谷の出身だった。里を守るために、この手の男が必要だと信じた村長が雇った人物なのである。

村長と伊賀谷のかしらの会見は、友好裡《り》に行われた。かしらは『かやの里』の事情を理解した。だが同時に伊賀同心たちの苦衷も理解している。妥協策が協議された。問題は清麿ただ一人である。お仙の件については伊賀谷の関知するところではない。いや、寧《むし》ろ、お仙の秘匿《ひとく》については積極的に協力してもいい。ただ清麿だけは里から出してやって欲しい。

その上かしらは一つの条件を出した。自分の結界内、つまり丹波・丹後の土地の中では、絶対に清麿を殺させないと云ったのである。伊賀同心と清麿の追いかけっこは、結界を出たところから始まる。それなら清麿が逃げ切る可能性も大きい。それに清麿がこの結界内に留《とど》まる限り、少くとも向う半年の間、伊賀同心は攻撃をかけることが出来ない。そういう条件だった。

村長は根は正直な男である。だから最後の選択は清麿に委《まか》せると明言し、その通りにした。清麿は村長の厚意を謝し、村を出ることを承知した。村長は再び五十両の金を持ち出し、清麿も今度はこの金を受けた……。

「結局うちは棄《す》てられたんどすなぁ」

お仙が儚《はかな》げに、ぽつんと云った。

半太夫は沈黙した。あの当時、毎日毎日、泣きはらしたお仙の顔を見るのがどれほど辛かったか、自分はとり返しのつかぬ選択をしてしまったのではないかとどれだけ悩んだかを、当時と同じ切なさで思い出したからである。結局、お仙は諦《あきら》めてくれた。そのかわりどんなにすすめても婿《むこ》をとることは承知せず、清麿への貞節を守った。毎朝、清麿の霊を慰める勤行《ごんぎょう》を絶やさなかった。清麿が『かやの里』のために死を選んでくれたと信じていたからである。

だが清麿は生きていた！　このお弟子はんがはっきり、去年十一月に死んだといやはった！　よもやと思う伊賀同心組の攻撃を斬り抜け、江戸へ帰らはった。うちのところへは戻《もど》って来てくれへんかった。そのお仙の辛い思いが、

「結局うちは棄てられたんどすなぁ」

という怨念《おんねん》に満ちた言葉となって、吐き出されたのである。

鬼麿は内心首をひねった。なんとなくお師匠らしくないな、と感じた。清麿は惚《ほ》れた女がいればどこにでも腰を据《す》えてしまう男である。女がいて、酒があって、そして刀を鍛《う》つことが出来れば、どんな土地だっていい。ましてこの里は、一歩踏みこんだ時からお師匠好みだ、と思ったほどの土地である。簡単に棄てていったところが何とも不審だった。何かある。お師匠にこの土地を棄てさせた何かがある。最後の謎《なぞ》がそこにあった……。

半太夫の話はすべて終った。お仙が有栖川宮家《ありすがわのみや》に伺候《しこう》し、宮が涙ぐまんばかりの御様子でどれほど優しくお仙をねぎらい、その美しさを称揚したか、以後宮がどれほど『かやの里』にお肩入れ下さり、お蔭《かげ》で里がどれほど助かったか、などという話は、よそ者に告げるべきことではなかった。

鬼麿の思いも、埋められた師匠の作刀の方に向っていた。刀がどんな状態になって

いるか、早く見たかった。

一同が腰を浮かしかけた時、お仙が恐る恐る云った。

「そないにあの刀が見たいんどすか」

鬼麿がこれが刀鍛冶のどうしようもない性《さが》であることを、吃《ども》り吃り告げると、お仙がちろっと舌を出した。それが悪戯《いたずら》を白状しなければならなくなった童女のようで、なんとも可愛《かわ》ゆく、また色っぽかった。

「ほな、待っとっておくれやす。すぐお見せしますさかい」

どういうことだと問い返す半太夫に、お仙は昂然《こうぜん》と応《こた》えた。

「形見がほしかったんどす。そやさかい、村長はんが埋められたその晩に掘り出しましてん」

半太夫は開いた口が塞《ふさ》がらなかった。十三年もの間、そんな気ぶりも見せんで通すとは、なんと女子《おなご》とは恐ろしいものやなあ。

お仙の保管は完璧《かんぺき》だった。焼けただれた刀は、そのまま油づけにされていたのである。燈籠《とうろう》用のカヤ油を入れた大きな壺《つぼ》の中に、一切の造りをとった抜身のまま漬《つ》けられていた。そのため腐蝕《ふしょく》作用は十三年前の段階でぴたりととまっていた。十三年間、一度もとり出して見なかったのか、という鬼麿の問いに、お仙はあっけらかんと答えた。

「そこにいてはるだけで安心ですねん。男はんてそういうもんやおへんか」

鬼麿は叮嚀《ていねい》に油を拭《ぬぐ》い、丹念に刃長一尺二寸五分の脇差《わきざし》を見ていった。完璧《かんぺき》な四方詰めである。丹精こめた作業が、こんな状態でもよく分った。だが……どこか違う。今までこの旅の間に出会った正行時代の作品とはどこかが違う。むしろ後年の清麿時代に近い作である。何故、そしてどこが違うか。鬼麿は嘗《な》めんばかりに顔を近づけ、焼けただれた地肌《じはだ》を爪《つめ》でひっかいたりして、更に刻明に見ていった。はたの者から見ると肌に粟《あわ》を生じそうな、一種憑《つ》かれた如《ごと》き所作だった。

「ハガネだ！」

鬼麿が呻《うめ》くように呟《つぶや》いた。

「ハガネの質が違う。けど、どこでこんなハガネを……」

ハガネとは玉鋼《たまはがね》のことだ。玉鋼という言葉は明治二十七・八年戦役、いわゆる日清《にっしん》戦争以後のものだ。当時、弾丸にする洋鉄が不足したため、廃絶に瀕《ひん》していたタタラ炉を再開させ、弾丸の原料にしたことに由来するという。それ以前はすべてハガネと呼んだらしい。

「出羽《いずは》ハガネのようだが、少し違う。水入れハガネには違いないが……はて？」

出羽ハガネとは石州邑智郡《せきしゅうおおち》出羽産のハガネを云う。赤熱した鋼塊を溜《た》め池に投入して急冷したので水ハガネ、或《あるい》は水入れハガネと称した。これに対して播州宍粟郡《ばんしゅうしそう》千種《ちくさ》産のハガネはタタラ炉から引き出した赤熱《しゃくねつ》の鋼塊を、自然に放置して冷却させたので、火ハガネ、白ハガネ、千草ハガネと呼んだ。これらの種類の異ったハガネを何種類も微妙に組合せて鍛造するところに、刀工の秘伝があった。

半太夫がこほんと咳払《せきばら》いした。これは鬼麿の問いに対する答を持っているということである。鬼麿が注視した。

「いや、それはやな、たまたま、うちにあったハガネやねん。わしの身内が同じ石見《いわみ》の国の……」

半太夫は一つの地名をあげ、身内がそこで百姓仕事のかたわらささやかな製鋼業に従事していることを告げた。その身内が送ってよこしたハガネを清麿は使ったのである。

「そのハガネを見てから暫《しばら》くものもよういわんと考えこんではった。そのあとすぐやったな、鍛冶場《かじば》をつくりださはったんは……」

もうその先を聞く必要はなかった。今こそ鬼麿にはすべての謎がとけた。何故お師匠がこれほどの女人を棄て、伊賀谷のかしらの折角の条件も省みず、すぐさま結界を出て出雲往来に向ったかが、はっきりと分った。

すべてはこのハガネにあった。このハガネを配合することによって、刃味も耐久度も旧に倍するような業物《わざもの》を作ることが出来るという可能性が、清麿に一切を棄てさせたのである。刀鍛冶の魂が、すべてに、この素晴らしい女人にも、自分の生命の危険にも優先したのである。

鬼麿は半太夫のあげた地名を知っている。お師匠は自分を連れてその地へ赴き、大量のハガネを買いこんだ。長州萩《はぎ》に落ち着いて二年間鍛刀一筋にうち込んでいたのは、その特殊なハガネの最上の組合せ法を探究していたためであろう。その証拠に、二年後の天保十五年七月、清麿は突然萩を出発し、小諸にいた兄山浦真雄《やまうらまさお》のもとに急行している。真雄も鍛刀修業のため江戸へゆきたいと藩侯に願い出ていたのをとり消して、弟清麿と数夜、熱のこもった話合いを続け、揚句の果てに鍛冶場に籠《こも》り、兄弟で一振りの刀を鍛刀した。門弟は鬼麿でさえ、近づけてくれなかった。あれは清麿が最上のハガネの組合せを発見したと信じ、信頼する兄真雄に検討して貰《もら》いながらその組合せ法を伝えたに違いなかった。今初めて鬼麿はそう確信した。そう思えば、兄弟の作風が異様なほど酷似して来るのは、この頃《ころ》からなのである。

〈お師匠！　お前さんはやっぱり心底からの刀鍛冶だ〉

鬼麿は泣きたいほど心を揺るがされていた。自分もこんなことはしていられない、という思いがつのった。清麿のもつ刀鍛冶の魂の幾分かが自分にもあるなら、こんなことはしていられない。倖《さいわ》い刀を折る仕事は終った。ここから出雲往来までの間で、師匠が甲伏せの数打ちものを作った筈がない。刀鍛冶の魂に目覚めた師匠が、そんなことをするわけがなかった。自分の仕事は終ったのである。あとはお師匠の魂を引継ぐだけではないか。

「ぐずぐずしちゃいられねえよッ」

鬼麿は思わず声に出してそう云《い》った。一座の者がきょとんとして一斉《いっせい》に鬼麿を見た。おりんが不安げに、庭に目をやった。鬼麿が伊賀同心の新手《あらて》の到着を予感したのではないかと誤解したのである。

たけがすっと座敷を出ていった。敏感におりんの気持を察し、様子を見にいったのである。それが一人前の大人のとるべき態度だとたけはたけなりに信じたためである。

鬼麿はおりんの誤解に気づいた。慌《あわ》てて手を振って打消しながら云った。

「違うよッ。俺ァ……そうだ。この刀を焼直してみたいんだ！」

それは咄嗟《とっさ》の思いつきだったが、言葉にしてみると、ひどく妙案のような気がした。焼直しとは簡単にいって損壊した刀を修復することである。

「そないなことが出来るんどすか！」

お仙が叫んだ。叫ぶだけのことはあった。それは刀の再生というだけではなかった。あの人の再生だった。それが出来れば、どんなに嬉《うれ》しいことか。これから生き続けてゆく上で、どれほど励みになることか。お仙はいつの間にか、鬼麿に向って手を合わせていた。

七

焼直しの作業は容易ではなかった。火事による損傷が、意外なほど大きかったためである。そのかわり、鬼麿は師匠の鍛刀の秘術を余すところなく見極めることが出来た。作業がいわば分解再生のようなものだったから、これは当然である。それに鬼麿は、後期の清麿の鍛刀法を身に徹して知っている。ほとんど常に向う槌《づち》をとらされていたのだから、これまた当然のことだった。あれとこれをつき合わせれば、自《おのず》から師匠の思考を辿《たど》ることが出来る。こんな素晴らしい勉強はなかった。鬼麿は何も彼《か》も忘れた。おりんのことも、追って来る伊賀同心の追手のことも、頭になかった。それは鬼麿と清麿二人きりの長い長い対話だった。

たった一人、そこに割り込んで来れたのはたけだった。鬼麿はこの子に向う槌をとらせたのである。自分がたけと同じ齢頃《としごろ》に、清麿の向う槌をとらされたことを思い出したからである。当時の鬼麿にとっては、大槌を振ることなど易々たる業《わざ》だったが、小柄《こがら》なたけにとっては大変な苦行である。それでもたけは一言の音《ね》も上げなかった。歯を喰《く》いしばって、鬼麿の指示する通り懸命に大槌を振るった。

作業は十日間続いた。十日目の朝、最後に仕上った脇差を砥石《といし》にかけながら、さすがの鬼麿が不安で手が震えた。一寸また一寸と砥ぎ上げられてゆくにつれて現れて来た刀の肌は、なんともいいようのない美しさだった。あまりの美しさに胸が震え、涙がこぼれた。これこそ刀鍛冶《かたなかじ》の醍醐味《だいごみ》である。刀鍛冶以外にこの悦《よろこ》びを知る者は、誰《だれ》一人いないだろう。

たけさえが泣いていた。

「綺麗《きれい》だね、お師匠」

泣きながらたけが云った。

「そうさ。これが刀だ。刀を鍛《う》つってことだ」

たけはこくんこくんと頷《うなず》きながら、俺、刀鍛冶になる、なってみせると、繰返し繰返し誰にともなく呟《つぶや》いていた。

鍛冶場を一歩出た瞬間に、鬼麿は異変を察知した。凶々《まがまが》しい殺気が、朝霧の中に立ち籠《こ》めている。伊賀同心組の新手の到来に間違いなかった。

京での四日、鍛刀のための十日が、この到来を招いたことを鬼麿は知った。だが一片の悔いもない。寧《むし》ろ鍛刀の間に現れなかったのを、天の恵みだと解釈した。

砥ぎ上ったばかりの裸の刀をたけに渡すと、左手にさげていた大太刀を、いつもの通り斜めに背負った。

「その刀を大事にもって、鍛冶場にいな」

「おいら一人前だ」

それがたけの返事だった。たけも殺気に気づいている。ま、いいだろう。いつもの通りだ。鬼麿はそう思ったが、

「その刀は使うんじゃねえぞ」

と念を押した。

「分ってらァ。お姫さまの刀だろ」

ちゃんと飲み込んでいた。相変らずこましゃくれた餓鬼である。

二人は朝霧の中を漂うように離れ座敷に近づいていった。

「そこで止まれ」

という塩辛声と、

「あんた、ごめん」

というおりんの声が同時に起った。

全員が其処《そこ》にいた。もう六十に近い白髪の、だが鷹《たか》のように鋭い顔の男を中心に、二十人の伊賀同心が、おりん、お仙、半太夫、吉兵衛の四人を囲んで立っている。お仙だけが引き離されて、両側から刀をつきつけられていた。

微《かす》かな風で濃淡を変える霧の中で、鬼麿はそれだけのことを見てとった。

「お前のお父つぁんか、おりん」

鬼麿は平静な声で、鷹に似た老人に顎《あご》をしゃくりながら訊《き》いた。

「そうなの。ごめんなさい」

しょげきっていた。おりんも、半太夫も、吉兵衛も、脇差をとり上げられていた。まっ先にお仙を捕えたに違いなかった。お仙に刀をつきつけ、脇差を棄《す》てさせたのだ。

「もういい加減にやめにしねえか、お父つぁん」

鬼麿はまっすぐに老人に語りかけた。伊賀同心組の頭領なら、まんざら理非をわきまえぬ男でもあるまい。

「お前さん、師匠の駄作《ださく》を集めて、清麿なんてこんなもんだと言い触らしたがってたようだが、生憎《あいにく》、もう一振りも残っちゃいねえんだ。一振り残らず、折っちまったよ」

もともと鬼麿が憎くて狙《ねら》ったわけではない。刀が目的だったのだ。もっとも今になっては分らない。鬼麿は十五人以上の伊賀同心を斬《き》っているからだ。

その時、鷹のような頭領が、せせら笑いながら驚くべきことを云った。

「生憎だったな。お前は間違っておる。甲伏せ物はもう一振りあるんだよ」

「嘘《うそ》だな。ここから出雲往来までの間で、お師匠がそんなものを鍛った筈《はず》がない。出雲往来から先は、俺《おれ》が一緒だった」

新しいハガネをどうやって組合せるかの思案に夢中になっていた師匠に、数打ちものなど作る余裕はなかったと、はっきり云える。一文の銭がなくても、飢死寸前に追いつめられようと、絶対にそんな刀は鍛たない。

「ここから先の話じゃない。ここまでの間だ。お前が見落したんだよ」

「嘘だ！　そんな筈がない」

「それがあるんだな。飛驒《ひだ》高山だ。お前の師匠は阿呆《あほう》だ。なんと村上尚次の鍛冶場を借りて鍛っているんだ。尚次はそいつを刀屋から買い戻《もど》して持っていたよ」

「嘘だ！」

村上尚次は清麿の兄真雄に大恥をかかされた大慶直胤《たいけいなおたね》の直系の弟子である。それくらいのことをしてもおかしくはない。しかし……。

「自分で見るがいい」

霧の中を抜身の脇差が飛んで来た。鬼麿は左手でこれを摑《つか》んでいる。隙《すき》をつくらないためだ。素早く目を刀身に走らせた。情けなくなった。頭領の云う通り、それは正《まさ》しく清麿の手になる、甲伏せの数打ちものだった。鬼麿はその刀を地べたに突き立てた。

「折らないのか？」

頭領の意外そうな声がとんだ。十人の伊賀同心が霧にまぎれて音もなく自分を囲んで散開し終えているのを、鬼麿は知っている。この刀を折ろうとした瞬間に、その十人の攻撃が始まるであろうことも。

「あとでいいだろう」

のんびりと云ってやった。問題はお仙である。お仙を楯《たて》にとられては……。

「その長いのを棄てろ。棄てねばこの女を斬る」

果して頭領の声が聞えた。

「その人はやめろ。そのお人は……」

いいかけて躊躇《ためら》った。半太夫が云った。

「もうわしが云うたわ。有栖川宮の御落胤《らくいん》やとな。この男、歯牙《しが》にもかけようらん。忍びも変ったもんや」

嘲《あざけ》るというより嘆くような口調だった。この老人には、天子の御一族をないがしろにする忍びの存在が、信じられないのである。

「勝つためには、何でも使う。それが忍びだ。大太刀を棄てろ、鬼麿」

鬼麿は大太刀を抜いた。清麿の数打ちの刀と並べて、地べたに突き立てた。

「あんた！」

「あんちゃん！」

おりんとたけいの悲痛な声が同時にあがった。大太刀を持たない鬼麿など考えられなかった。しかも相手は二十人もいる。

だが鬼麿は動じなかった。何故かは知らず奇妙な自信があった。この十日間で自分は刀工として生きることを誓った。生きることをである。死ぬことをではない。どんな目にあおうと、たとえ身に寸鉄も帯びていなくとも、その自分が負ける筈はない。ましてや死ぬことは絶対にない。

鬼麿の気は、今やこれまでの半径八尺の輪を超えて、無限の広さを持つ空間に向って、凄《すさ》まじくも放射された。

伊賀同心の頭領の顔が蒼《あお》ざめた。鬼麿を囲んだ十人の伊賀同心も同様である。大熊《おおくま》のように、素手で、ただ立っているだけの鬼麿の気が、彼等《かれら》すべてを圧倒していた。動けば死ぬ。奇妙にも一人一人がそう確信した。どういう殺され方かは不明だが、確実に殺される。

「見事だ」

異質な声が聞えた。頭領が愕然《がくぜん》と振り返った。伊賀谷のかしらだった。そして一本一本のカヤの木の蔭《かげ》に、数も知れぬ伊賀谷の忍びの気配があった。

「手を貸してくれるか」

伊賀同心の頭領が、救われたような声をあげた。

「間違えるな。わしが手を貸すとしたら、その男の方だ」

かしらは鬼麿を指さした。

「ことわりもなくわれらが結界を犯し、みかどの御一族を弑逆《しいぎゃく》せんとたくらむ者を、われらが許すと思ったか」

かしらの声が鞭《むち》のように頭領を打った。

「わしらは同じ血族だぞ」

頭領が叫んだ。

「だからこそ、尚更《なおさら》許せぬ」

いヽいヽかしらの声が断乎《だんこ》として響いた。

頭領は敗北を知った。その時、十三年の永い年月の間、忍びに忍んで来た怨念《おんねん》が、一気に爆発した。

「おのれ！」

頭領は矢のように走った。壮者も及ばぬ速さだった。向った先はお仙である。

お仙は驚きの表情で両手を前につき出した。それで刃《やいば》が防げると思っているような、そんな稚《おさな》い仕草だった。

頭領の刀が振りおろされた。その刃はお仙の頭上一寸のところで異物を斬った。清麿の最後の数打ちの刀だった。咄嗟《とっさ》に鬼麿が投げたのである。刀は二つに折れてけしとんだ。同時にお仙の姿が消えた。伊賀谷のかヽしヽらがひっつかむなり、後ろへ放《ほう》ったのだ。頭領の刀は空《むな》しく宙を斬った。

「おのれ！」

頭領は翻転《ほんてん》して鬼麿に走った。

大太刀は既に振り上げられていた。足を横一文字に開き、思い切り腹をつき出し、切尖《きつさき》が尻《しり》にふれるほど……。

頭領の刀と大太刀は全く同時に振りおろされ、空間で交叉《こうさ》した。頭領の刀は二つに折れ、大太刀は頭領の頭蓋《ずがい》から顎《あご》の下まで、まっすぐに斬っていた。様《ためし》剣術の最も正統の斬法《ざんぽう》、『眉間《みけん》割り』である。この斬法を使ったのは伊賀同心の頭領に払った鬼麿の精一杯の敬意だった。

「お父つぁん！」

おりんの声が泣いていた。

人々、思い思いの辛《つら》い顔を包み隠すように、霧がまた濃くなって来ていた。

解説

縄田一男

棺を蔽《おお》うて後、はじめて定まる——どうして時代小説ばかり書くのか、という問いに対して、死人の方が生きている人間より、よほど確かだからというのが、故隆慶一郎氏の用意した答であった。

昨今の様にくるくると価値観が変わっていく様な世の中では、棺の蓋《ふた》が閉められる頃《ころ》には、その人の声価はすっかり忘れ去られているかもしれない。そんな時代だからこそ、かえって、長い歴史の中で、己れの志に殉じていった死者たちが益々《ますます》幅を利《き》かすようになる。そうした死者たちの志について、誇りについて解明するのが、生きている私たちの義務なのではないのか、と隆氏は云《い》っているのだ。

このことばの持つ意味を吟味しつつ、隆氏の残した作品のページを繰っていくと、そこには、この不世出の作家が紙幅に躍らせた幾多の登場人物たちの顔が浮かんでくる。それは、時には、庄司甚《しょうじじん》右《え》衛門《もん》とともに自由の砦《とりで》の吉原《よしわら》を守るために闘った『吉原御免状』の松永誠一郎であったり、戦乱の世に終止符を打つ恒久平和の担《にな》い手として、後半世を徳川家康の影武者として生きた『影武者徳川家康』の世良田《せらた》二郎三郎であったり、『一夢庵《いちむあん》風流記』の傾奇者《かぶきもの》前田慶次郎であったり、或《ある》いは『死ぬことと見つけたり』の痛快な二人組、斎藤杢之助《さいとうもくのすけ》と中野求馬であったりする。彼らばかりではない。こうした歴史上の有名無名のヒーローたちと様々なユートピアの夢を紡《つむ》いで来た誇り高き漂泊の自由民〝道々の輩《やから》〟〝公界《くがい》の者〟たちの顔も、そして、敵役を演じた柳生義仙《やぎゅうぎせん》や徳川秀忠《ひでただ》の顔もそこにはある。

しかし、こうした魅力的な男たちと比べて彼らの誰《だれ》よりも決然として屹立《きつりつ》してくるのは、他《ほか》ならぬ隆慶一郎氏自身の顔なのである。

辰野隆《たつのゆたか》や小林秀雄を恩師に持ち、大学の教壇に立ってフランス語を教えながらも、シナリオライターへと転身。本名の池田一朗の名で一時代を築きつつも、新しい生き方を求めて六十を過ぎてから小説の筆をとり、僅《わず》か五年の作家活動で、その頂点を極め、時代小説の可能性を遮二無二《しゃにむに》、追求し、一閃《いっせん》の光芒《こうぼう》を放って逝《い》ってしまった隆氏。その隆氏こそ、自身が創造したどのヒーローよりも稀代《きたい》のいくさ人であり、傾奇者だったといっていい。

隆氏は、前述の、自身の戦中体験を軸にして「葉隠《はがくれ》」を伝奇化した『死ぬことと見つけたり』や短篇《たんぺん》「柳枝の剣」（作品集『柳生非情剣』所収）の中で、死者の意志を怖《おそ》れ、これを最も尊重して来た日本人の特異性について記しているが、当の隆氏自身が、昨年十一月、肝不全で死去されて以来、その作品にこめられた魔力故《ゆえ》に、一体、何人の読者を書店へとはしらせていることか。

これは、隆慶一郎という作家に対する声価が、棺を蔽うて後、益々、定まって来たことの証拠に他なるまい。そして、隆氏が歴史の中で志に殉じていった者たちの遺志を読み取ることを自らの使命としていたならば、今、我々の成すべきことは、この幽明境を異にした作者の目指していたものを、残された作品の中から読み取っていくことなのではないだろうか。今回の『鬼麿斬人剣《おにまろざんじんけん》』の文庫化は、正にその絶好の機会という気がしてならないのである。

巨軀《きょく》の野人である刀工・鬼麿が四谷《よつや》正宗と謳《うた》われた師匠・山浦環《やまうらたまき》＝源清麿《みなもとのきよまろ》が心ならずも残した数打《かずう》ちの刀を折り捨てる旅に出る——この本来、刀をつくる側の刀工がその刀を折ってまわる、という逆説的エスプリに満ちた痛快極まりない物語は、『吉原御免状』に続く隆慶一郎作品の第二弾として、昭和六十一年三月から六十二年四月まで『小説新潮』に連載され、同年五月、新潮社から刊行された。

主人公の鬼麿はともかく、その師匠の清麿は、作中で触れられている様に兄の山浦真雄《まさお》とともに実在した新々刀期最高の刀工として知られている。

清麿を扱った先行作品として吉川英治の中篇「山浦清麿」があるが、こちらは昭和十三年の「講談倶楽部《クラブ》」秋季増刊号の発表ということもあり、かなり、当時の時代色が濃厚に映し出された時局的な読み込みの出来る作品に仕上っていた。

物語は『鬼麿斬人剣』の「四番勝負　面割り」の中で紹介される松代《まつしろ》・真田《さなだ》藩の試刀会に端を発し、この試刀会に兄真雄の刀を持参して参加した環（後の清麿）は、直胤《なおたね》一派の卑劣な策略に会い、敗北を喫してしまう。これを機に一念発起した環が様々な紆余《うよ》曲折を経て兄に優《まさ》るとも劣らぬ刀工になっていくというのが、大まかなストーリーである。作者一流の一種の求道小説というべき一篇だが、特に後半、佐久間象山と交渉を深めていった清麿が日本を狙《ねら》う欧米列強の動向に対応していく点が、作品発表時の日本の対外的な情勢に重ね合わせることが出来る。清麿の自決も勤王がらみの事件として処理されている。

隆慶一郎氏は、『吉原御免状』の刊行に際して語った談話をまとめた「わが幻の吉原」の中で、この吉川英治作品について触れ、

この清麿のことを一番最初に書いたのは吉川英治さんだったと思いますが、吉川

さんの書いたのは全くのフィクションで、清麿研究家が怒ってしまったということがあるんです。余り清麿人気が高いものだから、彼をストレートに書くとまた抵抗が生じるといけないと思って、その弟子を主人公にしたんです。

と、巨漢・鬼麿登場の必然性を語っている。

この鬼麿・身長六尺五寸（一九七センチ弱）、体重三十二貫（一二〇キロ）の巨漢で、試し斬《ぎ》りの達人。師匠の清麿から譲り受けた三尺二寸五分の大太刀を腰に手挟《たばさ》んでいる。彼の剣の構えは、大太刀の先が尻《しり》につくほど大きく振りかぶり、足を横に開き不動のかたちをとるという、あまりみっともいい形ではないが、その切先の届くところにあるあらゆるものを瞬時にして斬り裂く凄《すさ》まじい破壊力を秘めている、という設定だ。

鬼麿を旅立たせることとなった、天保《てんぽう》十三年の清麿の江戸出奔は史実に即したもので、清麿はこの年の春、江戸を出発して、暮には長州萩《はぎ》に現われている。出奔の理由も、どこをどう旅したのかも判《わか》っていない。作者は清麿が江戸を売った理由として、美男で女好きの清麿と伊賀組頭領の娘とのロマンスを設定している。この娘が大御所家斉《いえなり》の側妾《そくしょう》でありながら、大胆にも清麿と情事を重ねていたことが発覚、折から天保の改革で大奥の粛正を狙っていた老中水野越前守の格好の餌食《えじき》になろうとしている。

かくて頭領は情事の証人たる清麿を抹殺《まっさつ》すべく配下の伊賀者を指し向け、清麿は江戸を出奔せざるを得なくなったというわけだ。ところが追っ手の伊賀者は清麿の反撃にあい、この暗殺は無残な失敗に終わってしまい、頭領は自らの手で娘の命を絶たねばならなくなる。

その清麿が死んだというのだ。しかも、必死の逃避行の最中に路銀欲しさのために鍛《う》った粗雑な刀を残して。この数打ちの刀を一堂に集め、天下に公表すれば名人清麿の声価はたちどころに下落する。

かくて、清麿の遺志で師匠の恥になる刀を折り捨てるべく旅に出た鬼麿と、その刀を奪い取ろうとする伊賀者との抗争を軸に、両者は波瀾《はらん》ぶくみの道中を繰り広げてゆくことになる。物語の舞台が、中山道《なかせんどう》、野麦街道、丹波路、山陰と移り替わっていく中で、各篇にはそれぞれ、黒船来航という時代色を背景とした藩内の派閥抗争、刀工同士の確執、博徒の跡目争いといった興趣満点のストーリーが盛り込まれ、その合間に伊賀者との凄絶《せいぜつ》な死闘が展開されていく。

その道中を通して鬼麿は「二番勝負　古釣瓶《ふるつるべ》」で山窩《さんか》出身の少年たけを供に従え、「四番勝負　面割り」で奇《く》しくも伊賀組頭領の末娘おりんと結ばれることになる。この清麿・鬼麿と二代続いた伊賀者との因縁という発想は、四谷正宗と謳われた清麿の家が四谷伊賀町にあり、伊賀者組屋敷がすぐ傍《そば》にあったことから思いついたものだろうが、刀工がいったん自分が手離した刀を、弟子に命じて折ってまわらせるという発想の源は一体奈辺《なへん》にあったのだろうか。E・T・A・ホフマンの作品に、自分が細工した宝石を取り戻《もど》すために次々と殺人を重ねる狂気の金細工師の姿を描いた「マドモアゼル・ド・スキュデリ」があるが、今となっては、それを確かめる術《すべ》もない。

ただ、それとは別に、この『鬼麿斬人剣』を読んでいて非常に興味深いのは、この連作を執筆している最中に、作者の渾身《こんしん》の大作『影武者徳川家康』や『花と火の帝《みかど》』の連載がスタートしているためか、隆慶一郎作品を貫くエッセンスともいうべきものが作品のあちこちに散見している点である。

例えば、その一つが主人公・鬼麿の設定である。隆慶一郎作品の特色として第一に挙げられるのは、網野善彦らの最新の中世研究をもとに、天皇以外のあらゆる権威を認めず、多種多様な職業につき全国を放浪した誇り高き自由民〃道々の輩〃〃公界の者〃たちの存在を作中に取り込んだという点であろう。隆氏の残した作品は総体として、彼らと歴史上の有名無名のヒーローがつくるユートピア小説のかたちを成していたが、その背後には、決まった土地や家を持たず、全国を放浪して一生を終えた非農業民や、更には海人・山人・運送業者といった一種の自由人の視点から日本史を見たらどうなるか、という独特の史観が息づいていた。厳冬の山中に捨てられ山窩の一族に育てられたという鬼麿や、たけの生い立ち、そして、「四番勝負　面割り」の中で触れられる〝歩荷《ぼっか》〟や鉱夫、「七番勝負　摺付《すりつ》け」で清麿を助けた船乗りたちの存在も、こうした発想と無縁のものではないだろう。

またユートピアといえば、この作品の大団円である「八番勝負　眉間《みけん》割り」の舞台となる〝かやの里〟は、朝廷につながりを持ち、幕府権力の統制の埒外《らちがい》にある一種の桃源境として描かれており、ここには明らかに『花と火の帝』へと受け継がれるテーマの一端を伺い知ることが出来るだろう。そしてこのユートピアというテーマを鬼麿の側に引きつけて考えてみるならば、「二番勝負　古釣瓶」で、心ならずも自分の一族を殺す手引きをしてしまったたけの心中を思いやり、「よそ者の手引きをして自分の一族を殺したという痛みは、生涯《しょうがい》少年の心に残る筈《はず》である。その痛みとおびえは、少年の一生を引裂くに充分な力をもつ。即座になんらかの手をうたねばならなかった。ほんの冗談ごとにしてしまって、〈気にすんな。ほら、何でもなかっただろ〉そういって、頭の一つもなでてやればいい」、そしてそのために卑劣な伊賀者を斬らねばならないと決意する箇所には、作者の考えるユートピアを支える心情的な部分が、最も端的に表わされてはいないだろうか。

この他にも、たけの両親が伊達《だて》藩の山廻《やままわ》り同心との争いで殺されていたり、渺々《びょうびょう》の奥山は何人の所領でもなかったと、常に自由の土地であるべき山の問題が度々、繰り返されたり、〃無法天に通ず〃と書かれる鬼麿の描写が、〃余りに無法な「いくさ人」は天これを愛す〃という『一夢庵風流記』における前田慶次郎のそれを思わせる点等、興味は尽きない。そして、実在の刀工清麿の人生の空白部分を様々な趣向によって埋めていくという手法自体、史実と史実の合間をぬって、伝奇的手法によって歴史を再構成していったこの作者の、巧みな小説作法と一脈通じるものがあるではないか。

しかし、これらにも増して私が最も注目したいのは、この作品のもう一方に据《す》えられた〃死者の遺志〃というテーマである。隆氏がいくつかの作品の中で、死者の遺志を怖れ、これを最も尊重してきた日本人の特異性について触れていたことは既に述べたが、その根底にあったものは、谷川健一民俗学の原点ともいうべき『魔の系譜』である。この著作の中で谷川健一は、日本の王権を支えて来た影の部分を、日本人の情念の歴史であるとし、死者の魔が生きている者を支配するという、奇怪な構造が歴史の裏面にあることを明らかにしている。『鬼麿斬人剣』は、この谷川民俗学のエンターテインメントへの果敢な応用といえるのではないだろうか。

作品全体の構造をみても、主人公・鬼麿は死せる清麿の遺志を継いで師の残した数打ちの刀を折り捨てる旅に出、伊賀組の忍びたちも、死者に対する最も有力な報復の手段としてその刀を奪わんとしているのである。そして鬼麿が師の足跡をたどりながら尋ねていった土地で起こるのは、その師が残していった刀に端を発した事件ではないか。登場人物たち全員は懸命に現実の生を全うしている様に見えても、その実、死せる大いなる刀工・清麿の遺志に踊らされて行動を開始していくのである。この死者の呪縛《じゅばく》から彼らを解放すべく活躍の任を与えられるのが、生まれながらの強靭《きょうじん》な生命力を持った鬼麿なのだが、彼とても物語の当初は、かなり死の匂《にお》いを濃密に漂わせたヒーローだったといえるだろう。鬼麿は師の鍛った刀の行方を捜すために、かつての清麿＝死者のとった行動を再現しつつ、道中をしなければならず、その使う剣も、相手を死人と見切ることでこれを倒すという異形のものであった。そして、物語の前半のイメージともいうべき死の雰囲気《ふんいき》は、「二番勝負　古釣瓶」で、鬼麿が「これはこいいいいのよのことならず――」（傍点引用者）と、〝地蔵和讃《わさん》〟を唱えながら伊賀者を一人一人斬り捨てていく箇所に如実に現れているといえるだろう。

しかし、反面、死を司る清麿に対する鬼麿の生へのベクトルが強烈にせり上ってくるのも、はやくもこの二番勝負あたりからで、鬼麿は、莫連女《ばくれんおんな》のなれの果てともいうべき痩《や》せこけた飯盛女郎を、たった一夜の交わりで水々しい生気に満ちた女へと戻してしまう。この時から死せる清麿と強烈な生のパワーを持った鬼麿との熾烈《しれつ》なせめぎ合いがはじまることになる。そしてたけとおりんという道連れを得て、死者の呪縛をはねつけつつ進む鬼麿に光明が見えはじめるのは「七番勝負　摺付け」で、清麿がこの世に残した幼い生命の躍動を知ってからだ。この少年の腰にある清麿の鍛えた山刀は、今まで物語を支配していた死者の遺志を、一気に陰から陽へと転換させる効果を持っている。そして、春の訪れを予感しつつ、〝かやの里〟を訪れた鬼麿は、清麿が刀工としての生に目覚めたこの土地で、二十人もの伊賀者を相手にして少しも揺がず、「この十日間で自分は刀工として生きることを誓った。生きることをである。死ぬことをではない。どんな目にあおうと、たとえ身に寸鉄を帯びていなくとも、その自分が負ける筈はない。まして死ぬことは絶対にない」と、高らかな生の凱歌《がいか》を上げることになるのである。

何という素晴らしいクライマックスだろうか。今や呪縛は完全に解き放たれたのである。こうして考えていくと、鬼麿の行動は、死者の呪縛を解き放ち、人々を解放すべくやってくる神話・伝説に見られる英雄の遍歴譚《たん》そのままであるといっていい。生前、死ぬまでに一度はヤマトタケルを書きたいといい、『捨て童子・松平忠輝』で主人公に神話的なパワーを付与していた作者が、大衆文学の流れをくむ時代小説を現代に甦《よみがえ》った神話として捉《とら》えていたことは明白である。『鬼麿斬人剣』はその前哨戦《ぜんしょうせん》だったのかもしれない。

この様に本書は、隆慶一郎氏がこの後、続々と刊行していった作品に見られる様々なテーマやモチーフが未分化のまま、渾然一体となった雄篇である。鬼麿の繰り出す豪剣のうなりの中から、それらのテーマがどの様に実を結んでいったのかは、本書を手に取った方々一人一人が、御自分の目で確かめてみていただきたいと思う。

さて、鬼麿はかくも見事に死者の呪縛から脱《のが》れることが出来たが、私たちが隆慶一郎という作家の呪縛から逃れ出ることが出来るのは一体、いつのことなのだろうか。未来へ目を向けねばならぬと知りつつも、この不世出の作家の心地よい呪縛の中に、いつまでも身を委《ゆだ》ねていたいと思うのは私だけではないだろう。

棺を蔽って後、はじめて定まる――このことばは、正しく隆慶一郎自身へ向けて発せられたことばなのである。

（平成二年三月、文芸評論家）

この作品は昭和六十二年五月新潮社より刊行された。

隆慶一郎著

吉原御免状

裏柳生の忍者群が狙う「神君御免状」の謎とは。色里に跳梁する闇の軍団に、青年剣士松永誠一郎の剣が舞う、大型剣豪作家初の長編。

隆慶一郎著

かくれさと苦界行《くがいこう》

徳川家康から与えられた「神君御免状」をめぐる争いに勝った松永誠一郎に、一度は敗れた裏柳生の総帥・柳生義仙の邪剣が再び迫る。

隆慶一郎著

一夢庵《いちむあん》風流記

戦国末期、天下の傾奇者《かぶきもの》として知られる男がいた！　自由を愛する男の奔放苛烈な生き様を、合戦・決闘・色恋交えて描く時代長編。

隆慶一郎著

影武者徳川家康（上・中・下）

家康は関ヶ原で暗殺された！　余儀なく家康として生きた男と権力に憑かれた秀忠の、風魔衆、裏柳生を交えた凄絶な暗闘が始まった。

隆慶一郎著

死ぬことと見つけたり（上・下）

武士道とは死ぬことと見つけたり——常住坐臥、死と隣合せに生きる葉隠武士たち。鍋島藩の威信をかけ、老中松平信綱の策謀に挑む！

池波正太郎著

黒　幕

徳川家康の謀略を担って働き抜き、六十歳を越えて二度も十代の嫁を娶った男を描く「黒幕」など、本書初収録の4編を含む11編。

池波正太郎著

人斬り半次郎
（幕末編・賊将編）

「今に見ちょれ」。薩摩の貧乏郷士、中村半次郎は、西郷と運命的に出遇った。激動の時代を己れの剣を頼りに駆け抜けた一快男児の半生。

池波正太郎著

江戸の暗黒街

江戸の闇の中で、運・不運にもまれながらも、与えられた人生を生ききる男たち女たちを濃やかに描いた、「梅安」の先駆をなす8短編。

池波正太郎著

戦国幻想曲

天下にきこえた大名につかえよ、との父の遺言を胸に「槍の勘兵衛」として名を馳せ、己の腕一本で運命を切り開いていった男の一代記。

池波正太郎著

剣の天地
（上・下）

戦国乱世に、剣禅一如の境地をひらいて新陰流の創始者となり、剣聖とあおがれた上州の武将・上泉伊勢守の生涯を描く長編時代小説。

池波正太郎著

剣客商売①
剣客商売

白髪頭の粋な小男・秋山小兵衛と巌のように逞しい息子・大治郎の名コンビが、剣に命を賭けて江戸の悪事を斬る。シリーズ第一作。

池波正太郎著

江戸の味を
食べたくなって

春の浅蜊、秋の松茸、冬の牡蠣……季節折々の食の喜びを綴る「味の歳時記」ほか、江戸の粋を愛した著者の、食と旅をめぐる随筆集。

山本周五郎著
虚空遍歴（上・下）
侍の身分を捨て、芸道を究めるために一生を賭けて悔いることのなかった中藤冲也――苛酷な運命を生きる真の芸術家の姿を描き出す。

山本周五郎著
ちいさこべ
江戸の大火ですべてを失いながら、みなしご達の面倒まで引き受けて再建に奮闘する大工の若棟梁の心意気を描いた表題作など4編。

山本周五郎著
町奉行日記
一度も奉行所に出仕せずに、奇抜な方法で難事件を解決してゆく町奉行の活躍を描く表題作ほか、「寒橋」など傑作短編10編を収録する。

山本周五郎著
夜明けの辻
藩の内紛にまきこまれた二人の青年武士の、友情の破綻と和解までを描いた表題作や、〝こっけい物〟の佳品「嫁取り二代記」など11編。

山本周五郎著
人情武士道
昔、縁談の申し込みを断られた女から夫の仕官の世話を頼まれた武士がとる思いがけない行動を描いた表題作など、初期の傑作12編。

山本周五郎著
樅ノ木は残った
毎日出版文化賞受賞（上・中・下）

「伊達騒動」で極悪人の烙印を押されてきた原田甲斐に対する従来の解釈を退け、その人間味にあふれた新しい肖像を刻み上げた快作。

司馬遼太郎著
梟の城
直木賞受賞

信長、秀吉……権力者たちの陰で、凄絶な死闘を展開する二人の忍者の生きざまを通して、かげろうの如き彼らの実像を活写した長編。

司馬遼太郎著
人斬り以蔵

幕末の混乱の中で、劣等感から命ぜられるままに人を斬る男の激情と苦悩を描く表題作ほか変革期に生きた人間像に焦点をあてた7編。

司馬遼太郎著
国盗り物語
（一～四）

貧しい油売りから美濃国主になった斎藤道三、天才的な知略で天下統一を計った織田信長。新時代を拓く先鋒となった英雄たちの生涯。

司馬遼太郎著
燃えよ剣
（上・下）

組織作りの異才によって、新選組を最強の集団へ作りあげてゆく〝バラガキのトシ〟――剣に生き剣に死んだ新選組副長土方歳三の生涯。

司馬遼太郎著
新史太閤記
（上・下）

日本史上、最もたくみに人の心を捉えた〝人蕩し〟の天才、豊臣秀吉の生涯を、冷徹な史眼と新鮮な感覚で描く最も現代的な太閤記。

司馬遼太郎著
関ケ原
（上・中・下）

古今最大の戦闘となった天下分け目の決戦の過程を描いて、家康・三成の権謀の渦中で命運を賭した戦国諸雄の人間像を浮彫りにする。

藤沢周平著

用心棒日月抄

故あって人を斬り脱藩、刺客に追われながらの用心棒稼業。が、巷間を騒がす赤穂浪人の動きが又八郎の請負う仕事にも深い影を……。

藤沢周平著

竹光始末

糊口をしのぐために刀を売り、竹光を腰に仕官の条件である上意討へと向う豪気な男。表題作の他、武士の宿命を描いた傑作小説5編。

藤沢周平著

時雨のあと

兄の立ち直りを心の支えに苦界に身を沈める妹みゆき。表題作の他、江戸の市井に咲く小哀話を、織麗に人情味豊かに描く傑作短編集。

藤沢周平著

冤（えんざい）罪

勘定方相良彦兵衛は、藩金横領の罪で詰め腹を切らされ、その日から娘の明乃も失踪した……。表題作はじめ、士道小説9編を収録。

藤沢周平著

消えた女
—彫師伊之助捕物覚え—

親分の娘おようの行方をさぐる元岡っ引の前で次々と起る怪事件。その裏には材木商と役人の黒いつながりが……。シリーズ第一作。

藤沢周平著

天保悪党伝

天保年間の江戸の町に、悪だくみに長けるが、憎めない連中がいた。世話講談「天保六花撰」に材を得た、痛快無比の異色連作長編！

吉村昭著
桜田門外ノ変（上・下）
幕政改革から倒幕へ――。尊王攘夷運動の一大転機となった井伊大老暗殺事件を、水戸薩摩両藩十八人の襲撃者の側から描く歴史大作。

吉村昭著
天狗争乱
大佛次郎賞受賞
幕末日本を震撼させた「天狗党の乱」。水戸尊攘派の挙兵から中山道中の行軍、そして越前での非情な末路までを克明に描いた雄編。

吉村昭著
島抜け
種子島に流された大坂の講釈師瑞龍は、流人仲間と脱島を決行。漂流の末、流れついた先は何と中国だった……。表題作ほか二編収録。

吉村昭著
敵（かたきうち）討
江戸時代に美風として賞賛された敵討は、明治に入り一転して殺人罪に……時代の流れに抗しながら意志を貫く人びとの心情を描く。

吉村昭著
大黒屋光太夫（上・下）
鎖国日本からロシア北辺の地に漂着し、帝都ペテルブルグまで漂泊した光太夫の不屈の生涯。新史料も駆使した漂流記小説の金字塔。

北原亞以子著
傷　慶次郎縁側日記
空き巣のつもりが強盗に――お尋ね者になった男の運命は？　元同心の隠居・森口慶次郎の周りで起こる、江戸庶民の悲喜こもごも。

北原亜以子著

再会　慶次郎縁側日記

幕開けは、昔の女とのほろ苦い〝再会〟。窮地に陥った辰吉を救うは、むろん我らが慶次郎。円熟の筆致が冴えるシリーズ第二弾！

北原亜以子著

月明かり　慶次郎縁側日記

11年前に幼子の目前で刺殺された弥兵衛。あのとき、お縄を逃れた敵がいま再び江戸に舞い戻る。円熟と渾身の人気シリーズ初長篇。

北原亜以子著

白雨　慶次郎縁側日記

雨宿りに現れた品の良い男。その正体を知る者はもういない、はずだった。哀歓見守る慶次郎の江戸人情八景。シリーズ第十二弾。

北原亜以子著

誘　惑

今小町と謳われた娘はなぜ世に背く恋に走ったか。西鶴、近松も魅了した京の姦通譚「おさん茂兵衛」に円熟の筆で迫った歴史大作。

北原亜以子著

あした　慶次郎縁側日記

手柄を重ねる若き慶次郎も、泥棒長屋に流れ着いた老婆も、求めたのはほんの小さな幸せだった。江戸の哀歓香り立つ傑作シリーズ。

諸田玲子著

幽霊の涙　お鳥見女房

珠世の長男、久太郎に密命が下る。かつて矢島家一族に深い傷を残した陰働きだ。家族の情愛の深さと強さを謳う、シリーズ第六弾。

井上靖著　敦煌（とんこう）　毎日芸術賞受賞

無数の宝典をその砂中に秘した辺境の要衝の町敦煌――西域に惹かれた一人の若者のあとを追いながら、中国の秘史を綴る歴史大作。

井上靖著　風林火山

知略縦横の軍師として信玄に仕える山本勘助が、秘かに慕う信玄の側室由布姫。風林火山の旗のもと、川中島の合戦は目前に迫る……。

井上靖著　天平の甍　芸術選奨受賞

天平の昔、荒れ狂う大海を越えて唐に留学した五人の若い僧――鑒真来朝を中心に歴史の大きなうねりに巻きこまれる人間を描く名作。

井上靖著　蒼き狼

全蒙古を統一し、ヨーロッパへの大遠征をも企てたアジアの英雄チンギスカン。闘争に明け暮れた彼のあくなき征服欲の秘密を探る。

井上靖著　額《ぬか》田《たの》女《おお》王《きみ》

天智、天武両帝の愛をうけ、〝紫《むらさき》草のにほへる妹〟とうたわれた万葉随一の才媛、額田女王の劇的な生涯を綴り、古代人の心を探る。

井上靖著　後白河院

武門・公卿の覇権争いが激化した平安末期に、権謀術数を駆使し政治を巧みに操り続けた後白河院。側近が語るその謎多き肖像とは。

塩野七生著

愛の年代記

欲望、権謀のうず巻くイタリアの中世末期からルネサンスにかけて、激しく美しく恋に身をこがした女たちの華麗なる愛の物語9編。

塩野七生著

チェーザレ・ボルジア あるいは優雅なる冷酷

毎日出版文化賞受賞

ルネサンス期、初めてイタリア統一の野望をいだいた一人の若者——〈毒を盛る男〉としてその名を歴史に残した男の栄光と悲劇。

塩野七生著

コンスタンティノープルの陥落

一千年余りもの間独自の文化を誇った古都も、トルコ軍の攻撃の前についに最期の時を迎えた——。甘美でスリリングな歴史絵巻。

塩野七生著

ロードス島攻防記

一五二二年、トルコ帝国は遂に「喉元のトゲ」ロードス島の攻略を開始した。島を守る騎士団との壮烈な攻防戦を描く歴史絵巻第二弾。

塩野七生著

レパントの海戦

一五七一年、無敵トルコは西欧連合艦隊の前に、ついに破れた。文明の交代期に生きた男たちを壮大に描いた三部作、ここに完結！

塩野七生著

マキアヴェッリ語録

浅薄な倫理や道徳を排し、現実の社会のみを直視した中世イタリアの思想家・マキアヴェッリ。その真髄を一冊にまとめた箴言集。

鬼《おに》麿《まろ》斬《ざん》人《じん》剣《けん》

新潮文庫　り-2-2

平成 二 年 四 月二十五日 発 行
平成二十年 五 月二十五日 三十三刷改版
平成二十七年 三 月 二 十 日 三 十 七 刷

著 者　隆《りゅう》慶《けい》一《いち》郎《ろう》

発行者　佐藤隆信

発行所　株式会社 新潮社

郵便番号 一六二―八七一一
東京都新宿区矢来町七一
電話 編集部(〇三)三二六六―五四四〇
読者係(〇三)三二六六―五一一一
http://www.shinchosha.co.jp

価格はカバーに表示してあります。

乱丁・落丁本は、ご面倒ですが小社読者係宛ご送付ください。送料小社負担にてお取替えいたします。

印刷・大日本印刷株式会社　製本・加藤製本株式会社

ISBN978-4-10-117412-9 C0193